BASTEI
LÜBBE
TASCHENBUCH

Dieser Titel ist auch als E-Book erhältlich

Über den Autor:

Walter Wolter, 1950 im Saarland geboren, arbeitete als Journalist, bevor er sich der Schriftstellerei zuwandte. Seinen Abenteuerbüchern über Steinzeitmenschen und Kopfjägern folgten mehrere Kriminalromane.

Walter Wolter

Hundstage, Wolfsnächte

Kriminalroman

BASTEI
LÜBBE
TASCHENBUCH

BASTEI LÜBBE TASCHENBUCH
Band 16035

1. Auflage: Juni 2011

Vollständige Taschenbuchausgabe

Bastei Lübbe Taschenbuch in der Bastei Lübbe GmbH & Co. KG

Titelillustration: © SuchBild, Pauline Schimmelpenninck Büro für Gestaltung
Umschlaggestaltung: Pauline Schimmelpenninck Büro für Gestaltung, Berlin
Satz: hanseatenSatz-bremen, Bremen
Gesetzt aus der Baskerville
Druck und Verarbeitung: GGP Media GmbH, Pößneck
Printed in Germany
ISBN 978-3-404-16035-8

Beißt dich ein Hund und du beißt nicht zurück,
glaubt er, du hättest keine Zähne.

Zigeunersprichwort

I. Kapitel

Knockout für eine ungesicherte Existenz

Auf dem Richtertisch lagen, eingewickelt in Klarsichtfolie, zwei Schneidezähne. Hinten im Saal saß Porsche-Günni mit seinen Kiezkollegen. Minuten zuvor, im Zeugenstand, hatte er hinter vorgehaltener Hand dermaßen genuschelt, dass man raten musste, ob er »Überfall« oder »Rübezahl« gesagt hatte.

Dem Angeklagten fehlte es sichtlich an Schuldbewusstsein. Er war ein mittelgroßer, mittelblonder Mann in mittleren Jahren, der äußerlich weder der Zuhälterszene noch dem grundsoliden Bürgertum zuzuordnen war, da sein beiger Sommer-Sakko, seine Bluejeans und seine braunen Slipper für einen Stenz aus dem Milieu eindeutig zu billig, andererseits seine Brauen zu vernarbt, seine Nase zu zerbrochen und sein Nacken zu stark waren, als dass man ihn sich hätte vorstellen können, wie er zu Hause hinterm Jägerzaun den Rasen mit dem Kantentrimmer bearbeitete.

Die offensichtliche Gleichgültigkeit des Angeklagten reizte den Richter, der es gewohnt war, reuige Sünder unter sich zu sehen, wenigstens scheinbar zerknirschte Gestalten, die ihr letztes bisschen Würde aufgaben, um dem strengen Herrn mit der Lizenz zum Strafen eine Spur Erbarmen abzuwinseln. Schon am Vormittag des Verhandlungstages, gleich zu Beginn, als zur Person gefragt wurde, hatte der Vorsitzende Richter, ein schwach gebauter, dünnstimmiger, schütter behaarter Brillenträger, dessen Anwesenheit ohne seine schwarze Robe und seinen erhöhten Sitz nicht weiter aufgefallen wäre, eine unverkennbare Abneigung gegen den Angeklagten gezeigt.

»Was denn nun?«, hatte er gefragt und seiner hohen Stimme eine metallische Schärfe aufgesetzt. »Welcher Beruf soll denn nun ins Protokoll? Boxer, Bodyguard, Gastronom oder Privatdetektiv? Oder weist Ihre … na ja … Ihre Erwerbsbiografie noch weitere Exotika auf?«

»Schreiben Sie ein Ex vor alles, was Sie da aufgezählt haben«, hatte der Angeklagte gesagt, und die Schöffen zur Rechten und zur Linken des Richters, ein biederer Stuckateurmeister und eine leichenblasse Ernährungsberaterin, hatten ob der saloppen Antwort pikiert zum Vorsitzenden geblickt. Auch für sie stand im Grunde genommen der Schuldige bereits fest. Erst recht, nachdem der Vorsitzende mit einem Auszug aus dem Strafregister herumgefuchtelt – »… zweimal verurteilt wegen Widerstandes gegen die Staatsgewalt, einmal wegen Beamtenbeleidigung, einmal wegen Trunkenheit im Straßenverkehr …« – und mit den computergedruckten Schandmalen aus dem Leben von Bruno Schmidt einen Anflug von Abscheu in die Mittelstandsgesichter der beiden Laienrichter gewedelt hatte.

Die Mittagspause hatte Bruno allein im *Café Meineid* gegenüber dem Gerichtsgebäude verbracht. Sein Verteidiger hatte nicht mitgehen wollen in diese Kaschemme, die den Vertretern der Jurisprudenz schon vom Namen her ein Dorn im Auge war. Bruno hatte eine lasche Gulaschsuppe gelöffelt und auf den schon bestellten Kaffee verzichtet, weil ein angetrunkener Stammgast – »Mensch, Hammer, alter Kämpfer!« – ihn erkannt hatte.

Die Zeugenbefragung hatte sich bis weit in den Nachmittag hingezogen. Aufgeboten waren ein halbes Dutzend Rolex- und Goldkettchenträger, außerdem eine junge Nutte, die, um ihren

Schinder und Schröpfer zu decken, sich schüchtern als *Verlobte von Herrn Günther Kaczmarek* ausgab. Nun schlug die Stunde des Staatsanwalts.

»Zu Ungunsten des Angeklagten, der permanentes Grinsen als Ausdruck von Gelassenheit zu verstehen scheint, ist ferner festzuhalten, dass er« – und da schwoll seine Stimme zur Kraft einer Tuba –, »ich möchte das betonen, keinerlei Reue zeigt, keinerlei Einsicht in sein Fehlverhalten. Nein, ganz im Gegenteil. Selbst im Angesicht seines schwer gezeichneten Opfers hält er – ich möchte fast sagen zynisch – an einer Tatversion fest, die dem tatsächlichen Verlauf Hohn spricht. Nach glaubwürdiger Darstellung des Opfers …«

Unter dem dünnen Sakko des Angeklagten spannten sich die Muskeln, seine Faust schnellte vor und knuffte auf die Kunststoffplatte des Tisches, an dem er mit seinem Verteidiger saß.

»Opfer! Das ist ja zum Totlachen! Der Kerl ist ein Lude. Und zwar einer von der übelsten Sorte! Sie glauben doch nicht …«

»Halten Sie gefälligst den Mund!«, falsettierte der Richter. »Wenn Sie noch einmal dazwischenreden, verhänge ich eine Ordnungsstrafe. Und schlagen Sie hier gefälligst nicht auf den Tisch!«

»Danke, Herr Vorsitzender«, sagte der Staatsanwalt. »Diese Unbeherrschtheit in Verbindung mit einem unerhörten Maß an Selbstgerechtigkeit ist signifikant für das Persönlichkeitsprofil des Angeklagten. Dazu kommt eine unkontrollierte Gewaltbereitschaft. Wenn ein Profiboxer seine Fäuste gebraucht, kommt das dem Einsatz einer Waffe gleich. Werfen wir einen Blick auf die Beweisstücke! Grauenhaft! Da, an einem der ausgeschlagenen Zähne – da, sehen Sie! – hängt sogar ein Stück Kieferknochen! Mit der skrupellos eingesetzten Schlagtechnik eines berufsmäßigen Faustkämpfers …«

»Quatsch«, warf der Angeklagte ein, »ich war vor sechs Jahren zum letzten Mal im Ring. Ich bin jetzt 43, zum Kuckuck.«

»Na bitte!« Mit galligem Lächeln wandte sich der Richter an die Protokollführerin: »Wegen ungebührlichen Verhaltens des Angeklagten verhänge ich eine Ordnungsstrafe in Höhe von zweihundert Euro. Haben Sie's?«

»Zweihundert«, wiederholte die Protokollführerin teilnahmslos.

»Das haben Sie nun davon«, raunte der Verteidiger, der mit seinen schmalen, hochgezogenen Schultern in der schwarzen Verhüllung an eine Krähe gemahnte.

»Na und?« Der Angeklagte betastete einen Rasierklingenkratzer an seinem Kinn. »Auf die Kohle kann dieser Giftzwerg lange warten. Ich bin doch völlig parterre.«

»Wie bitte? Was gibt's da noch zu mosern?«, fragte der Richter spitz.

»Mein Mandant … ähm …«, druckste der Verteidiger, »hat gefragt, ähm, ob er den Betrag in Raten zahlen kann.«

»Darüber befinden wir später«, sagte der Richter. »Würden Sie bitte fortfahren, Herr Staatsanwalt?«

Bruno Schmidt, der bis zu seiner letzten fürchterlichen Niederlage Mitte der Neunzigerjahre eher unter seinem Kampfnamen *Hammer* bekannt war, achtete nicht mehr konzentriert darauf, was der Staatsanwalt ihm noch Verwerfliches vorhielt. Von Riss- und Quetschwunden im Schläfenbereich des Opfers war die Rede, auch von einer angebrochenen Rippe. Ein halbes Jahr Freiheitsstrafe, möglichst ohne Bewährung, hielt der Staatsanwalt für angemessen.

Der Vertreter der Nebenklage, ein redegewandter, vom Zuhältersyndikat bezahlter Schmierseifenjurist mit Prinz-Eisenherz-Frisur, rückte den Angeklagten in die Position eines ausgerasteten Neandertalers, der aus nichtigem Anlass einen Gutmenschen vermöbelt hatte. Aus einem ordinären Zuhälter wurde dank der Sprach-Pirouetten des Advokaten ein ehrenwerter Geschäftsmann mit Außendienstmitarbeiterinnen. Von imageschädigendem Aussehen des Opfers war die Rede und von einer bevorstehenden Operation, bei welcher Herrn Günther Kaczmarek ein Stück Rippe entnommen werden müsse, um seinen Kiefer wieder in den ursprünglichen Zustand zu bringen. Die Kosten, so schob die flinke Zunge genüsslich nach, werde man zivilrechtlich von Herrn Bruno Schmidt erstreiten, ebenso ein dem Martyrium seines Mandanten entsprechendes Schmerzensgeld.

Brunos Verteidiger – er war der Preisgünstigste seiner Gilde und wurde in Kollegenkreisen »die Pfeife« genannt – war sein kleines Honorar nicht wert. Sein Plädoyer wirkte wie eine Schlaftablette.

»… und so möchte ich noch einmal darauf hinweisen, dass Herr Schmidt, ähm, im guten Glauben und im Auftrag eines Vaters, eines, ähm, besorgten Vaters, in seiner Rolle als Privatdetektiv versucht hat, dessen Tochter, die hier als Zeugin, ähm, erschienen ist, aus dem Milieu herauszuholen, um sie, ähm, rückzuführen in ihre Familie, was, wie sich im Verlauf der Aktion, ähm, herausgestellt hat, nicht das Verständnis aller Beteiligten gefunden hat, weswegen es zu einer Auseinandersetzung gekommen ist, in deren Verlauf …«

Bruno Schmidt wusste, dass er ruiniert war. Egal, wie das Urteil ausfiele: Ob sechs Monate Freiheitsstrafe, wie der Staatsanwalt gefordert hatte, oder eine Geldstrafe – in jedem Fall würde sich das Gericht im noch ausstehenden zivilrechtlichen Verfahren am Urteil der strafrechtlichen Verhandlung orientieren. Und das bedeutete: zahlen, zahlen, zahlen. Arztkosten, Krankenhauskosten, Prozesskosten, Schmerzensgeld.

»Angeklagter, Sie haben das Schlusswort«, sagte der Richter.

»Es war Notwehr«, sagte Bruno. »Ich hatte den Auftrag, dieses ... dieses Mädchen, na ja, die Verlobte von Porsche-Günni ...«

»Von Herrn Kaczmarek, wollen Sie sagen«, unterbrach der Richter.

»Meinetwegen. Also die Verlobte von Herrn Kaczmarek.« Dann packte ihn der Zorn. »Verdammt noch mal, Sie wissen doch, um was es hier geht! Seit Stunden werden Ihnen Grimms Märchen aufgetischt. Zugegeben, ich habe einem Zuhälter zwei Zähne ausgeschlagen. Und warum? Weil er mich angegriffen hat. Weil er sich vor seinen Kollegen an mir profilieren wollte. Da spielt es doch keine Rolle, dass meine Zeit als Boxer längst vorbei ist, dass ich keine Kondition mehr habe und mehr nehmen muss, als ich geben kann. Da hätte einer noch jahrelang geprahlt: ›Ich habe dem deutschen Meister die Fresse poliert, aber hundertprozentig, ich glaube, der war sogar mal Europameister, mindestens, wenn nicht noch mehr, dem habe ich die Fresse poliert, so und so und so, mit dieser Faust hier, wenn ihr's nicht glaubt, dann fragt den und den.‹ Was hätte ich also tun sollen? Ich hatte doch keine andere Wahl, als dem Kerl eine zu verpassen. Und dass diese ganze Kiez-Korona unter einer Decke steckt und Ihnen die Hucke vollgelogen hat, wissen Sie so gut wie ich.«

»Sind Sie fertig?« Die Stimme des Richters verriet die spöttische Verachtung, die er für Brunos leidenschaftlich-dilettantische Verteidigungsrede empfand. »Vor Gericht geht es um das Glaubhaftmachen von Tatbeständen. Als mehrfach Vorbestrafter sollten Sie die forensischen Gepflogenheiten kennen, oder muss ich mich einfacher ausdrücken?«

Die beiden Schöffen schauten Bruno feindselig an. Nur ganz und gar untadelige Bürger werden zu Laienrichtern berufen.

»Schöner Rechtsstaat«, murmelte Bruno, »wenn du gelinkt wirst.«

»Das Urteil wird in einer halben Stunde verkündet«, sagte der Richter, der die Bemerkung zu Brunos Glück überhört hatte, erhob sich und brachte damit, so verlangte es die Würde des Gerichts, den ganzen Saal auf die Beine.

»Ich muss eine rauchen«, sagte der Verteidiger in einem Tonfall, als habe er alles gegeben, und hängte seine schwarze Kutte über die Stuhllehne, »kommen Sie, wir gehn auf den Flur.«

Nach und nach versammelten sich alle in dem hohen, weiß getünchten Korridor, unter dessen abgetretenem Linoleum ein wilhelminischer Dielenboden knarzte: ein knappes Dutzend Prozessbeobachter, größtenteils Rentner, ein käsiger Gerichtsreporter sowie die Zeugen, die allesamt so aussahen, als ob sie viel Zeit in der Sonne verbrächten und danach im Fitness-Studio allerhand Eisen bewegten. Diese gestylten Gestalten mit den um zwei Löcher mehr als schicklich geöffneten Hemden scharten sich solidarisch um den nuschelnden Günni und seinen wichtigtüchtigtuerischen Anwalt und nahmen atavistische Drohposen mit aufgeblasenem Brustkasten und vorgerecktem Kinn ein, als sie für Bruno und seinen Verteidiger eine Gasse bilden mussten.

»Ihr macht zu viel Krafttraining«, sagte Bruno im Vorbeigehen, »deshalb seid ihr so langsam.«

»Bitte lassen Sie das doch!«, murmelte der Verteidiger beschwörend.

»Ruhe bewahren, meine Herren! Lassen Sie sich keinesfalls provozieren!«, tönte der Paragrafenexperte der Gegenseite und lockerte den Knoten seiner weißen Juristenkrawatte. »Leute wie den da kriegt man mit anderen Methoden klein.«

Bruno sagte nichts mehr, aber es wurmte ihn, dass diese parasitären Raubexistenzen aus dem Rotlichtmilieu sich nicht nur schnellere Autos leisten konnten als kleine Gewerbetreibende wie er, sondern auch bessere Anwälte. Und es empörte ihn, dass es zwischen Recht haben und Recht bekommen diesen gewissen Unterschied gab, der ganz von der Qualität des Advokaten abhing, den man sich leisten konnte. Aus Brunos Sicht war die Rechtsprechung ein undurchsichtiger Vorgang und der Gerichtssaal ein Zeremonienplatz der Wortklauberei. Wieso traute sich kein einfacher Bürger, mochte er auch so unschuldig sein wie ein Neugeborenes, ohne Begleitung eines Anwalts ins Gericht?

»Wissen Sie, wie ich mir hier vorkomme?«, sagte er zu seinem Verteidiger, während dieser sich hastig eine Zigarette anzündete. »Wie ein Huhn im Fuchsstall. Verstehen Sie das?«

»Sie sollten ein bisschen diplomatischer sein, Herr Schmidt.« Der Verteidiger blies Rauch durch die Nase.

»Ich sehe keinen Anlass«, sagte Bruno. »Wissen Sie übrigens, woher die Anwaltsrobe kommt?«

»Vermutlich aus der Tuchfabrik.«

»So kommen Sie mir nicht davon.« Bruno grinste. »Ein Preußenkönig im achtzehnten Jahrhundert hatte verlangt, dass die Advokaten ›ein kurz' schwarz' Mäntelchen‹ zu tragen hätten, ›damit man die Schelme von Weitem erkennt‹. Eine nützliche Idee, nicht wahr?«

»Es handelte sich um einen Erlass von Friedrich Wilhelm I.«, sagte der Verteidiger, ohne eine Miene zu verziehen, »Sie erzählen mir da nichts Neues, Herr Schmidt.«

»Nehmen Sie's nicht persönlich«, sagte Bruno. »Das trifft ja mehr auf den aufgeblasenen Arsch zu, den die Zuhälter engagiert haben.«

Sein Blick blieb an einer Frau hängen. Sie trug ein helles, klassisch geschnittenes Kostüm und schaute durch das offene Fenster am Ende des Korridors auf die Straße hinunter. Vor dem sonnenhellen Hintergrund zeichnete sich ihr Profil deutlich ab. Welch ein Gesicht! Diese Frau verkörperte Brunos elementare Vorstellung von Schönheit. Er glaubte Flamencoklänge zu hören. Sie hatte ihr schwarzes Haar streng zurückgekämmt und im Nacken zu einem Chignon geschlungen.

Da Bruno sie nicht anstarren konnte bis zum Jüngsten Gericht, speicherte er alles, was in zehn Sekunden zu schaffen ist: die hohen Wangenknochen, den schwarzen Strich ihrer Brauen, den weich geschwungenen Mund mit seinem violettroten Schimmer, das zarte Braun ihrer Haut, die trotz der Sommerschwüle nur wenig entblößt war. Das Top unter der Kostümjacke gewährte kaum die Andeutung eines Dekolletés. Der enge Rock endete in Kniehöhe. Sein Blick glitt über die glatte Haut ihrer Unterschenkel zu eleganten Pumps aus hellem Leder mit mittlerem Absatz und einer spärlichen Öffnung an der Spitze.

Bruno wünschte, sie würde einmal den Kopf drehen, damit er ihre Augen sehen könnte. Aber sie tat ihm den Gefallen nicht. Wozu auch? Während der Verhandlung hatte sie genügend Gelegenheit gehabt, ihn zu beobachten, falls sie daran überhaupt interessiert gewesen sein sollte. In diesem Moment wurde ihm schmerzlich bewusst, wie schlecht seine Chancen standen – nicht nur vor Justitia, jener Dame mit der Augenbinde, an deren Erkenntnisfähigkeit er grundlegende Zweifel hegte, sondern auch vor allen anderen Vertreterinnen dieses im Großen und Ganzen verehrungswürdigen Geschlechts. Er war unten, abgrundtief unten, er, der Angeklagte, ein angejahrter Champion der vertanen Chancen, der in Erwartung einer

Strafe auf dem Korridor eines muffigen Gerichtsgebäudes herumstand, ein innerlich und äußerlich ramponierter Versager, dem man das Gemüt eines Pitbulls unterstellte, ein Habenichts, der seinen letzten Sakko auftrug und dessen Fahrzeugbrief seit zwei Monaten bei der Bank lag.

»Kennen Sie die Dame?«, fragte der Verteidiger.

Bruno schüttelte den Kopf.

»Ein Jil-Sander-Typ«, sagte der Verteidiger. »Die ist mir heute Morgen schon aufgefallen.«

Sollte der Paragrafenreiter einen Blick fürs Besondere haben? Es erstaunte Bruno und es ärgerte ihn sogar ein bisschen, dass dieser gescheitelte Langweiler sich Gedanken machte über dieselbe Frau. Seit er als pickeliger Bube einen Abenteuerfilm mit einer rassigen Südseeschönheit gesehen hatte, regten Frauen mit langen, schwarzen Haaren ihn zum Träumen an.

Der Gerichtsreporter pirschte sich auf Kreppsohlen heran. Er hatte einen karottenroten Haarkranz um den blanken Schädel und war bleich wie ein Grottenolm.

»Tach. Ich schreibe über den Prozess.« Wie zum Beweis hielt er sein ledernes Schreibmäppchen hoch.

»Wir haben uns schon öfter gesehen«, beeilte sich der Verteidiger, »Kloppstock mein Name, Friedrich Kloppstock, wie der große Dichter, nur dass ich mit Doppel-P geschrieben werde, haha. Leicht zu merken, nicht wahr?«

Seit es Kanzleien gab wie Sand am Meer, waren die Rechtsanwälte sehr darauf erpicht, namentlich in der Zeitung genannt zu werden.

»Wie wird das Urteil ausfallen? Mit was rechnen Sie?«

»Sie haben doch gehört, auf was ich plädiert habe«, sagte der Verteidiger und blies Rauch durch die Nase, »Freispruch, was sonst!«

»Sind Sie auch der Meinung?« Die Frage war an Bruno gerichtet.

»Vor Gericht und auf hoher See sind wir alle in Gottes Hand«, sagte Bruno, »aber um sich damit zu trösten, müsste man an Gott glauben.«

»Was wird denn nun aus Ihrem Detektivbüro? Machen Sie weiter?«

»Ich glaube nicht.«

»Sie waren doch mal ein guter Boxer. Wir könnten eine Humantouchstory machen.«

»Eine was?«

»Eine Humantouchstory, sozusagen einen Bericht über Ihr Leben, über Ihr Schicksal.«

»So eine Art Abgesang, meinen Sie?«

»Aber keineswegs.« Der Reporter lächelte wie ein Haifisch. »Der eine oder andere Leser wird sich noch an Ihre Boxkämpfe erinnern.«

»Das ist lange her«, sagte Bruno.

»Im Fernsehen habe ich damals Ihren Kampf gegen den Russen gesehen, diesen Boris …, na, wie hieß er noch, na, Sie wissen schon …«

»Jelzin«, sagte Bruno.

»Was? Ha! Sie wollen mich wohl veräppeln! Ha!« Sein Lachen klang humorlos.

»Dann muss es Boris Spasskij gewesen sein. Wissen Sie, ich habe in meiner Laufbahn so viel an den Kopf gekriegt, dass ich die wichtigsten Sachen durcheinanderbringe. Manchmal glaube ich sogar, dass ich Gaby Hauptmann geschlagen habe, obwohl die doch in einer ganz anderen Gewichtsklasse boxt. Und da kommen Sie und wollen eine Story machen!«

Die Frau am Fenster drehte sich um. Ein Blick aus dunklen Augen war auf Bruno gerichtet, ganz kurz nur, doch Bruno fing ihn auf. Er wollte ihn festhalten, aber die schwarze Dame wandte sich ab und ging langsam auf die offene Flügeltür des Gerichtssaals zu.

»Sie wollen mich veräppeln, nicht wahr?« Der Reporter ließ sich nicht abschütteln.

»Lassen Sie mich in Ruhe«, sagte Bruno.

»Urteilsverkündung. Bitte die Plätze einnehmen!«, rief eine Justizangestelltenstimme von irgendwoher.

Brunos Augen folgten der Frau, die am Pulk der Zuhälter vorbeiging, ohne auch nur einen Einzigen eines Blickes zu würdigen, und als Erste den Saal betrat. Er hörte den Reporter flüstern – »Ist der noch ganz normal, oder?« – und den Verteidiger etwas von fünfundvierzig Profikämpfen sagen.

Das Urteil im Namen des Volkes hatte nach Brunos Auffassung ungefähr den Gerechtigkeitsgrad der Dreyfusaffäre, doch es hätte durchaus noch schlimmer kommen können. Der Angeklagte wurde der vorsätzlichen Körperverletzung schuldig gesprochen und hatte, wenn man die Tagessätze zusammenrechnete, mehr als dreitausend Euro zu bezahlen, außerdem die Kosten des Verfahrens. Für Bruno Schmidt sei nun Matthäi am Letzten, warnte der Richter genüsslich, und nur um Rasierklingenbreite und mit enorm viel gutem Willen seitens des Gerichts sei er in diesem Verfahren an einer Freiheitsstrafe vorbeigeschrammt.

»Das Einzige, was positiv bei Ihnen zu Buche schlägt, ist die Tatsache, dass Ihre letzte Verurteilung fünf Jahre zurückliegt«, resümierte der Inhaber des Rechts und leierte eine mit Ermahnungen durchsetzte viertelstündige Urteilsbegründung zusammen, an deren Ende der Verteidiger ohne zu zögern den Verzicht auf Rechtsmittel bekundete, nachdem er Bruno über den Rand seiner Plusbrille angeschaut und »Das ist wohl besser so« gemurmelt hatte.

Der Gerichtssaal leerte sich. Die Loddels waren laut und bester Laune, die Juristen stiegen von den Podesten, entledigten sich ihrer Roben und verwandelten sich in normale Menschen zurück. Bruno zerknüllte in seiner Jackentasche die Einzahlungsvordrucke, die ihm die Protokollführerin in die Hand gedrückt hatte. Er wusste, dass er schon die erste Rate schuldig bleiben würde.

»Tja dann«, sagte der Verteidiger, »alles Gute.«

Alles Gute! Bruno ging die von Tätern, Opfern und Juristen abgenutzten Sandsteinstufen hinunter und dachte daran, dass ein kosmischer Rausch das einzig Gute sein konnte, was für ihn noch infrage kam. So viel Geld hatte er gerade noch. Mit 43 ganz unten zu sein war deprimierender als mit 33 oder 23. Im versifften *Café Meineid*, wo nur Arbeits- und Villenlose verkehrten, wollte er noch einmal die zerstobenen Hoffnungen seines Lebens vorbeiparadieren lassen und sich zielstrebig in den Taumel des Untergangs hineinsaufen, um anschließend die Stadt zu verlassen. Wohin? Er wusste es nicht. Er hatte kein Ziel mehr und keine Zukunft. Für die Fremdenlegion war er zu alt, fürs Sozialamt zu stolz und für den Friedhof zu jung.

Da geschah etwas Unglaubliches.

»Sie können sicher einen Drink vertragen«, sagte eine Frauenstimme.

II. Kapitel

Damenwahl

Bruno, schon am Fuß der Treppe, drehte sich um und blickte zu der Frau hoch, die drei Stufen über ihm stand. Ihre Augen waren dunkel wie Moorseen.

»Kommen Sie, Monsieur, wir wollen kein Ziel unnötiger Betrachtung sein.«

Bruno folgte ihr ohne zu fragen. Rasch überquerten sie die Straße, gingen, als wären sie vertraut miteinander, Seite an Seite am *Café Meineid* und den getrübten Blicken der Desperados hinter dem Fenster vorbei, schnellen Schrittes an der hohen Mauer der Haftanstalt entlang, bogen um die Ecke und standen vor einer Fußgängerampel.

»Ist Ihnen das Café dort drüben recht?«, fragte sie.

Bruno stand nahe bei ihr, nahm ihren Duft wahr und dachte, das ist sie, die bessere Welt, das ist der Duft von Schönheit und Geld.

»Ist mir recht«, sagte er.

Er fürchtete, aus einem Traum zu erwachen. Wer war diese Frau? Was wollte sie von ihm? Wie eine jener penetrant guten Seelen, die sich auf gestrauchelte Mitbürger stürzten, um sie mit Rosenkranz und warmer Suppe auf den Pfad der Tugend zurückzuführen, sah sie jedenfalls nicht aus. Ein abwegiger Gedanke nistete sich bei ihm ein. War die dunkle Schönheit vielleicht die Ehefrau eines schwachschwänzigen Millionärs, die sich einen sexuellen Kick verschaffte, indem sie böse Buben von der Anklagebank weg ins Lotterbett einer Absteige schleppte, um anschließend diskret und auf Nimmerwiedersehen zu verschwinden? Nichts war unmöglich.

Das Café war eine altbackene, plüschige Ruhestätte für ältere Damen, in das Bruno von sich aus nie einen Fuß gesetzt hätte. In einer Ecke nahmen die beiden Platz.

»Was darf ich Ihnen bestellen?«, fragte sie.

»Ich mache das schon«, sagte Bruno.

Sie lächelte.

Bruno verzichtete auf das Feuerwasser, mit dem er den Frust über das Urteil hinunterzuspülen beabsichtigt hatte. Sie tranken Kaffee.

»Sie sind zu Unrecht verurteilt worden«, sagte sie mit einem leichten französischen Akzent. Ihre Stimme hatte einen dunklen Hauch.

»Ich weiß«, sagte Bruno, »das passiert mir jedes Mal.«

Er wunderte sich darüber, dass sie kaum Schmuck trug. Südländische Schönheiten liebten, soweit ihm bekannt war, Gold auf ihrer Haut. Sie aber trug, abgesehen von kleinen Ohrsteckern, einer Cartier-Uhr und einem schmalen Halskettchen mit einem schwarzen Stein, nur einen einzigen Ring – einen Ehering. Bruno schätzte ihr Alter auf Anfang bis Mitte dreißig.

»Warum haben Sie nicht mehr aus Ihrem Leben gemacht? Sie sind doch nicht dumm.«

»Danke«, sagte Bruno. »Ich habe ein schwaches Abitur und einen Angelschein.«

»Aber keinen vernünftigen Beruf.«

»Was ist ein vernünftiger Beruf? Etwa Sachbearbeiter beim Finanzamt, Buchstabe P bis Z?«

Sie lächelte nachsichtig.

»Am liebsten wäre ich Trüffelsucher in der Toskana geworden«, sagte Bruno. »Leider konnte ich zu gut boxen. Und beim Boxen winkte das schnelle Geld. War anfangs auch so. Aber zum Schluss wurde ich verheizt. Für Under-table-money.«

»Und weshalb wurden Sie Detektiv?«

»Weil alle anderen Stricke gerissen waren. Detektiv kann jeder werden.«

»Was werden Sie jetzt tun?«

»Mal sehen«, sagte Bruno.

»Haben Sie Aufträge? Haben Sie Geld?«

»Weder noch.«

»Gut«, sagte sie und legte ein vollendet geformtes Bein über das andere. »Ich reise seit Wochen von Stadt zu Stadt und beobachte Prozesse, in denen vorsätzliche Körperverletzung eine Rolle spielt.«

»Schreiben Sie eine Doktorarbeit?«

»Nein, ich suche einen Mann, der in der Lage ist, einen Auftrag auszuführen. Einen sehr speziellen Auftrag.«

Bruno, der nun davon ausgehen konnte, dass das Interesse der rätselhaften Fremden an ihm ausschließlich geschäftlicher Natur war, reagierte nicht sonderlich erfreut. Mit seiner Laufbahn als Privatdetektiv hatte er eigentlich abgeschlossen.

»Meinen letzten Auftrag hab ich vermasselt, das wissen Sie ja. Sie waren ja in der Verhandlung.«

»Nichts haben Sie vermasselt. Im Gegenteil. Sie haben gut gearbeitet. Der Zuhälter hat seine Lektion erhalten. Dass das Mädchen nicht zu seinem Vater zurückwollte, mag andere Gründe haben.«

»Ich bitte Sie, Madame, so war das alles nicht geplant. Ich sollte lediglich den Aufenthaltsort der Kleinen ermitteln und sie möglichst diskret nach Hause bringen. Die Sache ist mir aus dem Ruder gelaufen, als dieser Straßenpascha im falschen Moment auftauchte.«

»Ich glaube, dass Sie der richtige Mann sind für den Job, den ich anzubieten habe«, sagte sie und betrachtete Bruno, als wolle sie letzte Zweifel beseitigen.

Bruno wurde verlegen. Er hatte den Eindruck, die Frau suchte nach etwas in seinen Augen. Dieser hypnotische Blick machte ihn nervös. Er genierte sich wegen seiner verformten Nase, seiner billig reparierten Schneidezähne und der Cut-Narben an seinen Brauen. Wenn er nicht gar so lange sein Geld im Boxring verdient hätte, würde er vielleicht ganz gut aussehen. So aber musste er gute Miene zu einem Gesicht machen, das nicht nur genetisch, sondern auch von den Fäusten erbarmungsloser Gegner modelliert worden war. Sie schien sein Unbehagen zu fühlen. Ihr Blick glitt über seine Schultern, seine Arme, verharrte eine Weile auf seinen Händen und kehrte zu seinen eisblauen Augen zurück.

»Ja«, sagte sie, »ich bin sicher.«

»Sie müssen es wissen.«

»Glauben Sie nicht, dass ich so naiv bin, eine Katze im Sack zu kaufen.« Sie schaute Bruno irritierend lange an. »Immerhin ist Ihre Biografie im Gericht erschöpfend behandelt worden.« Ihre Mundwinkel bogen sich zu einem Lächeln, von dem schwer zu sagen war, ob es mitleidig oder aufmunternd gemeint war. »Wenn Sie jünger wären, könnte man von einem Enfant terrible sprechen.«

»Möglich, Madame. Was hätte ich denn zu tun?«

»Erst die verbindliche Zusage, ob Sie für mich arbeiten!«

Im *Hagakure*, dem Ehrenkodex der Samurai, hatte Bruno gelesen, dass es nicht länger als sieben Atemzüge dauern solle, bis man seine Entscheidung getroffen habe. Bruno brauchte nur einen.

»Also gut. Ich stehe Ihnen zur Verfügung.«

»D'accord«, sagte sie in einem Ton, als habe sie nichts anderes erwartet. »Sie tun genau das, wofür Sie soeben vor Gericht gestanden haben. Nur werden Sie diesmal nicht dafür bestraft, sondern bezahlt. Gut bezahlt.«

Bruno war an Niederlagen, Enttäuschungen und Fehleinschätzungen so gewöhnt, dass ihm auch in dieser Situation keine Regung anzumerken war. Er trank den Rest seines lauwarmen Kaffees und blickte auf seine Hände, deren Knöchel von kleinen Narbenwülsten verunziert waren. Kam nach den Bruchlandungen nun der Sündenfall? Seine Auftraggeberin suchte keinen Beschützer, auch keinen handverlesenen Partner für eine schwierige Aufgabe, bei der ein Funke Grips erforderlich gewesen wäre, nein, sie wollte einen hundsgewöhnlichen Schläger anheuern. Das Einzige, was sie ihm zutraute, war die Fähigkeit, anderer Leute Gesundheit zu schädigen.

Was zum Teufel hatte sie so zuversichtlich gemacht, dass er zu ködern sein würde? Hielt sie ihn für einen gewissenlosen Vollstrecker nach Mafia-Art? Oder hatte sie einen Blick für den unaufhaltsamen Abstieg eines Mannes, der sich keine Ethik mehr leisten konnte?

»Eins vorweg«, sagte er. »Ich tue das nur, weil …, also weil …«

»Ich gebe Ihnen Name und Adresse eines Mannes. Sie knöpfen sich ihn vor, so gut Sie es können! Damit wir uns richtig verstehen« – ihre Augen hatten plötzlich einen harten Glanz –, »keine Zurückhaltung, keine Kompromisse!«

Bruno sah sie überrascht an. Wie eine Katze, schoss es ihm durch den Kopf, wie eine bis aufs Blut gereizte, schwarze

Katze. Unter dem Firnis ihrer kühlen Damenhaftigkeit loderte ein Feuer.

»Sie werden Ihre Gründe haben«, sagte er.

Er erwartete nicht, dass sie auf diese Bemerkung einging, aber er hätte verdammt gerne gewusst, was vorgefallen war, dass eine so betörend schöne Frau einen derart brachialen Akt der Vergeltung in Auftrag gab. Kränkung? Eifersucht? Es musste ein schillernder Typ sein, schön, mächtig, reich oder alles miteinander, der diese Hasslawine losgetreten hatte.

»Ich brauche Informationen über den Mann. Beruf, Gewohnheiten, Hobbys.«

»Sein Name ist Uwe Brutscher. Er ist Polizist. Ende dreißig. Niedere Charge. Fährt Streife. Verheiratet, zwei Kinder, wohnt in einem Mietsblock in Saarbrücken.«

Bruno schluckte. »Sie gestatten, dass ich mich wundere?«

»Das ist nicht nötig. Das Einzige, was von Ihnen verlangt wird, ist die gründliche Erledigung Ihres Auftrags.«

»Okay. Haben Sie ein Foto von dem Mann?«

»Leider nein. Ich will ihn beschreiben: Er ist klein, bullig, hat eine Vollglatze, ein breites Gesicht mit vorspringendem Kinn und trägt so eine Art Schnauzbart. Zur Zeit fährt er einen roten Ford Escort Kombi, das Kennzeichen steht auf diesem Zettel. Ebenso sein Name, seine Anschrift und seine Dienststelle. Prägen Sie sich alles ein und vergessen Sie nicht, den Zettel zu vernichten.«

Sie legte ein gefaltetes Stück Papier neben Brunos Tasse.

»Gewohnheiten? Hobbys?«

»Sein Hobby sind asiatische Kampfsportarten. Zweimal die Woche bildet er Polizisten in Jujutsu aus.«

»Na prima«, sagte Bruno, »das wird ja ein Spaziergang.«

»Er ist kleiner als Sie.«

»Das will absolut nichts heißen.«

»Was ist? Trauen Sie sich den Auftrag nicht zu?«

»Das habe ich nicht gesagt. Wie viel ist Ihnen das Bullenklatschen denn wert?«

»Zehntausend.«

»Zehntausend?« Bruno musste an sich halten, nicht durch die Zähne zu pfeifen. Für weitaus geringere Summen hatte er früher acht, manchmal zehn Runden im Ring stehen müssen. »Zehntausend Euro, das ist ordentlich.«

»Fünftausend sofort. Den Rest, sobald ich eine Zeitung in Händen halte, die über den Überfall eines Unbekannten auf einen Streifenpolizisten berichtet. Wie gut Sie Ihren Auftrag erfüllt haben, wird nachzulesen sein. Wenn Sie zu lässig vorgehen, wird Ihr Honorar gekürzt. Wie gesagt, als Maßstab gilt die Lektion, die Sie diesem Zuhälter erteilt haben. Comme il faut! Haben wir uns verstanden?«

»Ich glaube schon. Wie sieht's aus, wenn die Sache schiefgeht?«

Sie hob die Brauen. »Ich denke, Sie waren Profiboxer?«

»Das sagt nichts aus über meine Qualität als Wegelagerer. Wenn's nicht hinhaut, könnte ich Ihnen die Anzahlung wahrscheinlich nicht mehr zurückgeben. Ich habe Schulden.«

»Dann wäre das Geld à fonds perdu.«

»Wann kriege ich die Anzahlung?«

»Wenn ich gehe, lasse ich einen Umschlag auf dem Tisch liegen. Sie bleiben dann bitte noch zehn Minuten an Ihrem Platz.«

»Haben Sie Angst, dass ich Ihnen folge? Ich denke, wir sind jetzt … na, wie soll ich sagen … Geschäftspartner.«

»Nennen Sie es bitte anders.«

»Pardon, wenn ich Ihnen zu nahe getreten bin, Madame. Ich

wollte damit bloß sagen, dass wir ab jetzt einander vertrauen müssen. Sehen Sie, ich weiß gar nichts über Sie, nicht einmal Ihren Namen. Wie kann ich im Bedarfsfall Verbindung zu Ihnen aufnehmen.«

»Auf dem Zettel steht eine Handynummer. Lernen Sie sie auswendig.«

»Gut«, sagte Bruno, »in vier Wochen werde ich Vollzug melden.«

»Warum nicht früher?«

»Ich muss mich noch ein bisschen in Form bringen. Ein paar Kilo abnehmen. Schneller werden. Je mehr man im Frieden schwitzt, desto weniger blutet man im Krieg.«

»D'accord. Ich sehe, dass Sie den Auftrag ernst nehmen.«

Sie zupfte einen Briefumschlag aus ihrer Handtasche und legte ihn auf den Tisch. Ihre Fingernägel waren farblos lackiert. Ein starkes Rot, dachte Bruno, würde wunderbar zu ihr passen.

»Da wäre noch etwas«, sagte sie. »Wenn Sie den Mann zusammengeschlagen haben, wird er bewusstlos sein. Ist das richtig?«

»Nicht unbedingt. Aber das ließe sich einrichten.«

»Dann richten Sie es ein! Es ist nämlich erforderlich, dass Sie dem Mann eine kleine Menge Blut entnehmen.«

»Was?« Auf einmal erschien Bruno das Honorar von zehntausend Euro nicht mehr wie ein kleiner Lottogewinn. »Einem k.o.-geschlagenen Polizisten Blut abzapfen? Das ist aber eine heiße Kiste, Madame! Roulette mit sechs Kugeln in der Trommel, würd ich sagen. Wenn das rauskommt, gehöre ich für ein paar Jahre zur geschlossenen Gesellschaft.«

»Zwanzigtausend. Achttausend sofort.«

Bruno stützte seinen Kopf auf die rechte Faust. Die Frage, die ihm auf den Lippen brannte, wollte er nicht stellen. Wenn Gräfin Dracula nicht von sich aus preisgeben wollte, wozu sie den Lebenssaft eines Polizeibeamten benötigte, würde sie es auch auf seine Nachfrage hin nicht tun.

»Wie stellen Sie sich das vor … die Blutentnahme?«

»Sie benutzen eine gewöhnliche Einwegspritze. Wissen Sie, wie es gemacht wird?«

Bruno schüttelte den Kopf.

»Voilà!« Sie zog ihre Kostümjacke aus und streckte Bruno einen bloßen Arm entgegen. »Da oben stauen Sie. Und zwar so, dass die Venen in der Armbeuge sichtbar werden. Seien Sie vorsichtig beim Hineinstechen der Kanüle. Nicht zu steil, sonst durchstechen Sie die Ader. Also in einem spitzen Winkel. Dann ziehen Sie den Kolben zurück. Die Spritze füllt sich mit Blut.« Sie entnahm ihrer Handtasche ein Glasröhrchen, das winzige Kügelchen enthielt. »Anschließend spritzen Sie das Blut da hinein und verschließen es gut.«

»Was sind das für Kügelchen?«

»Das sind Gerinnungshemmer. Ist Ihnen sonst noch etwas unklar?«

»Es kann sein, dass ich einen Riesenfehler mache«, sagte er, »aber es bleibt dabei: Ich erledige den Auftrag. Genau so, wie Sie es wollen.«

»Merci.« Ihr Gesicht entspannte sich, das Katzenhafte verschwand und sie zeigte lächelnd eine Reihe schimmernd weißer Zähne.

»Ich muss mal kurz raus«, sagte Bruno, »Sie können währenddessen das Kuvert neu bestücken. Achttausend, das haben Sie doch gesagt, ja?«

Außer Sichtweite, bat Bruno das teigige Mädchen hinter der Kuchentheke leise ums Telefon. Nach dem Eintippen der Nummer wartete er ungeduldig auf die Verbindung.

»Na endlich«, flüsterte er, die neugierige Kuchenmamsell mit einem direkten Blick zum Wegsehen nötigend, »hör zu, Paul! Ist René da? – Nein? Wer von den Jungs ist bei dir? – Mario? Okay, dann schick Mario! Er soll sich so schnell es geht vorm Café Doppenrath in der Wilhelmstraße postieren. Da kommt in nächster Zeit eine Frau raus, Anfang bis Mitte dreißig, sehr elegant, schwarzhaarig, helles Kostüm. An der muss er dranbleiben. Und er soll sich beeilen. Es kommt auf die Minute an. Ich verlass mich drauf. – Was? – Ach so, der Prozess? Ich hab jetzt keine Zeit, Paul. Wir sehn uns nachher.«

Er zahlte die Telefoneinheit gleich, damit sie nicht verräterisch auf der Rechnung auftauchte, und ging, um Zeit zu schinden, zur Toilette. Bedächtig wusch er sich die Hände, während er sich im Spiegel betrachtete.

»Zwanzigtausend! Und das von so ’ner Auftraggeberin! Mensch, Bruno, das ist dein Tag heute!«

Doch als er daran dachte, was er für das Geld zu tun hatte, wurde das Strohfeuer seiner Freude rasch zu Asche.

»Du machst vielleicht Karrieren, mein lieber Scholli!«, sagte er zu seinem Spiegelbild.

Das Café war eng möbliert und fast jeder der runden Tische war mit zwei oder drei schwatzfreudigen Kaffeetanten besetzt, die ihre gemeinsame Leidenschaft für Schwarzwälder Kirschtorte oder Obstkuchen mit Schlagsahne auslebten. Bruno glaubte, bei der dunklen Dame, deren Namen er nicht kannte, einen Anflug von Misstrauen zu erkennen. Ahnte sie, dass er telefoniert hatte?

»Alles bestens«, sagte er und gab der Bedienung einen Wink. »Sie erlauben doch, dass ich mein Anzahlungshonorar anbreche, um Sie einzuladen? Einen Cognac vielleicht? Ein Gläschen Champagner?«

»Ich habe noch einen weiten Weg vor mir«, sagte sie und stand auf. »Ich warte also auf Ihren Anruf. Ihre Spesen dürfen Sie mir übrigens gesondert in Rechnung stellen. Bon courage!«

Bruno schaute ihr nach. Er nahm es ihr nicht übel, dass sie privat nichts mit ihm zu tun haben wollte. Eine Lady und ein bezahlter Schläger – da blieb als einziger gemeinsamer Nenner der Inhalt des Kuverts, das vor ihm auf dem Tisch lag. Er betrachtete sie von oben bis unten. Sie bewegte sich in den Hüften mit jener weichen, weiblichen Geschmeidigkeit, die Männer fasziniert. Dein Geheimnis möchte ich kennen, dachte Bruno und überschlug, ob Mario es geschafft haben könnte, rechtzeitig gegenüber dem Café Position zu beziehen. Ohne nachzuzählen steckte er den Geldumschlag in die Innentasche seines Sakkos.

»Darf's noch was sein?«, fragte die Bedienung und verbaute mit ihrer Pralinéfigur den letzten Blick auf die mysteriöse Schönheit.

»Wodka Martini«, sagte Bruno, »geschüttelt, nicht gerührt.«

»Hamm wir nich, glaub ich«, sagte sie treuherzig.

»Macht nichts. War nur 'n Spaß. Ein Whisky tut's auch. Egal welcher.«

III. Kapitel

»Bullenklatschen«

Bis zur *Blauen Ecke* brauchte Bruno zehn Minuten. Die Kaschemme war sozusagen sein Zuhause. Paul, Brunos ehemaliger Trainer, hatte die heruntergewirtschaftete Vorstadtkneipe gepachtet, sie von *Pilsstube Schröder* in *Blaue Ecke* umgetauft, ein paar Requisiten aus dem Boxermilieu an die Wände genagelt und somit der Pinte eine gewisse Unverwechselbarkeit verliehen. Seitdem war sie Treffpunkt von Ringveteranen und natürlich auch von solchen, die sich nach einer gewissen Menge Alkohol dafür hielten. Gelegentlich kamen die Amateurboxer von *Ring frei 1956 e. V.* auf eine Cola oder ein Spezi herein, hatten für alle Fälle ihre Sporttaschen mit Mundschutz, Handbandagen und Boxstiefeln dabei und stiegen, wenn einer der alten Ex-Profis Lust dazu hatte, jemandem eine Lektion zu erteilen oder sich eine erteilen zu lassen, mit hinunter in den Keller, wo Paul einen Ring aufgebaut hatte.

Über der *Blauen Ecke* hatte Bruno sein Detektivbüro eingerichtet. Ein kleines Messingschild neben der Kneipentür wies darauf hin: *Ermittlungen/Personenschutz, 1. Stock, B. Schmidt.* Am hölzernen Garderobenständer hätten Humphrey Bogarts Hut und sein Trenchcoat sich garantiert zu Hause gefühlt, denn der elektronische Fortschritt hatte dieses Detektivbüro weiträumig umgangen. Es bestand aus einem abgenutzten Nussbaumschreibtisch vom Trödler, einem gleichermaßen abgenutzten Aktenschrank, ebenfalls vom Trödler, einem elend quietschenden Schreibtischsessel, zwei ungleichen Besucherstühlen, einem Tischventilator und einem Telefon. Auf einem defekten PC, der auf einem Rolltischchen abgeschoben in der Ecke stand, hatte sich dicker Staub niedergelassen. Eine Reparatur war – bislang jedenfalls – mit der Auftragslage der Detektei unvereinbar.

Dass dem Ermittler und Personenschützer B. Schmidt schon vor dem ruinösen Prozess das Wasser am Hals gestanden hatte, wusste keiner besser als Paul. Er kannte Bruno seit vielen Jahren, hatte ihn trainiert und an seinem Boxstil gefeilt, ihn mental aufgebaut und heiß gemacht auf den Sieg, hatte ihm in den Ringpausen mit Handtuch, Vaseline, Adrenalinlösung und Ratschlägen zur Seite gestanden und war in seiner Ecke gewesen, als er sich den deutschen Meistertitel im Mittelgewicht geholt hatte. Der alte Paul hatte den Aufstieg des Boxers Bruno Schmidt miterlebt – und den Fall.

Ohne Paul wäre Bruno mit seinem Detektivbüro noch tiefer in die Bredouille geraten. Die *Blaue Ecke* warf leidlich etwas ab und Bruno konnte die Beträge, die er sich von Zeit zu Zeit bei Paul auslieh, mit stundenweisem Bierzapfen abarbeiten. Dennoch stand er ständig bei ihm in der Kreide.

»Na, wie ist es gelaufen?«, fragte Paul, als Bruno in der *Blauen Ecke* auftauchte.

»Hat das geklappt mit Mario? Wo ist er?«

»Weiß nicht«, sagte Paul, »er ist noch nicht zurück.«

Das Lokal war fast leer. Drei alte Bekannte droschen Skat am Stammtisch und ein einsamer Zocker versuchte unermüdlich, den Spielautomaten auszutricksen. Bruno setzte sich an die Theke.

»Ich hab verloren, Paul. Muss über drei Mille latzen. Und dann kommt noch die Zivilklage. Aber ...« – er zog das Kuvert aus der Jacke und wedelte damit vor Pauls erstauntem Gesicht – »ich habe einen neuen Auftrag. Sogar mit Vorschuss.«

Feierlich entnahm er dem Kuvert zwei Fünfhundert-Euro-Scheine, faltete sie und steckte sie in die Hemdtasche des Wirts, der darüber prompt das Gläserspülen vergaß.

»Damit sind meine Schulden getilgt«, sagte er theatralisch heiter, »und nun stellst du uns mal zwei Cognacgläschen hin und eine gute alte Flasche.«

»Du fällst doch immer wieder auf die Füße, Hammer«, sagte Paul.

Er nannte Bruno bei seinem alten Kampfnamen. Auch die meisten Gäste, jedenfalls die älteren, sprachen von Hammer, wenn sie Bruno meinten. An der Wand hinter der Theke hingen ein vergilbter Siegerkranz und ein paar gerahmte Fotos aus Brunos bester Zeit als Profiboxer.

Paul und Bruno hatten breit grinsend die Gläser erhoben, als die Tür aufging.

»Deine Edelbüchse hat mich durch die halbe Stadt rennen lassen, Hammer«, sagte Mario. Er war ein früherer Sparringspartner von Bruno und wäre gewiss Europameister geworden, wenn seine zahlreichen Freundinnen ihn nicht immer vom Training abgehalten hätten. »Aber alle Achtung! Die würde ich nicht von der Bettkante schubsen. Rat mal, was das für ein Schlitten ist, mit dem die abgedüst ist! Kommste nie drauf! Mercedes Cabriolet, ein SL 73 AMG. Kostet richtig Kohle. Mannomann. Silbermetallic, Schweizer Nummernschild. Caramba, da hast du ja einen Goldfisch an der Angel!«

»Fragt sich, wer wen an der Angel hat«, sagte Bruno und kippte den Cognac unzeremoniell wie einen Arbeiterschnaps. »Komm, Mario, trink einen mit. Für mich ist vorläufig Schluss mit der Sauferei. Ab morgen bin ich im Training.«

Während in der *Blauen Ecke* der beste Cognac des Hauses unaufhaltsam unters Flaschenetikett sank, fuhr Shanta Berlinger im offenen SL auf der Autobahn Richtung Basel. Rechts von ihr stand groß und rot die Abendsonne überm Horizont. Die Luft war warm. Der Wagen rollte mit gleichbleibender Geschwindigkeit auf der rechten Fahrspur, während links die besonders Eiligen vorbeirauschten. Shanta Berlinger hatte in Grace-Kelly-Manier ein cremefarbenes Tuch um den Kopf geschlungen und trug eine Sonnenbrille. Sie genoss die gezügelte Kraft, die ihr auf Abruf zur Verfügung stand. Ein leichter Druck ihrer Fußballen würde genügen, um Distanz zwischen sich und andere zu legen.

Mit dem Resultat ihrer Reise war sie zufrieden. Sie zweifelte nicht, dass sie den Mann gefunden hatte, der ihren Auftrag zuverlässig erledigen würde. Ebenso wenig zweifelte sie daran, dass sie auf diesen Bruno Schmidt einen nachhaltigen Eindruck gemacht hatte. Das hatte sie an seinen verstohlenen Blicken erkannt, von denen er – männlich naiv – annahm, sie blieben unbemerkt. Irgendwie gefiel er ihr sogar, nein, nicht äußerlich, da hatte sie auf dem Parkett der Happy Few schon wesentlich attraktivere Männer kennen gelernt, aber er war ein unverwechselbarer Typ. Sein Gesicht war das Relief eines rauen Lebens und seine furchtlosen blauen Augen verrieten, dass hinter dieser von vielen Kämpfen ramponierten Fassade ein unbeugsamer Charakter stand. Auch seine Haltung gegenüber den Einschüchterungsritualen des Strafgerichts, sein Selbstvertrauen im Umgang mit dumm-starken Rotlicht-Machos und nicht zuletzt seine zurückhaltende Höflichkeit ihr gegenüber ließen diesen Mann, diese Randfigur der Gesellschaft, in einem Licht erscheinen, das gar nicht so ungünstig war.

Ausschlaggebend dafür, dass ihre Wahl auf Bruno Schmidt und nicht auf einen der vielen beliebigen Gewaltmenschen gefallen war, die sie in den Gerichtssälen verschiedener Großstädte unter die Lupe genommen hatte, waren allerdings zwei im Allgemeinen widersprüchliche Wesenszüge: Gerechtigkeitsgefühl und Brutalität. Einzig die Tatsache, dass dieser rundum gescheiterte Ex-Boxer überlegt, sogar intelligent wirkte, beunruhigte sie ein bisschen. Bislang hatte er wenig aus seinem Leben gemacht. Wartete er möglicherweise wie ein hungriger Wolf auf seine Chance?

Würde er sich an die Regeln halten oder würde er versuchen, aus der Situation weiteres Kapital zu schlagen?

Eine Gewähr gab es nicht.

Shanta Berlinger nagte an ihrer Unterlippe. Sie musste sich ganz auf ihr Gefühl verlassen. Es gab niemanden, den sie hätte um Rat fragen können. Und der Weg, zu dem sie sich in ungezählten schlaflosen Nächten entschlossen hatte, hatte erst begonnen.

War es ein gutes oder ein schlechtes Zeichen, dass Bruno Schmidt mehr Geld haben wollte, als sie ihm angeboten hatte? Dieses Verhalten deutete auf eine gewisse Routine hin, die Risiken eines Auftrags zu kalkulieren. Dabei hätte er durchaus noch mehr fordern dürfen. Für Shanta Berlinger hatte Geld einen geringen Stellenwert gegenüber dem brennenden Gefühl, das sie trieb.

Nun war es freilich zu spät für Erwägungen. Das Terrain, das sie betreten hatte, war ihr fremd wie ein anderer Planet – aber der erste Schritt war getan, unwiderruflich. Sie brauchte einen zuverlässigen, bedingungslosen Terminator, der für einen rohen Akt ein Bündel Geldscheine einsteckte und über die Beziehung zwischen Zielobjekt und Auftraggeberin keine tiefer gehenden Mutmaßungen anstellte, und sie konnte nur hoffen, dass sie ihn mit Bruno Schmidt gefunden hatte.

Vor ihr tauchte das Heck eines Lastzuges auf, der das Ende einer Kette von qualmenden Dieselbrummern bildete. Sie hielt den Atem an und überholte. Drei oder vier der Giganten hatte sie schon passiert, als der Fahrer eines grauen Sattelschleppers seinen Arm aus dem Fenster streckte und mit der Hand auf und ab winkte. Es war ein bloßer, haariger Arm. Verärgert, aber auch leicht verunsichert blickte sie in den großen Seitenspiegel des grauen Riesen und sah für einen Moment das Gesicht des Fahrers.

Sie schrie auf.

Das Gaspedal bis zum Anschlag durchgetreten, schoss sie an der Kolonne vorbei, kam dem Hinterteil eines BMW gefährlich nahe, scheuchte ihn mit der Lichthupe in eine Lücke und raste weiter, weiter, weiter …

Endlich ein Parkplatzschild! Noch tausend Meter. Noch fünfhundert Meter. Sie zitterte wie Espenlaub. O Gott, ich verliere die Kontrolle, dachte sie panisch, o Gott, ich kann das Lenkrad nicht mehr halten. Schräg über zwei Parkflächen blieb sie stehen. Den Kopf auf das Lenkrad gelegt, begann sie haltlos zu schluchzen.

Sie sah sich selbst, nackt, mit einem dreckigen Sack über dem Kopf, einem Sack, der nach Blut, Kot und Tod stank. Sie hörte sich schreien, wimmern, um Gnade betteln. Sie spürte die Angst und die Scham und das bittere Gefühl der totalen Entwürdigung.

Immer noch völlig aufgelöst, fingerte sie eine Tablettenpackung aus dem Handschuhfach.

»Es war ein Lastwagenfahrer«, sagte sie, »ein ganz normaler Lastwagenfahrer, der einen idiotischen Flirt probiert hat, weiter nichts!«

Sie hatte Recht. Es war ein harmloser Lastwagenfahrer, dessen Fantasie nicht ausgereicht hätte, sich vorzustellen, was er mit seiner dummdreisten Anmache angerichtet hatte. Dass er mit seiner Vollglatze und seinem wuchtigen Kinn einem Mann namens Uwe Brutscher sehr ähnlich sah, war purer Zufall.

Auf die Begegnung mit besagtem Uwe Brutscher bereitete Bruno sich so gründlich vor wie früher auf einen Kampf. Im Kapuzen-Sweatshirt lief er am Fluss entlang, jeden Morgen bis zur Erschöpfung, machte Liegestütze, Klimmzüge und Klappmesser, nahm in einer Woche vier Kilo ab und streifte sich im Keller der *Blauen Ecke* erstmals seit Jahren wieder die Sparringshandschuhe über. Das war zunächst kein ungetrübtes Vergnügen. Schuld daran war der Halbmittelgewichtler Ogün Özdemir, ein junger, schneller Amateur, der ins Profilager wollte und ganz wild darauf war, sich an einem Veteranen zu versuchen, der von dort kam. Bruno rannte dem Jungen im Ring hinterher. Der war fix auf den Beinen, biegsam im Oberkörper und nicht zu stellen. Ein boxender Gummibaum! Bruno schlug immer dorthin, wo Özdemir gerade noch gewesen war, und musste sich wohl oder übel eingestehen, dass er zwar noch das Zeug hatte, einen durch Bodybuilding angeschwollenen Zuhälter zu treffen, nicht aber einen Boxer mit über hundert Amateurkämpfen. Er hatte das Distanzgefühl verloren. Und jedes Mal, wenn sich ein kurzes Schlaggewitter an seinem leidgeprüften Schädel entlud, wurde er unangenehm daran erinnert, dass auch seine Reflexe nicht mehr die eines Profiboxers waren.

»Ich weiß zwar nicht, was du vorhast, aber wir müssen wieder ganz von vorn anfangen, Hammer, Schritt für Schritt«, sagte Paul, der das Elend nicht länger mit ansehen konnte, und streifte die Pratzen über. »Komm, alter Junge, auf geht's: links, links-rechts, links, links, links-rechts …«

In der vierten Woche war Bruno wieder so weit, die Lücke in der Deckung des Gegners zu sehen und instinktiv zu schlagen, beides fast im selben Augenblick. Wie in alten Profi-Tagen hatte Paul es geschafft, ihn termingerecht fit zu bekommen. Beim letzten Sparring gab Özdemir auf.

»Da ist ja noch Glut unter der Asche«, sagte Paul. »Du willst doch wohl nicht wieder in den Ring, Hammer?«

»Als boxende Ginseng-Wurzel? Nein, Paul, ich will bloß nicht einrosten. Das ist alles.«

Bruno brachte es nicht fertig, Paul die Wahrheit zu sagen. Die Enttäuschung darüber, dass der Boxer, in den er mehr Zeit, Freundschaft und Hoffnung investiert hatte als in jeden anderen, ein bezahlter Schläger geworden war, wollte er seinem alten Trainer ersparen. Denn schäbiger konnte die Laufbahn eines Faustkämpfers nicht enden. Bruno fühlte sich entsprechend. Er konnte sich hundertmal einreden, dass er nichts anderes vorhatte als das, was er x-mal in jenem Quadrat, das man Ring nennt, getan hatte, nämlich für Geld gegen einen Mann zu kämpfen, nur dass es diesmal nicht nach sportlichen Regeln ginge. Bruno wollte offen vorgehen, nicht hinterhältig wie ein Killer, der seinem Opfer keine Chance ließ und seinen Auftrag unter Ausschaltung jeglichen Risikos erledigte. Ein Killer kam wie ein Schatten, schoss, sprengte oder stach und nahm, wenn er verschwand, einen anderen Weg als den, auf dem er gekommen war. Die Polizei konnte solche Fälle fast nie aufklären, denn Augenzeugen, die einen Killer beschreiben konnten, gab es in der Regel nicht. – Bruno wusste um die Vorzüge des Verborgenseins, denn er war Privatdetektiv. Dass er bei dem ominösen Auftrag, dem er sich verschrieben hatte, an die Grenzen seines Ehrgefühls stieß, ließ ihn grundsätzlich an seiner Eignung für Einsätze dieser Art zweifeln. Aber er hatte das Geld genommen.

An der Peripherie von Saarbrücken mietete Bruno sich in einer einfachen Pension ein. Er gab sich als Vertreter für Baugerüste aus und machte sich in einem gemieteten Opel Corsa auf die Suche nach Uwe Brutscher. Die Adresse hatte er.

Brutscher wohnte auf der anderen Seite der Stadt, in Burbach, und dort in einer Straßenzeile, die an Hässlichkeit nicht zu überbieten war. Die Fassaden der alten Mietshäuser waren grau wie Schlacke. Brutschers roter Rost-Escort stand, eingereiht unter seinesgleichen, am Straßenrand. Es war ein Sonntag, an dem Bruno mit der Ausspähung seines Opfers begann. Vom Auto aus beobachtete er, wie Familie Brutscher zum Nachmittagsausflug aufbrach. Die Frau und die beiden Kinder registrierte er nur flüchtig. Auch ohne Brunos spezielles Interesse wären sie neben Uwe Brutscher verblasst. Der Typ war ein Blickfang. Er war nicht groß, etwa einssiebzig, hatte einen Catcherschädel, der blank war wie eine Billardkugel, und einen außergewöhnlich starken Hals. Sein dunkelblonder Schnauzbart reichte grimmig bis weit unter die Mundwinkel. Auch ohne die haarige Verzierung hätte seine Mundpartie etwas Auffallendes gehabt. Die aufgeworfenen, abwärts gebogenen Lippen erinnerten an ein Karpfenmaul. Brutscher trug helle Jeans und ein rotes T-Shirt, unter dem sich seine Brustmuskeln wölbten. An der Art, wie er sich bewegte, war zu erahnen, dass er nicht nur über gewaltige Kraft, sondern auch über Schnelligkeit verfügte. Die Familie verschwand in dem angejahrten Escort, den Brutscher steuerte, und Bruno folgte dem roten Auto in gebotenem Abstand. Sie fuhren durch sonntagsstille Straßen und überquerten auf einer mehrspurigen Brücke die Saar. Am deutsch-französischen Garten war die Fahrt zu Ende. Eine halbe Stunde lang heftete Bruno sich an die Fersen der Familie und fragte sich von Minute zu Minute dringlicher, warum zum Teufel er diesen Auftrag angenommen hatte. Da ging eine deutsche Durchschnittsfamilie einer sonntäglichen Durchschnittsbeschäftigung nach, nämlich gemessenen Schrittes mit gelangweilten Kindern auf gepflegten Wegen durch eine gezähmte Natur irgendeiner Erfrischungsstätte entgegenzupilgern. Ab und an rief der Familienvater die zwei streitenden Buben zur Ordnung und legte zeitweise mit einer Art Besitzerstolz einen Arm um die Taille seiner aschblond dauergewellten, durch keinerlei Attribute sonderlich auffälligen Frau. Diesen Mann sollte er zusammenschlagen. Warum? Auf welche Weise könnte er den Lebensweg einer reichen und unerhört schönen Dame dermaßen gekreuzt haben, dass sie ihn mit solchem Hass verfolgte?

Am Tresen einer Kneipe in den Gassen des Sankt Johanner Markts sinnierte Bruno über die Verstrickung des vermeintlich Normalen in das abgründig Böse. Waren nicht auch unter den Lagerwachen der KZs oftmals biedere Familienväter gewesen? Immer wieder gab es Kinderschänder und Serienmörder, Wölfe im Schafspelz, die jahrelang zu Hause am Küchentisch Harmonie verbreiteten und – wenn der Tag der Entlarvung da war – von fassungslosen Nachbarn im Fernsehen als freundlich und zuvorkommend geschildert wurden.

Doch wie Bruno es auch drehte und wendete: Es war barbarisch, sich auf einen Mann hetzen zu lassen, der einem völlig unbekannt war. Gewiss hatte er eine Gewalttat begangen, er sah auch ganz danach aus, doch es fehlte jeglicher Anhaltspunkt, der Brunos Gerechtigkeitsempfinden hätte aktivieren können und ihm somit den Auftrag leichter gemacht hätte. Kurzzeitig war Bruno versucht, in eine Telefonzelle zu gehen – ein Handy besaß er nicht mehr – und die Nummer zu wählen, die er sich eingeprägt hatte, um eine einzige Frage zu stellen: Was hat dieser Mann getan?

Bruno verkniff sich den Anruf. Er wollte nicht im letzten Moment als unprofessioneller Zauderer dastehen. Nicht gegenüber dieser Frau. Stattdessen observierte er Uwe Brutscher weiterhin. Schon in aller Herrgottsfrühe war er auf den Beinen, um festzustellen, welchem Revier der Obermeister zugeteilt war und welche Schicht er hatte. Kurz vor sieben Uhr am Montagmorgen kam Brutscher in Uniform aus dem Haus. Bruno folgte ihm bis zu seiner Dienststelle, wartete verdeckt, bis Brutscher zusammen mit einem Kollegen ein Polizeiauto bestieg, und zog sich zurück, weil es ihm zu riskant war, eine Doppelstreife zu beschatten.

Nachmittags gegen halb drei bog der rote Escort wieder in die hässliche Straßenzeile ein, in der Brutscher zu Hause war. Bruno saß in seinem Miet-Corsa und hoffte, dass Brutscher irgendwann im Jogginganzug herauskäme, um an einem abgelegenen Ort, vielleicht im Saarbrücker Stadtwald oder am Flussufer, Kondition zu tanken. Das wäre die Gelegenheit gewesen, ihn zu stellen. Doch Bruno wartete vergebens.

Mit einem fingierten Anruf, bei dem er sich als Kollege ausgab, brachte Bruno von einem freundlichen Beamten der Polizeidirektion Mitte in Erfahrung, dass das Nahkampftraining, das Brutscher leitete, dienstags und donnerstags abends in der Polizeisporthalle stattfände.

Die Halle war Teil eines größeren Komplexes, der von der Öffentlichkeit abgeschirmt war. Es gab ein Pförtnerhäuschen und einen Schlagbaum. Bruno probierte es gar nicht erst an dieser Stelle. Auf der Rückseite spähte er durch eine Thujahecke. Die Sporthalle war so großflächig verglast, dass Bruno sie fast ganz überblicken konnte. Der Boden war komplett mit Matten ausgelegt.

»Nobel«, murmelte Bruno, der immer in halb verrotteten

Gyms trainiert hatte. Dann fuhr er kreuz und quer durch die Stadt und entwickelte einen Plan.

Den größten Teil des Dienstags verbrachte Bruno wie ein Tourist. Nachdem er kurz telefoniert hatte, spazierte er am Saarufer entlang, aß drei Rostbratwürstchen und besuchte ein Abenteuermuseum. Am Abend kehrte er in die Pension zurück, zahlte sein Zimmer und erzählte der liebenswert-neugierigen Wirtin, als Nächstes habe er in Aachen zu tun. Später, auf einem buschumsäumten Parkplatz, traf er ein paar Vorbereitungen. Er entledigte sich seiner Jeanshose, zog einen Tiefschutz an und eine schwarze Sporthose darüber.

»Das wär was!«, sagte er amüsiert und beklopfte prüfend die feste Beule unter dem Stoff der Hose.

Um seine rechte Hand, mit der er härter schlug als mit der linken, vor Blessuren zu schützen, umwickelte er sie mit einer Bandage, genau so, wie er früher seine Fäuste bandagiert hatte, bevor er sich die Kampfhandschuhe darüberstülpen ließ. Er steckte den Daumen in die Schlaufe, legte das elastische Band mehrfach ums Handgelenk, dann kreuzweise über den Handrücken und achtete sorgfältig darauf, dass die Knöchel und die untersten Fingerglieder solide umhüllt waren.

Uwe Brutscher rollte seinen schweißnassen Judogi zusammen und stopfte ihn in seine Sporttasche. Nach jedem Training musste seine Frau den grobleinenen Kampfanzug in die Waschmaschine stecken. Der Kimono musste rein sein, wenn Brutscher die Matte betrat. Schließlich war er Ausbilder, Meister und Vorbild, war Träger des zweiten Dan sowohl in Jujutsu als auch in Judo.

Seinem Enthusiasmus für asiatischen Kampfsport hatte Uwe Brutscher viel zu verdanken. In keiner Sparte hatte er es so weit gebracht wie in der hohen Kunst, andere Leute aufs Kreuz zu legen. Wenn zu Trainingsbeginn seine Schüler auf gekreuzten Unterschenkeln am Mattenrand saßen und sich auf sein Kommando hin verbeugten, war er eine Autorität. Hier in der Halle war er mehr als ein Polizeiobermeister, der Streife fuhr und weniger verdiente als ein Staubsaugervertreter. Hier war er der Chef. Unter seinen Schülern waren weitaus ranghöhere Beamte, unter anderem zwei Hauptkommissare von der Kripo und sogar ein Polizeirat. Wo gab es das schon, dass ein einfacher Befehlsempfänger einen von ganz oben in des Wortes unmittelbarer Bedeutung im Griff hatte? Polizeirat Müller war ein Hänfling mit zarten Händen und Waden wie Weichkäse, dem es auch nach zehn Jahren Jujutsu-Training und ebenso vielen Gürtelprüfungen nie und nimmer gelingen würde, den knasttätowierten Arm eines schweren Jungen zu verdrehen. Dennoch ließ Brutscher sich ab und zu von seinem Chef auf die Matte legen, um dann heuchlerisch zu sagen: »Mit dem Wurf hab ich jetzt wirklich nicht gerechnet.«

Um ihn herum standen nackte Männer. Zwischen Umkleide- und Duschraum war ein Kommen und Gehen. Kleine Hautabschürfungen, der so genannte Mattenbrand, wurden begutachtet, es wurde Heftpflaster hin und her gereicht, die Luft war dampfig und roch süßlich nach frischem Schweiß.

»Gehst du noch mit was trinken, Uwe?«, fragte einer.

»Geht nicht. Hab noch was Wichtiges zu erledigen«, sagte Brutscher und fügte lauter hinzu: »Denkt dran, Leute, am Sonntagmorgen ist Sondertraining für alle, die sich auf die Gürtelprüfung vorbereiten. Also bis dann!«

Er schaute auf seine Armbanduhr. Viertel nach zehn. Es war keine Minute mehr zu verlieren, wenn er pünktlich sein wollte. Am Nachmittag hatte der Personalchef der Spedition Puhl bei seiner Frau angerufen und einen lukrativen Nebenjob in Aussicht gestellt. Man benötige so rasch wie möglich einen Berater in Sicherheitsfragen und in dem Zusammenhang sei Polizeiobermeister Brutscher von einem Kollegen als Experte empfohlen worden. Auf den entschuldigenden Hinweis seiner Frau, am Abend müsse ihr Mann das Jujutsu-Training leiten, hatte der Personalchef einen Termin um halb elf vorgeschlagen. »Herr Puhl und ich sind heute sowieso länger in der Firma«, hatte er gesagt, »das passt ja großartig.«

Uwe Brutscher brauchte jeden Cent. Die Kinder waren anspruchsvoll. Die Frau machte ihm Druck. Ein diskreter Nebenjob kam ihm wie gerufen. Sicherheitsberatung gegen Honorar – das war allemal eine sicherere Bank als die Schmiergelder, die er gelegentlich in Ausübung seiner polizeilichen Pflicht von vorwiegend ausländischen Wirten und Nachtclubbetreibern im Empfang nahm. Als Experte in Sachen Sicherheit empfohlen zu werden, war für Brutscher nicht weiter verwunderlich. Im Blaulicht- wie im Rotlichtmilieu galt er als harter Hund. Wenn Brutscher einen fertig machen wollte, gab es kein Halten mehr. Das hatte sich unter den Kollegen längst herumgesprochen, und so hielten sie sich bei gewissen Vorfällen vornehm zurück, wenn beispielsweise, wie erst kürzlich geschehen, der kampferprobte Obermeister einen renitenten Asylbewerber aus Angola auf der Wache dermaßen durch den Wolf drehte, dass der nicht nur Blutströpfchen, sondern auch die Namen sämtlicher Kokshändler des Viertels ausspuckte, während er sich vollpisste.

Brutscher fuhr über die Großherzog-Friedrich-Straße und bog in die Dudweiler Landstraße ein. Ein Gewitter hing über der Stadt. Obwohl er beide Seitenscheiben seines alten Escort heruntergekurbelt hatte, brach ihm der Schweiß aus. Sein rotes Polohemd klebte ihm am Körper.

»Das Duschen hätt ich mir glatt sparen können«, schimpfte er und hupte einen Franzosen an, der bei Grün nicht zügig in Fahrt kam. »Pennen kannst du daheim, du Wackes!«

Die Spedition Puhl befand sich außerhalb der Stadt. Auf dem weitläufigen Areal, das von einem hohen Zaun umgeben und teilweise ausgeleuchtet war, standen in Reih und Glied zwei Dutzend blaue Zugmaschinen und Container. Brutscher stoppte an dem verzinkten Schiebetor und stieg aus. Die Werkstatthalle war dunkel und auch aus dem Bürotrakt nebenan fiel kein Lichtstrahl. Das Tor war verschlossen.

»Hallo«, rief Brutscher.

Eine Antwort kam prompt und aus rauer Kehle. Ein Hund schlug an, dann ein zweiter. Kurz darauf waren sie am Tor, zwei giftige Dobermänner, die böse Fratzen schnitten und mörderische Zähne zeigten.

»Scheiße«, sagte Brutscher, »da wollte mich doch jemand verarschen.«

»Nein«, sagte eine Stimme hinter ihm.

Brutscher fuhr herum und starrte in ein Gesicht, das eigentlich keines war. Der Mann hatte sich einen Damenstrumpf über den Kopf gezogen. Instinktiv glitt Brutschers rechte Hand zur Hüfte, doch sie griff ins Leere. Brutscher war in Zivil.

»Ich lasse dir eine Chance«, kam es heiser aus dem deformierten Gesicht, das – wie aus dem Nichts gewachsen – zwei Meter von ihm entfernt schwach vom Lichtkreis einer Lampe erfasst wurde. »Wehr dich!«

Brutscher war lange genug Polizist, um eine Situation blitzschnell zu erfassen. Der Mann, der ihm gegenüberstand, sah drahtig aus. Er trug ein schwarzes T-Shirt, eine schwarze Hose und Turnschuhe. Es war keine Waffe zu erkennen. Mit leicht geknickten Knien nahm Brutscher eine Haltung ein, die ihm einen tiefen Schwerpunkt und einen festen Stand gab. Eine Hand hielt er unten, um einen eventuellen Tritt gegen seine Genitalien abzublocken, die andere war bereit, zuzupacken. Einen Lidschlag später wusste er, dass er es mit einem Boxer zu tun hatte. Der Mann mit der Maske hatte einen schnellen Ausfallschritt gemacht und gleichzeitig die linke Faust gegen Brutschers Gesicht zucken lassen, zweimal hintereinander und so unglaublich schnell, dass Brutscher zu keiner Abwehr fähig war. Er fühlte sich wie gelähmt. Seine Lippen und seine Nase waren taub von den Treffern. Die Zunge meldete ihm den Geschmack von Blut.

»Das war nur die Führhand«, sagte der Maskierte und machte einen halben Schritt zurück. »Ab jetzt musst du auch mit der Schlaghand rechnen.«

Brutscher hatte keine Zeit, sich über den sportlichen Zynismus oder den zynischen Sportgeist des Angreifers zu wundern. Erst musste er ihn von den Beinen holen, runter in den Bodenkampf. Er war gelassen wie auf der Matte, denn er wusste, was er zu tun hatte. Auf Augenhöhe mit einem Boxer zu kämpfen, war nicht ratsam. Auch nicht in der Nahdistanz. Ein guter Boxer, und ein solcher schien der Angreifer zu sein, konnte ansatzlos schlagen und aus einem Abstand von kaum zwanzig Zentimetern eine verheerende Wirkung erzielen. Derart schnelle Fäuste abfangen oder gar erfassen zu wollen, könnte nur einem Masochisten einfallen.

Brutscher tauchte ab. Er bückte sich tief wie ein Freistilringer und hechtete gegen die Beine des Boxers. Mit beiden Händen bekam er eine Ferse zu fassen, nahm seinen Kopf zur Seite, um seine Schulter gegen das Kniegelenk zu rammen, aber der Bursche war zu schnell. Er riss sein Bein aus der Umklammerung und machte einen Sidestep. Brutscher blieb am Boden, brachte seinen Unterkörper nach vorne und versuchte es mit einer Beinschere. Sein linkes Bein schlug in die Kniekehlen des Gegners, das rechte wie ein Sperrbalken gegen den Bauch. Der Mann verlor das Gleichgewicht, fiel wie eine Bahnschranke nach hinten – und Brutscher war über ihm. Die beiden Männer rangen nah am Zaun, hinter dem die Hunde schier durchdrehten. Brutscher brachte den rechten Arm des Maskierten mit einem Streckhebel unter Kontrolle. Das Ende des Duells schien gekommen. Der Jujutsu-Meister lag im Neunzig-Grad-Winkel zu dem gefällten Boxer, die Beine über dessen Hals und Brust gelegt, und war bereit, durch ein einfaches Anheben seines Unterkörpers den blockierten Arm im Ellbogengelenk zu brechen.

»Jetzt bist du erledigt, Freundchen«, keuchte Brutscher, »pass gut auf, jetzt hörst du deine eigenen Knochen krachen.«

Brutscher bog sich durch, hob den Unterkörper, hörte den Schmerzensschrei des Mannes, dessen Arm er für alle Zeiten unbrauchbar zu machen im Begriff stand, bog sich, hebelte, und sein Kopf rieb am Drahtgeflecht, drückte eine Delle in den Zaun, hinter dem die Hunde tobten, und dann schrie auch Brutscher, denn einer der Dobermänner hatte ihn durch die Maschen in den Kopf gebissen.

Das war die Wende. Brutscher hatte für den Bruchteil einer Sekunde den Knochenbrechergriff gelockert – und seine Chancen vertan. Bruno schnellte auf die Füße. Brutscher rutschte vom Zaun weg, in den die rasenden Dobermänner bissen, sprang auf und stand in einem Hagel von Schlägen, die er nicht kommen sah. Er taumelte, fiel gegen den Zaun, spürte, wie Zahnschmelz auf seiner Zunge zerbröselte und gezackte Stümpfe sich ins Backenfleisch bohrten, sein linkes Auge floss über und dann gab es eine Explosion an seinem Kinn, dass es ihm schwarz vor Augen wurde. Er drehte sich um die eigene

Achse, griff im Unterbewusstsein in die Drahtmaschen, hing für ein paar Herzschläge mit eingeknickten Knien kraftlos am Zaun und sank, nachdem ihm ein auf den Hinterbeinen stehender Dobermann zwei Finger abgebissen hatte, mit einem leisen Seufzer zu Boden. Dass ihm der Arm abgebunden und eine Ampulle Blut entnommen wurde, spürte er nicht mehr.

IV. Kapitel

Der Reiz des Südens

In einer Stadt, die mit Rücksicht auf beteiligte Personen nicht näher benannt werden sollte, saß Bruno an seinem Schreibtisch, die Füße auf der verschrammten Nussbaumplatte, und überließ sich mit geschlossenen Augen den Klängen von Antonio Vivaldi. Dass die Stereoanlage nur 100 Euro gekostet hatte, hörte man ihr kaum an. Anne-Sophie Mutter spielte »Die vier Jahreszeiten«.

Paul kam herein. Er balancierte ein Tablett mit Suppenterrine und Brotkörbchen.

»Ich habe angeklopft«, sagte er, »aber das kann man ja nicht hören bei der lauten Musik.«

»Die Stelle liebe ich besonders«, sagte Bruno. »Der Sommer. Hörst du ihn? Das ist gerade ein Allegro non molto. Mattigkeit infolge der Hitze. Jetzt kommt der Kuckuck. Dann die Turteltaube.«

»Du siehst nicht gut aus, Junge«, sagte Paul, »und das hat wohl nix mit Mattigkeit infolge der Hitze zu tun. Komm, iss was! Ich mach die Musik ein bisschen leiser, wenn's recht ist.«

»Alter Banause«, sagte Bruno.

Er hatte seinen rechten Arm in eine Schlinge gelegt und ächzte mit dem alten Schreibtischsessel um die Wette, als er seine Füße herunternahm.

»Zwei Rippen sind geprellt, vielleicht sogar gebrochen.«

»Ich bin ja nicht vorwitzig«, sagte Paul, »aber wie's aussieht, hast du versucht, einem Grizzly die Krallen zu schneiden.«

»So ähnlich«, sagte Bruno und schnüffelte an der Suppe.

»Du solltest zum Arzt gehen.«

»Bei Rippenbruch kann der auch nichts machen. Außerdem bin ich nicht krankenversichert.«

»Du bist ein hoffnungsloser Fall«, knurrte Paul beim Hinausgehen. »Dich werd ich wohl nie vom Hals kriegen. Bring nachher das Tablett runter!«

Mit der linken Hand löffelte Bruno die Hühnerbrühe und verzog dabei das Gesicht, als schlürfe er Gift und Galle in sich hinein. Das Kiefergelenk tat ihm weh. Bei dem Gerangel am Boden musste es etwas abgekriegt haben.

Als er fertig war, wählte er die Handynummer seiner Auftraggeberin.

»Ja bitte?«

Auf eine Männerstimme war Bruno nicht gefasst. Er brauchte drei Sekunden, bis er herausbrachte: »Tut mir leid. Wahrscheinlich habe ich falsch gewählt.«

»Vermutlich nicht«, sagte die Männerstimme, »Ihr Anruf wurde erwartet.«

»Sie wissen also Bescheid?«

»Ja. Geben Sie mir bitte Ihre Telefonnummer. Man wird Sie zurückrufen. In etwa zehn Minuten.«

Bruno legte auf und stellte die Musik wieder auf volle Lautstärke. Der Jubel des Sommers war vorbei. Es erklang der zweite Satz des Herbstes, ein Adagio molto.

Das akustische Ausrufezeichen des Telefons drang wie ein Signal aus einer anderen Welt in die klassische Harmonie der Töne.

»Detektei Bruno Schmidt.«

»Ich gratuliere Ihnen. Sie haben hervorragend gearbeitet.« Es war die Stimme seiner Auftraggeberin.

»Woher wissen Sie das? Haben Sie etwa schon eine Zeitung ...?«

»Ich bin informiert. Fragen Sie nicht, woher!«

»Dann ist ja alles klar.«

»Ich habe einen neuen Auftrag für Sie.«

»Nein«, sagte Bruno, »nein, auf keinen Fall. Ich mache so was nicht noch einmal.«

»Ich weiß jetzt, dass Sie zuverlässig sind. Wir sollten miteinander reden. Vielleicht schulde ich Ihnen eine Erklärung.«

»Und zwölftausend Euro.«

»Aber natürlich. Ich schlage vor, wir treffen uns an einer Autobahnraststätte. Sagen wir ... Bad Bellingen. Sie fahren auf der A 5 Richtung Basel.«

»Ich weiß, wo das ist. Aber ich kann nicht fahren. Mir geht's nicht besonders gut.«

»Nehmen Sie sich ein Taxi. Auf Spesen, naturellement. Passt es Ihnen morgen? Morgen Nachmittag um vier?«

»Um vier. Gut. Ich werde da sein.«

»Ich freue mich.« Ihre Stimme hatte einen femininen Hauch. »Sie hören übrigens eine wunderschöne Musik. Les quatre saisons, n'est-ce pas? C'est l'automne.«

»Herbst«, sagte Bruno, »der dritte Satz. Allegro. Die Jagd. Das fliehende Tier verendet.«

»So soll es sein«, sagte sie und legte auf.

Bruno hörte die CD zu Ende. Dem Herbst folgte der Winter. Bruno blätterte in dem Beiheft, das schon ganz zerfleddert war. *Wer eilt, gleitet aus und fällt nieder*, las er im Winter-Sonett, das Vivaldi vermutlich selbst verfasst hatte. *Doch immer wieder betritt man das Eis und läuft, bis es krachend zersplittert und bricht.*

Es war ein dunstiger, regenverhangener Julitag mit hoher Luftfeuchtigkeit, als Bruno an der Autobahnraststätte Bad Bellingen aus dem Taxi stieg. Er hatte die Schlinge abgelegt und trug seine Vorzeigekleidung: Bluejeans und den beigen Sommer-Sakko. Obwohl der Parkplatz voller picknickender Nomaden war, denen auf dem Zug nach Süden die Hitze, das Einerlei der Autobahn und der Druck einer vollen Blase eine Zwangspause verordnet hatten, brauchte Bruno nach dem silbrigen SL nicht lange zu suchen. Mit geschlossenem Verdeck stand der Wagen in der Nähe des Restauranteingangs. Er hatte ein Genfer Nummernschild.

»Es tut mir leid«, sagte Bruno und gab der Frau, die vor einer Tasse Kaffee in Fensternähe saß, die Hand. »Eine Baustelle.«

»Wie üblich in der Reisesaison«, sagte sie gelassen. »Nehmen Sie bitte Platz.«

Sie sah anders aus als beim ersten Mal, längst nicht so damenhaft, so dass Bruno zunächst gezögert hatte, bevor er auf sie zuging. War es dieselbe Frau? Die tiefschwarze Haarpracht war offen und fiel schwer und weich auf eine nachtblaue Bluse, die den Blick auf ein reizendes Dekolleté gewährte. So wirkt sie jünger, dachte Bruno, der mit einem schnellen Blick erfasste, dass sie hautenge Jeans und Riemchen-Sandaletten trug.

»Sie haben das Blut?«

»In der Jackentasche.«

»Wo sind Sie verletzt? Man sieht Ihnen nichts an.«

»Es ist nichts Dramatisches. Hauptsächlich die Rippen. Ich darf halt nicht lachen. Aber dazu gibt's momentan ja keinen Anlass.«

»Gut. Erzählen Sie mir alles! En détail!«

»Ich habe meinen Auftrag erledigt.«

»Sie haben ihn gedemütigt. Das ist weitaus schlimmer als die Schmerzen, die Sie ihm zugefügt haben. Vor all denen, die ihn bewundert haben, die an den großen Meister geglaubt haben, hat er das Gesicht verloren. Er wird nie mehr Selbstverteidigung unterrichten. Er wird sich sogar schämen, auf die Straße zu gehen.«

Bruno schüttelte den Kopf, als wollte er das psychische Desaster, das sich aus dem atavistischen Duell zweier Männer ergab, nicht wahrhaben.

»Ich weiß nicht, was er Ihnen angetan hat, dass Sie ihn so hassen. Es geht mich auch nichts an, es sei denn, Sie wollten es mir erzählen. Aber ich kann Ihnen sagen, dass es ein knochenharter Kampf war, den ich nur deswegen überstanden habe, weil zwei Dobermänner mitgemischt haben. Wer da wen gedemütigt hat, müsste erst noch geklärt werden.«

»Ich habe mich nicht in Ihnen getäuscht.« Ihre dunklen Augen hatten wieder diesen hypnotischen Ausdruck, den er bei der ersten Begegnung in dem plüschigen Café verwirrt registriert hatte. »Und ich danke dem Schicksal, dass ich Sie ausgewählt habe, Sie – und keinen anderen.«

Bruno verstand die Welt nicht mehr. Dass Hass und weibliche Zerbrechlichkeit so unmittelbar aufeinander folgten, hatte er noch nicht erlebt. Er hatte plötzlich das Bedürfnis, sie in den Arm zu nehmen. Als traue er sich selbst nicht, steckte er seine Hände in die Hosentaschen.

»Sie schaffen es, aus einem alten Kämpen einen Pennäler zu machen«, sagte er, und seine Stimme war ein bisschen heiser, wie immer, wenn sich Emotionen in ihm regten, die er nicht zuließ.

Sie legte den Kopf in den Nacken und Bruno schaute auf ihren Hals. Alles an ihr ist so schmal, so zart, dachte er.

»Seit Sie diesen Kerl geschlagen haben, fühle ich mich viel besser«, sagte sie.

»Das kann ich von mir nicht gerade behaupten. Ich habe das unangenehme Gefühl, mit einem Bein im Kittchen zu stehen.«

»Es ist nicht sehr gemütlich hier.« Sie lächelte sphinxhaft. »Hätten Sie Lust auf eine kleine Landpartie?«

Bruno verbarg seine freudige Überraschung.

»Sie sind die Chefin«, sagte er.

Beim Hinausgehen, als er ihr die Tür aufhielt, kam sie ihm so nah, dass er ihren Duft wahrnahm, diesen Duft, der ihn schon damals auf der Straße betört hatte. In ihren flachen Sandaletten war sie fast einen halben Kopf kleiner als er. Ihr Haar streifte sein Gesicht. Bruno wusste, dass er sich auf dünnem Eis bewegte. Vom ersten Augenblick an hatte er geahnt, dass diese Frau nur mit den Fingern zu schnippen brauchte – und er würde ihr zu Diensten sein. In Sekundenbruchteilen, so hatte er irgendwo gelesen, würde der Mensch sich entscheiden, ob sein Gegenüber begehrenswert sei oder nicht. Aber die Sache hatte einen Haken. Gleich und Gleich gesellt sich gern, das war die Regel. Gleiche Herkunft, gleiches Bildungsniveau, vergleichbares Aussehen – das war üblicherweise die Basis für den Beginn einer Beziehung. Also fand eine schöne Frau im Normalfall nur einen entsprechend aussehenden Mann attraktiv – es sei denn, es waren Macht und Geld im Spiel. Die Konstellation schöne Frau und hässlicher reicher Mann war nicht außergewöhnlich. Dagegen wäre es das Außergewöhnlichste vom Außergewöhnlichen, wenn – da gab Bruno sich keinen Illusionen hin – eine sowohl schöne als auch reiche Frau sich für einen abgetakelten, vernarbten, völlig mittellosen Boxer interessieren würde. Ihrem Ehering nach zu urteilen, war das sowieso kein Thema.

Gestern, als er ihre Handynummer gewählt hatte, hatte sich ein Mann gemeldet.

Trotz allem hatte Bruno ein Gefühl, das von romantischen Gemütern gerne mit *Schmetterlingen im Bauch* umschrieben wird. Er saß neben der Frau seiner Träume in einer offenen Luxuskarosse, die – obwohl Bruno Autos dieses Kalibers mitunter spöttisch als Persönlichkeitsprothesen abtat – irgendwie zu ihrem Stil passte, er betrachtete ihre eleganten Hände am Edelholzlenkrad und das Spiel ihrer bloßen Füße an den Pedalen.

»Kennen Sie das Markgräfler Land?«, fragte sie und bog, ohne die Antwort abzuwarten, von der Autobahn ab.

»Man nennt es die Toskana Deutschlands«, sagte Bruno, der außer diesem vollmundigen Werbeslogan der Tourismusmanager nichts über diese Gegend im äußersten Südwesten Deutschlands hätte sagen können.

Schmale Straßen krümmten sich durch malerisch gealterte Dörfer. Durch Torbögen konnte man in gepflasterte Winzerhöfe hineinsehen. Bruno lehnte sich zurück und genoss den Blick auf verwinkeltes Gemäuer, auf Staffelgiebel, Blumenkästen mit Geranien an den Fenstern, auf Bauerngärten und Katzen, die in der milchigen Sonne dösten.

Der SL hielt unter einer mächtigen Kastanie vor einem Gasthaus mit langer Vergangenheit.

»Hier gibt es Röschti in allen Variationen«, sagte sie, »die besten weit und breit.«

Sie saßen in einer Wirtschaft mit niedriger Balkendecke, grün glasiertem Kachelofen und Holzvertäfelung ringsum. Sie aß Rösti mit Käse und Zwiebeln, er aß Rösti mit Spiegelei und Speck, dazu tranken sie Gutedel.

Sie liebt das Einfache, dachte er, und das gefiel ihm.

»Es war eine gute Idee, hierher zu fahren«, sagte er.

»Das freut mich. Ich dachte mir, dass es Ihnen gefällt.«

Sie plauderten eine Weile, sorgsam bemüht, den Zweck ihres Treffens auszusparen.

»Kennen Sie die Schweiz?«, fragte sie.

»Kaum. Ich hatte mal einen Kampf in Zürich. Vor über zehn Jahren. Und einen in Bern. Das liegt noch länger zurück.«

»Wenn Sie nichts Besseres vorhaben, nehme ich Sie mit. Sie könnten morgen oder übermorgen zurückreisen.«

»Sie nehmen mich mit nach Genf?«

»Nicht nach Genf. Ich habe noch ein anderes Domizil. Nicht sehr weit von hier.«

Er gab sich nachdenklich, tat so, als lasse er im Geist die vielen Termine vorüberziehen, die in seiner Detektei anstanden.

»Es ließe sich einrichten«, sagte er.

»Ich heiße Shanta Berlinger.« Lächelnd hob sie ihr Weinglas. »Ich werde Ihnen meine Geschichte erzählen. Aber nicht jetzt und nicht hier.«

In Rheinfelden fuhren sie über die Grenze. Nach wenigen Minuten auf breitem Asphalt folgten sie einem gewundenen Passsträßchen durch eine urwüchsige Landschaft mit bewaldeten Bergen und Felsabbrüchen.

»Das sind die Ausläufer des Jura«, erklärte sie.

Das einzige Städtchen, das sie passierten, war Aarau. Eine Viertelstunde später blickte Bruno auf einen lang gestreckten See, auf dem das Feuer der Abendsonne schwamm.

»Der Hallwiler See«, sagte sie. »Wir sind da.«

»Das ist ja wunderschön hier.« Bruno lehnte sich aus dem Wagen. »Könnten Sie mal kurz anhalten?«

Sie fuhr langsamer. In den Uferdörfern gingen nach und nach die Lichter an.

»Von Ihrem Zimmer aus werden Sie den Anblick besser genießen können.«

Der SL bog in eine Seitenstraße ein, dann in eine Allee. Ein kunstvoll mit Ranken und eisernen Rosen geschmiedetes Tor öffnete sich wie von Geisterhand. An rot blühenden Büschen vorbei rollten sie auf eine alte Villa zu, deren Fassade fast vollständig mit wildem Wein überwuchert war. Hohe weiße Sprossenfenster kontrastierten mit dem tiefen Grün.

»Das Haus ist über zweihundert Jahre alt. Mein Mann hatte es geerbt. Wir waren leider nicht oft hier.«

In einer Remise, deren Torflügel weit offen standen, blinkten blank polierte Oldtimer, drei oder vier Stück.

»Wo sind Sie eigentlich zu Hause, wenn ich fragen darf? Hier oder in Genf?«

»Hauptsächlich in Genf und in Paris. Mein Mann war Diplomat.«

»Ich war ein bisschen perplex, als ich ihn gestern am Telefon hatte.«

»Ich bezweifle, dass Sie mit ihm telefoniert haben.« Sie hielt vor einer breiten Freitreppe, auf der wartend ein grauhaariger Herr in weißem Hemd und schwarzem Gilet stand. »Mein Mann ist seit einem halben Jahr tot.«

»Tut mir leid«, sagte Bruno und verachtete sich ein bisschen dafür, weil diese Floskel pure Heuchelei war.

Der Grauhaarige kam von der Treppe herunter und öffnete den Wagenschlag auf der Fahrerseite.

»Willkommen zu Hause, Madame«, sagte er.

Bruno erkannte, dass es sich um einen Bediensteten handelte und stieg ohne zu zögern aus dem Auto, denn es wäre ihm peinlich gewesen, wenn ein älterer Mann ihm die Tür aufgehalten hätte.

»Das ist Maurice«, sagte sie. »Er ist die gute Seele des Hauses.«

»Haben Sie Gepäck, Monsieur?«, fragte der Grauhaarige, der vom Alter her, wie Bruno schätzte, längst in den Ruhestand gehörte.

»Nicht mal einen Pappkarton.« Der Fauxpas war beabsichtigt.

Bruno hatte das unbestimmte Gefühl, dass der Alte genau über alles Bescheid wusste. Später, im Gästezimmer, sah er sich bestätigt, denn im dazugehörigen Bad lag alles fein säuberlich parat, was ein Mann braucht, der über Nacht bleibt: Zahnbürste, Rasierzeug zur Auswahl für eine trockene oder nasse Prozedur und – was Bruno schier die Sprache verschlug – ein schickes blaues Hemd von Armani und in derselben Farbe eine Unterhose der Größe sechs von einem Couturier namens Bruno Banani.

Maurice öffnete Bruno die Tür zum Salon, einem karg möblierten Raum von mindestens sechzig Quadratmetern. Bruno war mitnichten ein Experte für antike Möbel und viel weniger noch für Kunst, aber er hätte seinen einzigen Sakko darauf verwettet, dass allein die Bilder, obwohl sie den Anschein erweckten, eine Kuh habe sie in ihrer paranoiden Periode mit dem Schwanz gemalt, ein Vermögen wert waren.

Shanta Berlinger hatte sich umgezogen. Sie trug ein körpernahes, schwarzes, knöchellanges Kleid und hatte die Haare hochgesteckt. Zwei Katzen, eine schwarze und eine schwarzweiße, strichen mit hoch gestellten Schwänzen um sie herum. Bruno ging in die Hocke und lockte die Tiere mit Lispellauten. Die schwarz-weiße Katze kam zu ihm und fing gleich an zu schnurren.

»Peter ist jedermanns Freund«, sagte Shanta Berlinger. »Heidi ist eher scheu gegenüber Fremden. Sie ist ein Findling. Ich nehme an, dass sie schlechte Erfahrungen gemacht hat.«

»Lieber, lieber Peter«, sagte Bruno und kraulte und streichelte den Kater, der ihn immer wieder mit dem Kopf anstieß, bis auch die schwarze Katze ihre Zurückhaltung überwand, vorsichtig näher kam und sich schließlich ebenfalls streicheln ließ.

»Erstaunlich«, sagte Shanta Berlinger.

»Ich hätte auch gern ein Tier. Aber eine Stadt ist keine gute Umgebung.«

»Trinken Sie einen Champagner mit mir?«

»Champagner? Nein danke. Könnte ich ein Bier haben?«

»Maurice …«

»Ich habe es gehört, Madame.«

»Und das Nocturne bitte, Maurice!«

Der Butler machte sich an der Musikanlage zu schaffen. Dezent erklang ein elegisches Klavierstück.

»Ich könnte keinen Diener um mich herum ertragen«, sagte Bruno, als Maurice aus dem Raum war.

»Sie würden sich daran gewöhnen wie an einen Eisschrank oder an eine Zentralheizung.«

»Ich habe meine Probleme mit der Aufteilung der Welt in Herren und Knechte«, hielt Bruno stur an dem Thema fest.

Natürlich spürte er, dass er sie nervte mit seiner proletarischen Gesinnung, aber er konnte nicht anders: So viel Reichtum forderte seinen Protest heraus.

»In welchem Licht sehen Sie *Ihre* Arbeit eigentlich?« Sie sah ihn verwundert an.

»Das ist etwas anderes«, sagte er. »Sehen Sie mich als …«

Er hielt inne, als Maurice mit einem Tablett hereinkam, und schwieg, bis der alte Butler sich wieder entfernt hatte.

»Sehen Sie mich als eine Art Freibeuter an, mit dem man einen Pakt schließen kann. Als Dienstleister und Stiefellecker wird mich niemand erleben, egal, wie viel Geld man mir dafür bietet.«

Sie nippte an ihrem Champagner. Ihre Haare fielen nach vorn und bildeten einen Vorhang vor ihrem Gesicht.

»Habe ich Sie … verletzt?«, fragte sie leise.

»Aber nein. Natürlich nicht. Wie kommen Sie darauf?«

Sie antwortete nicht.

»Es tut mir leid«, sagte Bruno, »ich wollte Sie nicht kränken. Sie sind von Kindesbeinen an daran gewöhnt, bedient zu werden. Ich komme aus einer unteren Schublade, ich meine … wir beide sind unterschiedlich geprägt.«

»Es dürfte Sie überraschen«, sagte sie, ohne den Haarvorhang zurückzustreichen, »wir sind zwar unterschiedlich geprägt, da haben Sie Recht, nur die Rangfolge stimmt nicht.«

»Wie …?«

»Wenn Sie aus einer unteren Schublade kommen, wie Sie sagen, dann komme ich aus der untersten. Darunter gibt es nichts mehr. Ich gehöre einer Rasse an, die seit Jahrhunderten mit der Verachtung der Sesshaften leben muss.«

»Sie sind … aber das sagt man heute ja nicht mehr … also Sie sind eine Sintiza oder Romni oder etwas in der Richtung?«

»Eine Zigeunerin. Benutzen Sie das Wort ruhig.« Sie strich ihre schwarzen Haare zurück und wandte ihm das Gesicht zu. »Das alles hier, alles was Sie sehen, ist der Besitz eines Mannes, der mich geliebt hat.«

Mit Bestürzung sah Bruno, dass ihre Augen sich mit Tränen füllten.

»Urs Berlinger hat mich und das Kind aus der Gosse geholt. Wie im Aschenputtelmärchen. Ich war noch sehr jung und brauchte eine Weile, bis ich begriff, dass so etwas überhaupt möglich ist. Er war für Sanja wie ein Vater. Und für mich ebenso. Es hat nie einen besseren Menschen auf der Welt gegeben. Jedenfalls nicht für mich.«

Sie weinte leise. Bruno fühlte sich hilflos. Egal, was er jetzt sagen würde – es wäre unpassend. Er trat hinter sie und legte ihr seine Hand auf die Schulter.

»Ich weiß, dass sich das nicht gehört«, sagte er. »Schieben Sie sie weg, wenn Sie es nicht wollen.«

Sie unternahm nichts. Bruno spürte das leichte Zittern ihrer Schulter und fühlte in diesem Augenblick, dass er sie liebte. Unbeweglich und schweigend stand er hinter ihr, bis die schwermütige Musik verklungen war.

»Ich möchte nicht, dass Sie mich so sehen.« Ihre Stimme war dünn wie ein Rinnsal.

»Dann gehe ich jetzt«, sagte er. »Gute Nacht.«

Beim Hinausgehen fiel sein Blick auf eine Fotografie in einem Stehrahmen. Zwei junge Frauen, die einander zum Verwechseln ähnlich sahen – Shanta Berlinger und ihre Tochter – hatten einen schütter behaarten, rundlichen Brillenträger mit Oberlippenbärtchen in die Mitte genommen. Er hatte seine Arme um beide gelegt. Die drei sahen glücklich aus.

In seinem Appartement im ersten Stock verbrachte Bruno eine schlaflose Nacht. Er stand lange am Fenster und blickte über den dunklen See, an dessen gegenüberliegendem Ufer ein paar Lichter funkelten. Als er schließlich seine Nachttischlampe anknipste, umsirrten ihn Schnaken. Es dauerte eine geschlagene Stunde, bis er sie alle unschädlich gemacht hatte. Dann wandte er sich einem Bücherbord zu. Zu seiner Überraschung entdeckte er zwischen philosophischen und naturwissenschaftlichen Werken, die ihn wenig interessierten, ein Bändchen, das er in jungen Jahren gelesen und das ihn zutiefst beeindruckt hatte: *Die Baumwollpflücker* von B. Traven. Erinnerungen stiegen in ihm auf. Vor mehr als fünfundzwanzig Jahren war er in Gedanken dem Gelegenheitsarbeiter Gales gefolgt, der mittellos durch das rückständige Mexiko der frühen dreißiger Jahre trampte und das harte Leben der Männer teilte, die sich für einen Hungerlohn in den wolkigen Baumwollfeldern krümmten. Das Buch begann mit dem Gesang der Pflücker.

Es trägt der König meine Gabe,
der Millionär, der Präsident,
doch ich, der lump'ge Pflücker, habe
in meiner Tasche keinen Cent.

Bruno las, bis die Sonne in sein Zimmer strahlte. Dann stand er auf und ging an den See hinunter.

V. Kapitel

»Sie waren zu dritt«

In der klaren Morgenluft fröstelte er ein wenig. Das Ufergrundstück, das an einer Bucht endete, war so groß wie zwei Fußballfelder. Der Rasen zwischen den Baumriesen war feucht und duftete frisch gemäht. Sichelkrumm zog sich der kiesbedeckte Strand von einer knorrigen Weide, die dem See ihre Äste entgegenstreckte, bis zu einem Bootshaus aus geteerten Bohlen mit einem Dach aus moosbedeckten Biberschwanzziegeln. Links und rechts der Bucht wuchs hohes Schilf. Bruno setzte sich auf den Rand eines Weidlings, der halb im Wasser lag. Durch die Pastellfarben des jungen Tages zog ein Schwanenpaar mit pfeifendem Flügelschlag und wasserte vor dem Schilfgürtel. Enten schnatterten im Flachwasser. Eine Gruppe von Blesshühnchen schwamm vorbei.

»Ça va? Haben die Schnaken Sie heute Nacht in Ruhe gelassen?«

Bruno fuhr herum. Er hatte Shanta Berlinger nicht kommen gehört. Sie war barfuß und trug einen weißen Frotteebademantel, den sie mit vor der Brust gekreuzten Händen zusammenhielt.

»Ja … das heißt, nicht völlig …«, stammelte Bruno.

»Gestern Abend war ich sehr unbeherrscht. Excusez-moi.«

»Da ist nichts zu entschuldigen. Gar nichts«, sagte Bruno und blickte über das ruhige, spiegelglatte Wasser. »Was muss ich tun, damit Sie mir vertrauen? Testen Sie mich! Verfügen Sie über mich!«

Um das Melodramatische der Situation abzuschwächen, vermied es Bruno, ihr in die Augen zu schauen. Da sein Blick sich in der Weite verlor, entging ihm, dass ein Lächeln ihre Lippen umspielte, das man für eine Zärtlichkeit hätte halten können.

»Möchten Sie schwimmen vor dem Frühstück?« Sie setzte einen Fuß auf den Rand des Weidlings und brachte den Nachen zum Wackeln.

Bruno sah sie erstaunt an. Als ihr auffiel, dass sich durch die kleine Neckerei ihr Bein bis hoch zum Oberschenkel entblößt hatte, stieß sie – »Oh!« – einen Laut des Erschreckens aus und bedeckte sich schleunigst.

Noch niemals war Bruno in kühler Morgenfrühe in ein Gewässer gestiegen, es sei denn in die Badewanne. Auch jetzt hielt sich seine Begierde diesbezüglich in Grenzen.

»Warum nicht«, sagte er dennoch.

»Ich fahre Sie raus auf den See. Da ist das Wasser frei von Pflanzen.«

»Mit dem Ding da?«, sagte Bruno und klopfte auf die Holzplanken des Weidlings.

»Nein, wir nehmen das Motorboot.«

»Verdammt, ich habe keine …«

»Keine was?«

»Keine Badehose.«

»Das macht nichts. Ich gucke weg.«

Bruno kam sich schrecklich spießig vor. Es ärgerte ihn, dass er in Gegenwart von Shanta Berlinger nicht so locker war wie gewohnt.

Sie verschwand im Haus und kam in einem schwarzen Badeanzug zurück, über den sie lässig ein weißes, viel zu großes Herrenhemd angezogen hatte. Unter dem Arm trug sie zwei zusammengerollte Badetücher.

»Kommen Sie!«, rief sie und entriegelte den Bootsschuppen.

In dem Boot, das zwei zinnoberrote Sitzplätze hatte, war viel edles Holz verarbeitet.

»Ein echter Oldtimer«, erklärte sie, während sie den Motor startete. »Mein Mann hatte eine Schwäche für betagte Schönheiten. Haben Sie die Autos gesehen?«

Bruno konnte nicht antworten, weil er beim Anfahren in seinen Sitz plumpste. Der Bug pflügte durch das stille, klare Wasser. Sie drosselte das Tempo, bis der Motor nur noch gemütlich im Heck brummelte, und stellte ihn ganz ab, als die Seemitte erreicht war.

»So«, sagte sie, und es klang wie eine Aufforderung, dass er sich ausziehen möge.

»Ich möchte Ihnen eine Frage stellen«, sagte Bruno, steif wie ein Ölgötze mit verschränkten Armen um seinen textilen Schutzwall kämpfend, »erlauben Sie, Frau Berlinger?«

»Tun Sie sich keinen Zwang an!« Sie lehnte sich zurück, die Hände hinter dem Kopf, und blinzelte in die aufsteigende Sonne.

»Es sind genau genommen drei Fragen. Eine Art Berufsneugier, wenn Sie so wollen.« Er lächelte entschuldigend, zog die Schultern hoch und fuhr, da sie keine Anzeichen von Abwehr zeigte, fort: »Hat der Auftrag, den Sie mir erteilt haben, etwas mit dem Tod Ihres Mannes zu tun?«

»Nein«, sagte sie schnell und bestimmt, hielt inne, kräuselte die Stirn und korrigierte sich: »Irgendwie doch, aber nur mittelbar. Würde mein Mann noch leben, hätte ich aus Rücksicht auf ihn nichts unternommen. Er war mir sehr wichtig und ich habe ihm, wie ich Ihnen gestern erzählt habe, unendlich viel zu verdanken. Er ist übrigens an einem Herzinfarkt gestorben. Weihnachten in Paris. Im Alter von 62 Jahren.«

»Danke«, sagte Bruno, »dann wäre dieser Punkt abgehakt. Meine nächste Frage betrifft Ihre Beziehung zu diesem Polizisten. Wenn es heutzutage um Blut geht, steht meistens ein ganz bestimmtes Interesse dahinter: Ist der Betreffende HIV-positiv oder nicht? Sehe ich das richtig?«

»Nein. Völlig falsch. Eine Haarprobe von diesem Schwein hätte genügt. Aber er hat ja keine. Nur deshalb brauchte ich das Blut. Es geht um eine Gen-Analyse.«

»Dann kann ich mir die Antwort auf meine dritte Frage selbst geben: Uwe Brutscher ist der Vater Ihrer Tochter.«

»Möglicherweise. Ich weiß es nicht. Es kommen noch zwei andere Typen in Frage.«

Bruno schluckte. Das Boot drehte sich langsam. Ringsum war es unwirklich still. Shanta Berlinger hatte sich auf ihrem Sitz zusammengekauert, die Beine an den Leib gezogen.

»Es ist gegen Ihren Willen geschehen, nicht wahr?«

»Ja.«

»Warum haben Sie die Männer nicht angezeigt?«

»Aussichtslos.«

»Sagen Sie mir, wer die beiden anderen sind. Wenn ich mit ihnen fertig bin, werden sie Brutscher beneiden.«

Shanta Berlinger blickte starr übers Wasser.

»Es ist lange her«, sagte sie nach einer Weile mit ruhiger, klarer Stimme. »Zwanzig Jahre. Fast auf den Tag. Ich habe noch nie darüber gesprochen. Nicht mit meinem Mann, nicht mit meiner Tochter. Auch nicht mit einem Therapeuten.«

Das Boot geriet in eine Strömung und driftete über die Längsachse des Sees. Die Morgensonne zehrte die letzten Dunstschleier auf.

»Mein Mann ist tot. Meine Tochter ist erwachsen. Sie studiert in Paris. Für mich ist jetzt die Zeit gekommen …« Sie brach ab.

»Hat Ihre Tochter nie Fragen gestellt?«

»Natürlich hat sie das. Ich habe sie belogen. Ich habe meine Tochter belogen, ich habe meinen Mann belogen. Ich konnte nicht anders, obwohl es sehr weh tat. Ich habe ihnen erzählt, ein Fremdenlegionär wäre ihr Vater, irgendein Suboficial, der verschollen ist.«

»Ein Suboficial? Soviel ich weiß, gibt es in der Légion étrangère diesen Dienstgrad nicht.«

Ich meine nicht die französische, sondern die spanische Fremdenlegion. Die französische war mir zu unsicher. Man hätte zu leicht Nachforschungen anstellen können.«

»Raffiniert«, sagte Bruno und bereute das Wort auf der Stelle.

Die Strafe erfolgte umgehend.

»Bilden Sie sich nichts darauf ein, dass Sie der Erste sind, mit dem ich rückhaltlos darüber rede. Es hat einen … einen technischen Grund. Um es pathetisch zu sagen: Sie sind das Schwert meiner Rache. Meiner Rache dafür, dass ich niemals werde sein können, was ich gerne wäre: eine ganz normale Frau. Sie, Monsieur Schmidt, sehen nur, dass ich in Luxus lebe. Dass ich innerlich tot bin, vertrocknet wie ein dürrer Ast, ohne Leidenschaft, ohne Sexualität, das ist …« Sie brach wieder ab. Ihre Stimme versagte.

»Ich kann Ihnen nur auf meine Art helfen«, sagte Bruno, »und das werde ich tun.«

»Lassen Sie mich einen Augenblick allein. Gehen Sie schwimmen. Bitte! Danach reden wir.«

Bruno knöpfte folgsam sein Hemd auf, wobei er fieberhaft überlegte, wie er es anstellen könnte, unauffällig vom Boot zu kommen. Sollte er seine Unterhose anbehalten? Unsinn, dachte er, sie hat dich dazu ermuntert, basta! Er kletterte hinter die Sitze, wo ein Lattenrost zum Sonnenbaden lag, zog sich aus, erwog einen kühnen Kopfsprung und verwarf die Idee gleich wieder, nicht nur weil ihm der Sprung zu machomäßig vorkam, sondern auch weil stechende Schmerzen in der Seite ihn an seine Kampfblessuren erinnerten. Zoll um Zoll ließ er sich zähneklappernd an der Heckleiter hinab ins kühle Element, löste sich mit einem kurzen Schrei vom Boot und wurde eins mit dem See. Nach wenigen Schwimmzügen war die Kälte vergessen. Ein Glücksgefühl durchströmte Bruno. Er schwamm mit kraftvollen, harmonischen Bewegungen, er roch und schmeckte den See, der so ganz anders war als die verchlorten Schwimmbäder, die er gewöhnt war, und er glitt durch das klare Wasser mit einer Sinnlichkeit, die er nie zuvor verspürt hatte. Die Stimme von Shanta Berlinger holte ihn zurück.

»Nicht so weit!«, rief sie.

Er wandte sich um und sah, dass das Motorboot recht klein geworden war. Bevor sie auf die Idee käme, den Motor anzulassen, um ihn zu retten, schwamm er zurück. Sie stand auf dem Boot und blickte ihm entgegen.

»Keine Bange«, rief er, »das ist ein stilles Wasser.«

»Stille Wasser sind tief«, gab sie zurück, »im konkreten Fall 47 Meter.«

Er umkreiste das Boot und hielt sich, da sie unbeirrt stehen blieb, an der Heckleiter fest. Sie entrollte ein Badetuch und hielt es ihm entgegen.

»Nun kommen Sie schon!«

Ächzend zog er sich an der Leiter hoch. Er hatte sich wohl zu viel zugemutet. Sein rechter Arm war kraftlos und schmerzte und von den malträtierten Rippen ging wellenartig eine Pein aus, dass ihm der Atem stockte.

»Sie haben da eine Schwellung«, sagte sie und deutete mit dem Finger auf den unteren Rippenbogen.

»C'est la guerre«, sagte er spöttisch und schlang sich das Frotteetuch um die Hüften.

»Ich bin jetzt so weit«, sagte sie, »meinetwegen können wir anfangen. Am besten legen Sie sich auf den Rost und lassen sich von der Sonne trocknen.«

Er legte sich hin. Ihm zugewandt, setzte sie sich auf die Rücklehne eines der roten Sessel. Es lag eine kühle, sachliche Distanz in ihrer Stimme, als sie ihre Geschichte zu erzählen begann.

»Im Hunsrück gibt es ein Dorf namens Wulfsgruben. Es ist nicht einmal auf allen Karten verzeichnet. Warum mein Vater dieses abgelegene Dorf aussuchte, als er sesshaft wurde, weiß ich nicht. In Lothringen war etwas passiert, ein Streit unter Landfahrern, und die Sippe war auseinandergegangen. Meine Eltern zogen allein weiter und ich kam am Rand eines Busparkplatzes in einem Campingwagen zur Welt. Zigeunerromantik, n'est-ce pas?«

»Na und?« Bruno zuckte mit den Schultern. »Sogar der Boss des Papstes wurde in einem Schafstall geboren.«

»Irgendwann kamen wir nach Wulfsgruben und blieben dort. Mein Vater hatte geschickte Hände. Er konnte alles Mögliche reparieren, sogar Traktoren. Er konnte auch Körbe flechten und Messer schleifen. Die Bauern ließen ihn gern für sich arbeiten, dennoch blieben wir die Zigeuner. Unser Häuschen war baufällig und stand weit außerhalb, wir hatten kein Geld und die Einheimischen verachteten uns, aber mein Vater wollte einer von ihnen sein. Um jeden Preis. Wenn ich von der Schule nach Hause kam und weinte, weil die Kinder mich gehänselt hatten, wurde er wütend und schlug mich. ›Sei wie die anderen, sagte er, ›dann wirst du auch behandelt wie die anderen.‹ Er war angepasst bis zur Selbstaufgabe. Er hatte, so würde man heute sagen, seine Identität verloren.«

Wenn sie die Augen geschlossen hielt, betonten ihre langen, pechschwarzen Wimpern die Anmut ihres Gesichts. Sie fing an, eine Haarsträhne zwischen den Fingern zu drehen. Obwohl sich an der beherrschten Tonlage ihrer Stimme nichts änderte, hatte Bruno den Eindruck, dass sie nervös wurde.

»Ich war, wie soll ich sagen, früh entwickelt. Vor allem die Jungs scherten sich auf einmal nicht mehr darum, ob ich Zigeunerin war oder Bauerntochter. Plötzlich war ich begehrt. Den Dorfmädchen gefiel das natürlich nicht. Dabei kam ich keiner von ihnen ins Gehege. Schon aus dem einfachen Grund, weil unter den Jungs von Wulfsgruben nicht ein Einziger war, der mich interessierte. Als ich fünfzehn war, kam ein Junge ins Dorf, der mir gefiel. Er hieß … ich habe den Namen zwanzig Jahre lang nicht ausgesprochen … er hieß … Rico. Rico Sperber. Er war der Sohn eines Holzfällers, der im Gefängnis gewesen war und gnädigerweise im Forst von Wulfsgruben Arbeit bekommen hatte. Hinter dem Neuen waren sofort alle Mädchen her. Er war ein Beau. Drei Jahre älter als ich, groß, flachsblond, hatte unglaublich blaue Augen, so wie Ihre, aber nicht so hell. Kobaltblau, würde ich sagen. Die Jungs bekämpften ihn anfangs. Doch nach ein paar Raufereien wollte sich keiner mehr mit ihm anlegen. Rico Sperber war der Tyrannosaurus Rex. Ein Zugereister. Ein Fremder ohne Geld und ohne Familienstammbaum. Nicht viel besser als ein Zigeuner. Aber er kam und siegte. Hatte im Handumdrehen all die eingesessenen Rüpel und Schnepfen im Griff, die mir das Leben schwer machten. Können Sie sich vorstellen, wie mir das imponiert hat?«

Bruno hob seinen Oberkörper an und stützte ihn auf die Ellbogen. Unter der Haut zeichneten sich seine Bauchmuskeln ab. Da sein lädierter Brustkorb ihm diese Haltung übel nahm, legte er sich mit leisem Stöhnen wieder zurück.

»Ich schwebte auf Wolken, als er anfing, mich zu umwerben. Mich, das Zigeunerkind, zog er allen anderen vor. Mich, das ärmste Ding, obwohl Ira Christ sich ihm anbot, das Mädchen aus der wohlhabendsten Familie. Ihre Eltern hatten den einzigen Gasthof von Wulfsgruben, die *Eintracht*, dazu eine Metzgerei und einen Bauernhof. Aber er wollte nur mich.«

»Wundert Sie das?«

»Ich hatte kein Selbstbewusstsein. Kennen Sie das Gefühl, ein Paria zu sein?«

»Nein«, sagte Bruno, »ich bin zwar einer, aber ich fühle mich nicht so.«

»Sie …« Shanta Berlinger zog die Brauen zusammen, streifte Bruno mit einem Blick und schaute wieder auf den See hinaus. »Ich war naiv. Wie ein Kalb. Immer hin- und hergerissen zwischen Sehnsucht und Angst. Sehnsucht nach dem blonden Helden, der mich auf einem weißen Pferd entführen würde. Angst vor der totalen Isolation, denn Ira Christ hetzte gegen mich. Und Rico Sperber war keiner, der sich auf die Wartebank setzen ließ. Er bedrängte mich. Er wollte … nun, er wollte nicht warten. Er warf nachts Steinchen an mein Fenster. Wochenlang ging das so. Und als er mich fast so weit hatte, dass ich nachgab, lernte ich eine Seite an ihm kennen, die mich … erschütterte.«

Shanta Berlinger krampfte ihre Hände ineinander.

»Es war an einem Abend im Juli. Ich ging durchs Dorf, weil ich … ja, weil ich Rico zu sehen hoffte. Hinter der alten Schule hatten sich ein paar Jugendliche versammelt. Das heißt, sie scharten sich um Rico. Auch Uwe Brutscher war dabei. Ein Gewehr, ich glaube, es war ein Luftgewehr, ging von Hand zu Hand. Abwechselnd schossen die Burschen auf einen Jutesack, der an einer Wäscheleine hing. Der Sack lebte. Er zappelte. Ich wagte mich ein wenig näher. Als ich die Stimmchen hörte, ganz jämmerlich, die Stimmchen, die aus dem Sack kamen, blieb mein Herz fast stehen. ›Rico!‹, schrie ich, ›was um Himmels willen ist in dem Sack?‹ Er lachte und gab das Gewehr weiter. Ich überwand mich. Ich nahm meinen ganzen Mut zusammen und hängte den Sack ab. Er war voll mit kleinen Katzen.«

»Die gehörten vor eine Kanone gebunden, diese Hurensöhne!«, knurrte Bruno kopfschüttelnd. »Verzeihen Sie den Ausdruck, Madame!«

»Ich habe derbere Worte gebraucht. Ich war außer mir. Ich weinte vor Verzweiflung und wusste nicht, was ich tun sollte. In dem Sack sah es schrecklich aus. Zuoberst saß ein Kätzchen, das nur noch ein Auge hatte. Auch das Schwänzchen war weggeschossen. Ich bin auf Rico Sperber zugegangen, habe ihm in die Augen geschaut und gesagt: ›Ich verfluche dich. Du sollst genauso qualvoll sterben!‹ Dann bin ich nach Hause gelaufen.«

Das Weiterreden schien ihr schwerzufallen. Sie drehte wieder an ihrer Haarsträhne.

»Das war doch nicht alles«, sagte Bruno in die Pause hinein. »Was geschah danach?«

»Danach … ja, danach …« Ihre Stimme veränderte sich, wurde dunkler und leiser. Obwohl die Sonne schon hoch über dem See stand und sich über dem glitzernden Wasser eine wohltuende Wärme ausbreitete, knöpfte sie ihr Hemd über dem Badeanzug bis obenhin zu. Bruno betrachtete ihre Füße, die nahe an seinem Gesicht waren. Sie merkte es und entzog ihm den Anblick, indem sie sich ihm gegenüber auf den Boden setzte, den Rücken an die Bordwand gelehnt. Sie zog die Knie an den Körper und umschloss sie mit den Armen.

»Weiter!«, sagte Bruno. »Es muss sein!«

»Außerhalb des Dorfs, am Waldrand, gab es einen Badeteich. Dorthin bin ich anderntags gegangen. Es war später Nachmittag. Ich wollte schwimmen. Tausendmal bin ich schon dort gewesen. Tausendmal …«

Sie umschloss ihre Knie noch fester, doch es ließ sich nicht verbergen, dass sie zitterte. Ihre Augen waren weit geöffnet.

»Nicht aufgeben!« Trotz seiner Schmerzen stützte Bruno sich wieder auf die Ellbogen.

»Ich erreiche den Teich nicht. Sie fangen mich vorher ab. Ich sehe sie nicht, weil sie mir einen Sack über den Kopf stülpen. Sie zerren mich in den Wald. Sie reißen mir meine Bluse herunter. Ich komme nicht gegen sie an. Der Sack ist … ich bekomme keine Luft … es ist der Sack, in dem die Katzen getötet wurden. Ich rieche es. Sie werfen mich zu Boden. Sie zerren an meinen Shorts. Ich bin völlig nackt. Sie schlagen Pflöcke in den Boden. Sie spreizen meine Beine. Sie binden mich fest. Auch meine Hände. Wie bei einer Kreuzigung. Der Sack ist voller Blut und Ausscheidungen. Ich muss …«

Shanta Berlinger legte ihren Kopf auf die Knie. Sie würgte und wurde von Krämpfen geschüttelt. Bruno richtete sich auf und streckte seine Hand nach ihr aus, zog sie aber wieder zurück, bevor er sie berührte. Er wollte etwas sagen, eine Tröstung wie »Es ist ja gut« oder »Ich bin bei Ihnen«, doch das wären bloß Phrasen wie in einem schlechten Film gewesen. Also schwieg er. Hilflos.

Ihr Würgen ging über in Schluchzlaute, dann in klagendes Weinen. Irgendwo auf dem See waren Wellen entstanden, deren Ausläufer das Boot schaukeln ließen. Sie hob ihr tränennasses Gesicht.

»Sehen Sie mich nicht an, bitte!«

»Darauf kommt es nun wirklich nicht mehr an.« Bruno räusperte sich. »Brutscher war einer von ihnen. Wer waren die anderen? Sperber – und wer noch?«

»Ich weiß es nicht. Sie sprachen kein Wort. Sie waren zu dritt. Einer hielt meine Hände fest, einer oder zwei waren an meinen Beinen. Ich wehrte mich wie verrückt. Bevor sie mich festbanden, traf ich einen mit dem Fuß und er sagte etwas, zwar nur undeutlich und gepresst, aber ich erkannte die Stimme. ›Verfluchtes Aas‹. Es war Brutscher.« Sie bedeckte ihr Gesicht mit beiden Händen. »Ich kann nicht mehr weitererzählen, was sie mit mir machten. Ich schaffe es nicht. Eine Tortur. Irgendwann verlor ich … das Bewusstsein.«

Das Boot dümpelte vor einer Wand aus hohem Schilf. Eine bunte Rohrammer, die von ihrem Nest ablenken wollte, turnte an einem Halm auf und nieder, erhob sich schwirrend in die Luft und ließ ein abgehacktes *Zia-tit-tai-zissis* hören.

»Wir sind am Ufer«, sagte Bruno.

»Ich muss ziemlich lange bewusstlos gewesen sein. Als ich wieder zu mir kam, hatte ein Junge aus dem Dorf mich losgebunden. Er war nicht minder verstört als ich. Er half mir, meine Sachen zusammenzusuchen. Ich schleppte mich nach Hause. Ich blutete. Mein Unterleib brannte wie Feuer. Ich verkroch mich hinter dem Kaninchenstall, bis es dunkel war. Als ich auf mein Zimmer schleichen wollte, stellte mich mein Vater. Er sah mich an und gab mir eine Ohrfeige. Ohne auch nur eine einzige Frage zu stellen. In seinen Augen war ich unrein geworden. In dieser Nacht bin ich von zu Hause weggelaufen.«

Ihr Atem ging stoßweise. Bruno schwieg, bis sie sich etwas beruhigt hatte.

»Warum sind Sie nicht zur Polizei gegangen?«

»Dafür gibt es viele Gründe. Ich war entsetzlich allein. Und der einzige Polizist am Ort war Uwe Brutschers Vater.«

»Ach du grüne Neune«, sagte Bruno.

»Abgesehen davon: Wissen Sie, dass Vergewaltigungsopfer, die sich der Justiz anvertrauen, alles noch einmal erleben müssen? Nicht einmal, sondern zigmal. Detail für Detail. Hast du einen Schlüpfer getragen? Welche Form hatte der Schlüpfer? Hast du ihn selbst ausgezogen? Es ist ein schwerer Schritt, eine Vergewaltigung anzuzeigen, und es gibt kein Delikt, das häufiger unbestraft bleibt.«

Bruno bewegte sein rechtes Bein und berührte sie unbeabsichtigt mit dem Fuß. Er erschrak.

»Oh, Verzeihung«, sagte er schnell.

Sie schien es nicht bemerkt zu haben.

»Man ist kein Mensch mehr, sondern nur noch ein Objekt in fremden Händen. Und dann das Trauma danach. Lange habe ich meinen Körper gehasst, weil er Auslöser der Tat gewesen ist. Noch viele Jahre danach brachte ich es kaum fertig, mich ein bisschen zu schminken.«

»Das alles kann Ihrem Mann doch nicht entgangen sein.«

»Das Schicksal geht manchmal sonderbare Wege. Nach dem, was ich erleiden musste, ist mir der liebenswerteste Mensch begegnet, der behutsamste, der …«

Sie bedeckte ihr Gesicht wieder mit den Händen. Nach einer Phase des Schweigens, während der Bruno in den leeren, leuchtend blauen Himmel blickte, hatte ihre Stimme die Festigkeit zurückgewonnen.

»Haben Sie schon etwas von Vaginismus gehört? Falls nicht, schauen Sie im Lexikon nach. Ich habe keine Lust, es Ihnen zu erklären.« Sie erhob sich. »Nun wissen Sie mehr, als erforderlich ist, Monsieur Schmidt. In Anbetracht dessen, was mir angetan wurde, verstehen Sie vielleicht, welche Gefühle mich treiben.«

»Ja, ich verstehe.«

»Alors, mein Auftrag an Sie lautet: Ermitteln Sie die beiden anderen Täter! Spüren Sie sie auf und vollstrecken Sie die Strafe, wie Sie sie an Uwe Brutscher vollstreckt haben! Ich zahle Ihnen zwanzigtausend. Pro Kopf.«

»Akzeptiert«, sagte Bruno. »Sagen Sie mir alles, was Sie über Rico Sperber wissen. Mich interessiert jede Kleinigkeit. Ich werde mich an ihm festzecken.«

Er versuchte aufzustehen, verharrte aber im Ansatz und presste eine Hand auf seine schmerzenden Rippen.

»Ich hätte nicht schwimmen sollen, verdammt.«

»Warten Sie!« Shanta Berlinger half ihm, auf die Beine zu kommen, wobei das Badetuch von seinen Hüften rutschte. Sie hob es auf.

»Danke, Madame«, sagte Bruno und lächelte verlegen. »Sie haben sich da einen Rächer ausgesucht, der auf Reserve fährt.«

»Nach dem Frühstück lasse ich einen Arzt kommen.«

»Besser nicht«, sagte Bruno und zog sich an. »Erzählen Sie mir lieber noch ein bisschen was über dieses Kaff im Hunsrück. Und dann fange ich umgehend an, an meiner neuen Karriere zu basteln.«

»Eine neue Karriere? Als was?«

»Als Kopfgeldjäger.«

Sie startete den Motor. In einer weiten Schleife entfernte sich das Boot vom Schilfgürtel. Es war ein prächtiger Morgen.

»Hier könnte ich's aushalten«, sagte Bruno.

»Entschuldigung. Ich habe Sie nicht verstanden. Was haben Sie gesagt?«

»Nichts Wichtiges«, sagte Bruno. »Ich habe Hunger.«

VI. Kapitel

Wulfsgruben

Die Windschutzscheibe war trüb von den Innereien zerflatschter Insekten. Von der Hunsrückhöhenstraße war Bruno abgebogen, hatte zwei sterbensstille Dörfer durchquert und rumpelte über ein armseliges Sträßchen, das links und rechts von dichtem Wald bedrängt wurde. Er war unterwegs an den Rand der Weltscheibe. Die Sonne stand wie eine riesige Orange am Ende der Schneise und berührte die Baumwipfel, als Bruno seinem gelben Renault Kangoo etwas antat, was ihm nicht leicht fiel: Er steuerte ihn in den Graben. Bis zuletzt kämpfte das Auto um seine Würde, wollte sich ums Verrecken nicht schräg legen, rappelte und rumpelte und bockte, dass es dem Fahrer auf die Knochen ging und er heilfroh war, als ein Rinnsal, das vom Hang kam, eine matschige Stelle bildete und die beiden rechten Räder verschluckte. Der Kangoo lag auf der Seite wie ein krängendes Schiff und heulte giftig, während sich die Reifen in den Morast fraßen.

»Tut mir leid, mein Lieber«, sagte Bruno und schnallte sich los.

Obwohl er nur ein durch und durch durchschnittlicher Autofahrer war, hatte er es irgendwie geschafft, einen Unfall hinzulegen, der seinem gelben Lastesel nicht radikal die Zukunft raubte. Eine kleine Schönheitsreparatur würde ihn fast wieder in den vorherigen Stand versetzen. Bruno schraubte die Nummernschilder ab und montierte die gefälschten Frankfurter

Kennzeichen, die ihm ein alter Bekannter, der ihm noch etwas schuldig war, besorgt hatte. Dann ging er wartend auf und ab. Das erste Auto nach einer viertel Stunde war ein mit Schrott beladener Kleintransporter.

»Pech gehabt, Meister?«, rief der Fahrer und beugte sich in den Graben hinunter.

Der Mann bestand aus Dreck und Speck, hatte einen buschigen Schnauz und trug ein Unterhemd, das eine Monatsproduktion Schweiß aufgesogen hatte.

»Wildsäue«, sagte Bruno achselzuckend, »vier oder fünf Stück. Ich musste ausweichen.«

»Na, dann wollen wir mal«, sagte der Schrotthändler und holte ein Abschleppseil.

»Es hat keinen Zweck«, beeilte sich Bruno, ihn zurückzuhalten, »die Karre steckt zu tief drin. Nehmen Sie mich ein Stück mit?«

»Wetten, dass wir ihn da rauskriegen würden?« Der Schrotthändler fühlte sich in seinen Fähigkeiten blockiert. »Aber wie du willst, Meister. Wo soll's denn hingehen?«

»In den nächsten Gasthof.«

»Also gut, in den nächsten Gasthof. Obwohl ich dir das Autochen wieder auf die Räder gestellt hätte, schneller wie … wie … kann mir aber auch scheißegal sein.«

»Danke. Aber ich brauche jetzt was zu essen und ein Bett für die Nacht.«

»Hm. Da könnte ich dir den *Schinderhannes* empfehlen. Mit eigener Schlachtung. Das Schnitzel dort ist eins a, wirklich. Und groß wie 'n Putzlappen!«

»Der nächste Ort ist doch Wulfsgruben, wenn ich nicht irre. Gibt's da nichts?«

»Wulfsgruben? Nee, da würd ich nicht hinwollen, nee.«

»Ist ja nur für eine Nacht. Ein Wirtshaus wird's doch geben, oder?«

Der Schrottfahrer kratzte sich das Stoppelkinn.

»Ja, schon. Das Lokal heißt *Eintracht*. Aber ob's da Zimmer gibt? Keine Ahnung.«

»Dann ist es einen Versuch wert«, sagte Bruno und warf seinen Seesack zwischen das Alteisen. »Wollen wir?«

Die Straße wurde immer schlechter. Bei jedem Schlagloch bebte der Kleinlaster bis in die Eingeweide, der Schrott hüpfte auf der Ladefläche und machte einen Höllenlärm. Der Fahrer stank wie ein Iltis. Es war stockdunkel, ein Scheinwerfer war kaputt und der andere fast blind, doch ein Lichtschein über einer Waldkuppe kündigte den Mondaufgang an.

»Kennst du die *Eintracht*?«, fragte Bruno.

»Logo. Ich komme aus dem Nachbarort.«

»Wie sind denn die Wirtsleute so?«

»Och, was soll ich da sagen! Die Wirtin sieht man kaum noch. Die ist« – mit dem Zeigefinger machte der Schrottfahrer eine Schraubbewegung vor seiner Stirn – »ein bisschen sonderbar geworden. Ihr Mann schmeißt den Laden.«

»Ich bin vor vielen Jahren hier mal vorbeigekommen«, schwindelte Bruno, »da hießen die Wirtsleute Christ oder so ähnlich.«

»Das muss aber schon ein Weilchen her sein. Jetzt heißen die Inhaber Sperber. Die Tochter aus dem Haus, Ira Christ, hat so 'nen Habenichts geheiratet, der jetzt den dicken Max markiert.«

»Rico Sperber?«

»Richtig. Du hast ja ein Gedächtnis, Mann, also wirklich! Was machst du denn beruflich?«

»Im Moment nichts Festes. Ich bin auf der Suche.«

»Siehst kräftig aus. Ich könnt einen wie dich gebrauchen.«

»Lass mal, ich hab's im Kreuz«, sagte Bruno.

»Hier ist es«, sagte der Fahrer.

Der schwache Scheinwerfer funzelte ein an mehreren Stellen durchschossenes Schild an, das nach rechts wies. Den Bewohnern dieser Waldeinöde machte offenbar die Langeweile zu schaffen.

»Wulfsgruben, nullkommafünf Kilometer«, sagte der Fahrer, als ob Bruno nicht lesen könnte. »Mann, da ist echt der Hund begraben. Soll ich dich vor der *Eintracht* absetzen?«

»Nett von dir. Aber ich steige hier aus.«

Das Schrottauto quietschte sich in den Stand.

»Wulfsgruben«, schnaubte der Fahrer verächtlich, »da sind sie alle verwandt miteinander. Verdammt viel Inzucht.«

»Wieso das denn?«

»Wenn die lustig sind«, sagte der Schrotthändler grinsend und schob seinen ölverschmierten Daumen zwischen Zeige- und Mittelfinger, »dann geht's drum, das Land zusammenzuhalten. Deswegen haben die auch so viele Idioten im Dorf.«

Bruno ging zur Ladefläche und zerrte seinen Seesack aus dem rostigen Gewirr.

»Alles klar«, rief er nach vorne, »danke fürs Mitnehmen.«

Eine Hand winkte lässig aus dem Führerhaus. Rasselnd und mit nur einem Rücklicht nahm der stinkende Samariter wieder Fahrt auf.

Bruno schaute auf die zählbaren Lichter von Wulfsgruben, die wie gefallene Sterne zwischen Baumkronen funkelten, und schulterte seinen Seesack. Es kam ihm vor, als ginge er in eine andere Zeit. Dass dieser Eindruck trog, signalisierten ihm zwei Scheinwerfer, die aus Richtung Dorf kamen und sich mit beängstigender Geschwindigkeit näherten. Das Quietschen in den Kurven und das Heulen des geschundenen Motors füllte das ganze Tal aus. Es hörte sich an, wie es sich überall anhört, wenn eine getunte Karosse mit Breitreifen und Doppelauspuff von einem jungen Denkstotterer gesteuert wird. Vorsichtshalber trat Bruno einen Schritt vom Rand des Sträßchens zurück. Das war auch gut so, denn das Auto raste hochtourig an ihm vorbei und bog mit radierenden Reifen in die Straße ein, auf welcher der Schrottlaster in der Ferne ratterte. Aus den offenen Fenstern wummerten Techno-Bässe. Es war Samstagabend und ein retardierter Boah-ey-Bube aus Wulfsgruben war mit Affenzahn unterwegs in die Bauerndisco.

Die Ruhe danach war wohltuend. Es war die naturgegebene Stille eines Landstrichs, in dem die Zahl der Menschen nur unwesentlich über denen der Füchse und Hasen lag. Der fast volle Mond stieg groß und wunderbar hinter einer Waldkuppe auf und ging malerisch durch das Geäst einer einzeln stehenden Kiefer. In dem bleichen Licht, das sich über die Landschaft ergoss, konnte Bruno sogar die Kühe erkennen, die reglos auf den Wiesen standen. Grillen zirpten. Prustend näherte sich ein Pferd. Über den Weidezaun hinweg klopfte Bruno ihm den Hals.

»Ich habe nichts für dich«, sagte er und schützte mit offener Hand seine abgewetzte Lederjacke vor dem Pferdegebiss.

Neben dem Sträßchen, das der Asphaltbehörde nicht einmal einen Mittelstreifen wert war, glänzte ein Schild im Mondlicht.

Heilige Messe samstags 19 Uhr; sonntags 7.30 und 10 Uhr.

Bruno zuckte zusammen. Da war ein Brüllen aus menschlicher Kehle, das ihm durch Mark und Bein ging. Bruno starrte auf einen Baum, der einen breiten Schatten aufs silbrige Gras warf. Von dort war das Gebrüll gekommen. Sosehr Bruno seine Augen anstrengte – er konnte nichts erkennen. Wenn ihn ein

Keulen schwingender Germanenstamm angegriffen hätte, der bis zur Stunde unentdeckt in diesen Wäldern überlebt hatte, hätte er sich nur mäßig gewundert.

»Hallo«, rief er, »wer ist denn da?«

Eine Gestalt löste sich vom Stamm des Baums und rannte im Zickzack über die Wiese auf ihn zu. Bruno ließ seinen Seesack fallen, hob die Fäuste und stellte den rechten Fuß einen halben Schritt zurück auf die Ballen. Vor dem Weidezaun blieb die Gestalt stehen. Es war ein verwachsener Mann mit einem ungewöhnlich kleinen Kopf, auf dem ein wirres Haarbüschel thronte. Er stand halb gebückt. Die Wölbung hinter seiner Schulter sah nach einem Buckel aus.

Bruno hatte keine Erfahrung im Umgang mit solchen Leuten, jedoch schämte er sich ein bisschen wegen seiner kämpferischen Pose.

»Du erschreckst einen ja«, sagte er und ließ die Fäuste sinken. »Brüllst rum wie ein Blöder. Muss denn das sein?«

Der Mann stierte ihn an. Er sah bleich aus im Mondlicht. Seine Unterlippe bedeckte die Oberlippe fast bis zur Nase.

»Du hast keine Zähne mehr, nicht wahr?«

Da Bruno den Eindruck hatte, ins Nichts zu sprechen, nahm er seinen Seesack wieder auf und ging weiter. Ab und zu wandte er sich um. Der Bucklige folgte ihm im Quasimodogang und stieß Worte aus, die Bruno nur teilweise verstand. Am deutlichsten geriet ihm ein Satz, den er öfter wiederholte und der ihm auch eine höhere Lautstärke wert war: »Geh in de Kirch', du Verbrecher!« Als Bruno sich am Ortsschild umdrehte, um seinem Quälgeist zu sagen, er solle endlich den Mund halten, war dieser verschwunden.

Selbst in der Nacht konnte man erkennen, dass Wulfsgruben ein Dorf ohne Zukunft war. Der Mond schien auf verfallende

Bauernhäuser, auf zerbrochene Ziegel und schadhafte Schieferdächer. Bruno kam an ein paar Häuschen vorbei, die in den Fünfzigerjahren im Stil betender Hände errichtet worden waren. Lange vor ihm musste sich ein außerordentlich verkaufstüchtiger Vertreter für Eternitplatten durch den Ort geklingelt haben.

Den Dorfkern bildete ein rechteckiger, asphaltierter Platz, um den herum Gott und die Welt zu Hause waren: an dem einen Ende eine Kirche aus düsterem Gestein, deren Spitzturm in den Nachthimmel stach, an dem anderen – gleichsam als irdischer Gegenpol – die *Eintracht*, ein quadratischer, zweigeschossiger Bau in erdigem Ochsenblutrot. Die Tür über der breiten Treppe war sperrangelweit geöffnet, auch alle Fenster der Wirtschaft. Licht und Lärm strömten heraus.

Bruno schritt das Karree ab. Längsseits reihten sich Giebel an Giebel die Bäckerei Fronlöchner, ein altmodischer Dorfladen mit Postagentur, das Pfarrhaus und das Milchhäuschen aneinander, gegenüber waren es ein schlichter Raiffeisenmarkt, ein hutzeliger Friseursalon und ein verlassenes Gebäude, an dessen trostloser Fassade man mit einiger Mühe noch die Schriftzüge *Schule* und *Rathaus* entziffern konnte.

Mitten auf dem Platz stand ein Denkmal. Ein steinerner Krieger hauchte in den Armen einer steinernen Mutter sein Leben aus. Bruno setzte sich auf die Sandsteinumfassung des Sockels. Eine scheckige Katze trippelte vorbei. Sie trug den Kopf hoch und blieb wie angewurzelt stehen, als Bruno sich bewegte. Zwischen ihren Zähnen zappelte eine Maus. Bruno glaubte ihr dünnes Piepsen zu hören.

»Macht einen fairen Kampf«, sagte er.

Die Katze verschwand mit ihrer Beute unter einem Pick-up, der vor der *Eintracht* parkte. Bruno warf einen Blick auf die in

Stein gehauenen Namen der Gefallenen. Sie hießen Christ, Brutscher oder Fronlöchner, nur zwei hießen anders. Auf einer Konsole unter dem Schriftzug *Wer den Tod im heiligen Kampfe fand, ruht auch in fremder Erde im Vaterland* lag ein erschlafftes Sträußchen Wiesenblumen.

Bruno rief sich, bevor er sich in die Höhle des Löwen wagte, noch einmal in Erinnerung, was er von Shanta Berlinger über die wichtigsten Familien von Wulfsgruben erfahren hatte.

»Fast alle hier sind verwandt miteinander. Die verbreitetsten Namen sind Brutscher, Fronlöchner und Christ. Die Christ-Sippe erkennt man an den auffallend schmalen Köpfen. Richtige Vogelköpfe. Sie haben lange Nasen und fast kein Kinn. Man sollte vor ihnen auf der Hut sein. Sie sind hinterlistig und verschlagen und besitzen das meiste Land. Weil sie sich immer wieder untereinander fortgepflanzt haben, gibt es in den Christ-Familien die meisten Kretins, die in der Regel als billige Arbeitskräfte in der Landwirtschaft eingesetzt werden. – Der Brutscher-Clan hält zusammen wie Pech und Schwefel. Es gibt auch äußerlich ein genetisches Merkmal, das einen Brutscher kennzeichnet, so wie einst eine dicke Unterlippe die Angehörigen der Habsburger-Dynastie: Auch bei den meisten Brutschers sind es die Lippen. Sie sind grob und aufgeworfen. Unter den Brutscher-Männern gibt es eine Reihe brutaler Dummköpfe. Wenn beim Dorffest geprügelt wurde, waren sie immer obenauf. – Die Fronlöchner nehmen in der Sippen-Hierarchie den letzten Platz ein. Sie hätten die Weisheit mit dem Sieb gegessen, hieß es damals in Wulfsgruben. Wenn ein Christ einem Fronlöchner ein Stück Land abkaufte, war der Fronlöchner meistens der Dumme.«

VII. Kapitel

Komasaufen

Es war kein gutes Gefühl, als Fremder über die Schwelle der *Eintracht* zu treten, nicht etwa wegen des Dunstes aus Bieratem, schwitzenden Leibern und Tabaksqualm, der Bruno entgegenwallte, sondern wegen des ungeahnten Aufmerksamkeitswerts. Die Gespräche verstummten augenblicklich. Alle Gesichter wandten sich dem Eindringling zu. Gesichter, die zu verstehen gaben, dass es sich wohl um ein Versehen handeln müsse, dass dieses Subjekt von weiß der Teufel woher sich in den innersten Zirkel einer Gemeinschaft traute, in der jeder jeden kannte und wo jeder, den man nicht kannte, ein potenzieller Dieb oder Kinderschänder war. Bruno blieb im Türrahmen stehen und schaute in die Runde. Die hufeisenförmige Theke, hinter der ein blasses, rothaariges Mädchen wirtschaftete, war von einem halben Dutzend Männern im Alter zwischen zwanzig und vierzig umlagert. Wie Nebelgespenster hockten vier Stammtischler unter einer Wolke aus Zigarrenrauch. Der Einzige, der Bruno nicht anstarrte, war ein Mann, der ein Geldstück in die Jukebox geworfen hatte und offenbar nach einem Knopf suchte, an dem sich der Nostalgieapparat aus Glas und Chrom lauter drehen ließe. Freddy Quinn hob an, von einem Jungen zu singen, der bald wiederkommen solle.

»Lass deine Wichsgriffel von dem Kasten!«, rief die Rothaarige. »Wenn der Chef kommt, schmeißt er dich raus.«

»Sei nicht so pissig!«, maulte der Liebhaber älteren Liedguts.

»Andere dürfen's. Aber mich musst du immer gleich anfratzen.«

»Guten Abend«, sagte Bruno und stellte seinen Seesack neben der Tür ab.

Niemand erwiderte seinen Gruß. Während sich Freddy gegen den Willen seiner Mutter heimlich an Bord schlich, setzte sich Bruno mit dem Rücken zur Wand an einen freien Tisch. Selten hatte er sich so als Fremdkörper gefühlt. Vor der Ungastlichkeit dieser Dorfkneipe hätte der abgebrühteste Wurzelbürstenhausierer kapituliert. Dies war rohe, unverfälschte, von jeglicher Beflissenheit des Fremdenverkehrs unbeleckte Provinz.

Der Mann an der Jukebox drehte sich um, erblickte den Fremden und steuerte quer durch das Lokal seinen Tisch an.

»Darf ich mich zu dir setzen?«

Bruno hatte nichts dagegen. Schon beim Herannahen des in olivgrüne Arbeitsmontur gekleideten Mannes, den die Thekensteher keines Blickes würdigten, war Bruno die Disharmonie seiner Gesichtszüge aufgefallen.

»Ich bin der Heiner«, sagte er.

Seine linke Gesichtshälfte war von der Augenbraue bis hinab zum Kinn völlig verunstaltet. Knotige Narbenwülste sprangen aus dem Wangenfleisch. Das untere Augenlid hing herab und enthüllte rotes, feuchtes, verletzliches Gewebe. Bruno wollte es nicht sehen und konzentrierte sich auf das rechte Auge.

»Ich heiße Frank Gomski«, stellte er sich unter dem Decknamen vor, den er sich für seine Mission in Wulfsgruben ausgesucht hatte.

Heiner lächelte, doch es war nur ein halbes Lächeln, weil lediglich der rechte Mundwinkel sich nach oben bog.

»Mein Nachname ist Windenbicker.« Er reckte den Daumen

gegen seine missgestaltete Gesichtshälfte. »Sieht aus, als wär ich in einen Häcksler gefallen, nicht wahr?«

»Meine Visage hat auch schon einiges abgekriegt«, sagte Bruno, der, als er die gesunde Gesichtshälfte seines Gegenübers betrachtete, die Tragödie nachempfinden konnte, die diesem Mann widerfahren war. Denn Heiner Windenbicker hatte ein Winnetougesicht, das männlich markant, sogar schön zu nennen gewesen wäre, hätte nicht ein schreckliches Ereignis seine Symmetrie zerstört.

»Ich habe es mit Bartwuchs versucht. Aber an den entscheidenden Stellen wächst nichts. Mit Bart sieht's noch schlimmer aus.« Er hob resigniert die Hände und legte sie wieder auf den Tisch. »Dabei bin ich schon zweimal operiert worden.«

Ein Blick auf Heiners Hände verriet Bruno, dass der Mann schwer arbeitete.

»Warum traut sich kein Mensch, mich danach zu fragen, wie diese Scheiße passiert ist? Du traust dich wohl auch nicht, wie?«

»Es würde mich schon interessieren«, sagte Bruno.

»Na siehst du«, sagte Heiner. »Es waren Hundezähne. Ein Rottweiler. Bisswunden heilen schlecht. Weißt du warum?«

Bruno zuckte die Achseln.

»Wegen der zerrissenen Wundränder. Die entzünden sich meistens.« Er wischte mit der Hand über die zerstörte Partie, ohne sie zu berühren. »Das war vor fast dreißig Jahren, als ich mein Gesicht verloren hab. Damals war ich zehn. Und der Doktor, der mich zusammengeflickt hat, wäre besser Fleischhacker geworden. Wie schlimm es war, hab ich erst so richtig kapiert, als die Leute sich vor mir geekelt haben. Vor allem die Mädchen. Das war mein privater Weltuntergang.«

»Früher oder später bekommt jeder seinen privaten Weltuntergang.« Bruno schnippte mit den Fingern in Richtung Theke.

»Darf ich dich zu einem Bier einladen, Heiner? Obwohl du einen komischen Geschmack hast, was Musik angeht.«

Rex Gildo war gerade an der Reihe. Er sang »Hossa, hossa, hossa …«

»Ich kann nur drücken, was drin ist«, sagte Heiner.

»Na ja«, sagte Bruno, »der Kasten ist wenigstens sehr schön. Ein Original aus den Sechzigerjahren, schätze ich.«

»Mindestens«, sagte Heiner. »Die Platten sind schon ziemlich kaputt. Der Rico wird immer ganz wild, wenn einer sein Heiligtum auch nur mit den Fingerspitzen anfasst. Vor allem, wenn ich's tue.«

Das rothaarige Mädchen kam. Sie hatte einen frechen Ponyschnitt und ein blasses Gesicht mit grünen Augen und Sommersprossen. In einem gepiercten Nasenflügel glitzerte ein Steinchen. Mit an den Oberschenkeln abgeschnittenen Jeans und einem elastischen Top, das um die Taille einen Streifen porzellanweißer Haut freiließ, war sie kesser gekleidet, als Bruno es in dieser hinterwäldlerischen Bierschwemme für möglich gehalten hätte. Die Blicke der Thekensteher klebten an ihr.

»Zwei Bier, bitte«, sagte Bruno.

»Nein«, wehrte Heiner ab, »für mich ein Wasser. Ich trinke keinen Alkohol.«

»Ich bräuchte ein Zimmer«, sagte Bruno, »ich hatte einen Autounfall.«

»Da muss ich den Chef fragen«, sagte das Mädchen.

Bruno schaute ihr nach. Sie schien davon auszugehen und schwang in den Hüften.

»Die Kleine geht nicht oft in die Sonne«, sagte Bruno. »Ihre Beine sind schneeweiß.«

»Sie ist ein bisschen verwutzelt«, sagte Heiner.

Bruno wollte dem armen Kerl, dem die Früchte der Erotik zu hoch hingen, kein Gespräch über Frauen aufnötigen.

»Erzähl mal, wie das gewesen ist, dieser Kampf mit dem Rottweiler.«

»Es war kein Kampf. Dafür war die Sache zu einseitig. Der Köter lief frei. Aber hinterm Zaun. Ich geh am Zaun entlang, allein, gerade mal zehn Jahre alt, wie gesagt, und denk an nichts Böses. Auf einmal, frag mich nicht wie, steht das Mistvieh vor mir. Glotzt mich an wie der Leibhaftige und knurrt und … was soll ich sagen, liegt plötzlich auf mir. Mehr weiß ich nicht. Die Leute sagten, ich sei selber schuld gewesen. Hätte den Hund gereizt. Aber ich sag dir … wie heißt du noch?«

»Frank.«

»Ich sag dir, Frank, es ging nur darum, dass ich keinen Schadenersatz bekommen sollte. Es war der Hund eines Polizisten, der heute Abend hier in dieser Wirtschaft sitzt. Ich könnte ihn dir zeigen. Er hat mich auch angeblich nicht vor, sondern hinter seinem Zaun gefunden. Wie ich wohl dort hingekommen bin? Ich war ja bewusstlos.«

Hinter der Theke tauchte ein Mann auf. Bruno erkannte ihn, ohne ihn je gesehen zu haben: Rico Sperber.

Er war nicht ganz so groß, wie Bruno ihn sich vorgestellt hatte. Seine Haare, die er zurückgekämmt trug, waren immer noch flachsblond. Die kühnen Gesichtszüge mit dem markanten Grübchenkinn erinnerten ein bisschen an Kirk Douglas in seinen besten Jahren. Er trug ein schwarzes Jeanshemd und eine schwarze Hose. Keiner der Thekensteher wagte mehr einen Blick auf die Rothaarige.

»Wer zum Henker hat sich wieder an der Box vergriffen? Das Ding hat nur zu laufen, wenn ich da bin. Wie oft muss ich das noch sagen?«

Das Mädchen deutete mit dem Kinn in Richtung Heiner Windenbicker, der mit dem Rücken zur Theke saß.

»Natürlich der Windelficker«, sagte ein Thekensteher.

»Saubande«, murmelte Heiner. Dann drehte er sich auf dem Stuhl um und fuhr den hämischen Wortspieler an: »Man muss das Brett nicht immer an derselben Stelle bohren, Gottlieb.«

»Das Brett nicht immer an derselben Stelle bohren«, äffte Gottlieb ihn nach.

»Hör doch auf, Heiner! Von Musik und von Weibern verstehst du doch so viel wie ein Schwein vom Eierlegen«, rief ein anderer.

Schallendes Gelächter.

»Du scheinst hier wenig Freunde zu haben«, sagte Bruno.

»Soll ich dir mal was sagen?« Heiner beugte sich über den Tisch und blickte Bruno mit seinem rechten Auge eindringlich an. »Ich will hier keine Freunde haben. Ich weiß nicht, warum du in dieses Drecknest gekommen bist, Frank. Aber ich rate dir eins: Hau morgen früh wieder ab! Das ist kein guter Ort.«

Rico Sperber kam an den Tisch.

»Guten Abend. Wie ich höre, suchen Sie ein Zimmer.« Seine Stimme hatte einen sonoren Klang.

»Ich hatte einen kleinen Unfall. Wildschweine auf der Straße. Ganz hier in der Nähe.«

»Den Hotelbetrieb haben wir eingestellt. Aber ich könnte eine Ausnahme machen und Ihnen ein Zimmer herrichten lassen.«

»Das wäre sehr nett.«

»Wenn es schon mal einen Fremden nach Wulfsgruben verschlägt, soll er hinterher nicht sagen können, es gäbe hier keine freundlichen Leute«, sagte Rico Sperber mit einem Grinsen.

»Deshalb möchte ich vorschlagen, dass Sie sich ein bisschen zu uns an den Stammtisch setzen.«

»Wollen wir?« Bruno sah Heiner auffordernd an.

Rico Sperber bemerkte die Absicht und legte Heiner eine Hand auf die Schulter.

»Tschö, Heiner.« Es hörte sich wie ein Befehl an.

Unter normalen Umständen wäre Bruno augenblicklich zu einer Art Robin Hood mutiert und hätte dem gesamten Stammtisch die Pestilenz an den Hals gewünscht. Doch er war Profi genug, um der Ermittlungsarbeit seine persönlichen Empfindungen unterzuordnen.

»Tja, ich muss wohl noch mal nach meinen Tieren sehen«, sagte Heiner und erhob sich. »Tschö, Frank. Mach's gut. Vielleicht sieht man sich in einem späteren Leben wieder.«

»Oder auch nicht«, sagte Bruno, »mach's trotzdem gut.«

Er ließ sich von Rico Sperber an den Stammtisch führen. Auf allfällige Fragen zur Person war er vorbereitet. Für Wulfsgruben hatte er sich eine Legende zurechtgelegt.

»Gomski«, stellte er sich vor.

»Klingt polnisch«, sagte ein Mittsechziger, dessen freudloses Karpfenmaul ihn als einen Blutsverwandten von Uwe Brutscher auswies.

Zwischen dicken Fingern hielt er eine dicke Zigarre. Er hustete rasselnd, ohne die Hand vor den Mund zu halten.

An dieses Maul gehört ein Angelhaken, dachte Bruno und wischte sich mit dem Ärmel übers Hemd, weil ihn ein paar Tröpfchen getroffen hatten.

»Das ist Adolf Brutscher, unser pensionierter Sheriff«, sagte Rico Sperber.

Die Namen der drei anderen Stammtischler ließ er unerwähnt. Nach der Kopfform zu urteilen, gehörten mindestens zwei davon der Christ-Sippe an. Bruno hatte die Stimme seiner Auftraggeberin im Ohr:

Adolf Brutscher, Uwes Vater, war der einzige Polizist im Dorf. Seine Dienststelle war, glaube ich, in der Kreisstadt. Aber auch in Wulfsgruben sah man ihn nur in Uniform und immer mit einem Rottweiler-Hund an der Seite. Er spielte sich als Ordnungsmacht auf. Schon der Vater von Adolf Brutscher hatte eine Uniform gehabt. Er war Ortsgruppenleiter der NSDAP gewesen. Er war auch der Anführer gewesen, als die Wulfsgrubener den Ferkelhändler Jehuda Morgentau am Kriegerdenkmal vor der Kirche erschlugen. Das muss in der Reichskristallnacht geschehen sein, wie man sich heute noch in Wulfsgruben erzählt.

Hatte Shanta Berlinger diesen Adolf Brutscher in ihrer Jugenderinnerung noch als einen strammen Hundeführer geschildert, sah Bruno ihn bereits im Vorhof des Altersheims. Er war fett. Seine Haare, die er schädelbreit von einer Seite auf die andere kämmte, waren stark auf dem Rückzug, stattdessen wuchsen sie ihm büschelweise aus den Ohren. Seine Knödelnase zwischen den Tränensäcken war mit violettroten Äderchen überzogen.

»Was gibt's denn für einen Grund, mitten in der Nacht nach Wulfsgruben zu kommen?«, fragte Adolf Brutscher mit zusammengezogenen Brauen und flitschte mit seinen Hosenträgern.

»Das habe ich dem Wirt gerade erklärt«, sagte Bruno.

»Er hatte einen Wildunfall«, sagte Rico Sperber.

»Woher kommen Sie?«, fragte Brutscher, ohne die Zigarre aus dem Mund zu nehmen.

»Frankfurt.«

»Main oder Oder?«

»Mainhattan«, sagte Bruno.

Dann drehten sich alle Köpfe zur Tür. Einer von der Thekenmannschaft, ein fleischiger Kerl von gut hundert Kilo in

Jogginghose und Seidenhemd, war über Brunos Seesack gestolpert, der neben der Eingangstür abgestellt war. Vielleicht hatte er auch nur so getan, als habe der Sack ihm im Weg gestanden, um einen Vorwand für seinen Auftritt zu haben. Jedenfalls war er außer Rand und Band, schrie »Scheiße, gottverdammte!« und »Wegen dem Arschloch hab ich mir fast den Hals gebrochen« und traktierte Brunos alten Seesack mit Fußtritten. Der Sack enthielt wenig, was nicht einen Fußtritt vertragen hätte, doch es bestand kein Zweifel, dass hier, wie es im Volksmund heißt, der Sack getreten wurde und der Esel gemeint war. Bruno stand auf, ging zu seinem misshandelten Gepäckstück und zog es ein Stück von dem erregten Sacktreter weg. Der sah ihn streitsüchtig an, zog seine schlierige Brille ab, deren gebrochener Steg mit Heftpflaster repariert war, und legte sie auf den nächststehenden Tisch.

»Pass jetzt auf, was du sagst, du Arsch!« Er kniff die Augen zusammen.

»Beruhige dich«, sagte Bruno.

»Wie du aussiehst, hast du schon 'n paar Mal schwer was auf die Nase gekriegt.« Der Zweizentnermann baute sich auf.

»Schon möglich«, sagte Bruno.

»Hörst du schlecht? Ich habe gesagt: Wie du aussiehst, hast du schon 'n paar Mal …«

»Nicht von Leuten wie dir«, sagte Bruno.

Der Streithammel drehte sich bündnisbildend zu den Thekenstehern um: »Habt ihr das gehört? Dieser Eumel hat grad am Watschenbaum gerüttelt.«

»Mach ihn platt, Gottlieb!«, rief einer.

Beifallsgegröle.

»Gib ihm Saures, Gottlieb! Du hast doch den silbernen Löffel im Joghurt!«

Mit martialischer Entschlossenheit zog Gottlieb seine Uhr vom Handgelenk und knallte sie auf die Theke.

»Los, komm raus! Vor die Tür!«

»Ich hab keinen Grund«, sagte Bruno.

Rico Sperber saß umgekehrt auf seinem Stuhl, die Ellbogen auf der Lehne, und grinste amüsiert.

Gottlieb griff an. Mit einem Heumacher, einem von weither geholten Schwinger, stürzte er auf Bruno los, verfehlte sein Ziel um einen halben Meter und brüllte: »Ich schlag dich durchs Ozonloch, du Sau.«

Bruno duckte sich, pendelte unter Missachtung seiner schmerzenden Rippen mit dem Oberkörper, ließ drei weitere wilde Schwinger ins Leere sausen, bis der Wüterich das Gleichgewicht verlor und polternd gegen den Tisch fiel, auf dem seine Brille lag.

»He, du Immobilie, wieso hast du mir deinen Karateausweis nicht gezeigt?«, sagte Bruno.

In der Wirtschaft kam Stimmung auf.

»Jetzt hast du ihn, Gottlieb!«

»Hey, Gottlieb, der Typ ist fertig. Den kann man nur noch am Zahnschema erkennen.«

»Steh auf, Gottlieb, stoß ihn aus der Hose!«

Schwerfällig rappelte Gottlieb sich hoch, in jeder Hand eine halbe Brille, und machte Miene, den grotesken Kampf fortzusetzen. Er stand hoffnungslos unter dem Zwang der Gruppe.

Bruno suchte Blickkontakt zu Rico Sperber.

»Genug«, sagte der, und er sagte es nicht einmal laut.

»Mensch, Rico«, maulte einer, »grad jetzt, wo's schön wird.«

»Das Lokal heißt Eintracht und nicht Zwietracht, basta«, sagte Rico Sperber. »Und du, Gottlieb, du setzt dich hierher an den Stammtisch und gibst Ruhe!«

Gottlieb war sichtlich erleichtert, dass die Sache vorbei war.

»Meinetwegen«, murrte er, »aber den da, den hätt ich fertig gemacht, den ...«

»Gomski«, sagte Bruno und hielt ihm die Hand hin.

»Fronlöchner«, sagte Gottlieb und griff mit schwitziger Wurstfingerhand zu, »Fronlöchner Gottlieb.«

Bruno ging an die Theke.

»Ich gebe 'ne Lokalrunde aus«, sagte er.

Die Rothaarige musterte ihn interessiert.

»Is gebongt.« Sie fuhr sich mit beiden Händen ins Nackenhaar, sodass ein breiter Streifen ihres nackten Bauches bis über den Nabel sichtbar wurde.

Beifälliges Gemurmel begleitete Bruno, als er an den Stammtisch zurückging. Lokalrunden waren rar in der *Eintracht*.

»Gottlieb hat das nicht so gemeint eben«, sagte Rico Sperber, »der hat's zurzeit ein bisschen an den Nerven. Die Frau ist ihm abgehauen.«

»Das Scheißluder!« Gottlieb nickte und fummelte an seiner zweigeteilten Brille.

»Er hatte das Vögelchen aus Georgien einfliegen lassen.« Rico Sperber drehte die Fingerspitzen nach außen und flatterte damit. »Leider war sie ein bisschen zu schön für unseren Gottlieb. Und nachdem sie ein Auto bekommen hatte, einen Pelzmantel und einen Mallorca-Urlaub, hatte sie genug von Gottlieb.«

»Das Scheißluder!«, stöhnte Gottlieb und wischte sich mit dem Handrücken über die Augen.

»Sie sind verdammt schwer zu treffen«, sagte Rico Sperber, »wo lernt man das?«

»In der harten Schule des Lebens«, sagte Bruno.

»Und Sie haben nicht ein einziges Mal zugeschlagen.«

»Butter schneidet man nicht mit der Kreissäge«, sagte Bruno.

Auf einem Tablett balancierte die Rothaarige eine Lage Bier heran. Sie stellte sich zwischen Rico und Bruno und beugte sich beim Verteilen weit über den runden Tisch. Sie roch gut. Bruno nahm, als er sich etwas zurücklehnte, mit einem raschen Blick wahr, dass Rico sie am Po berührte.

»Geht auf Ihren Deckel«, sagte sie, ohne Bruno anzusehen. »Ich bin die Silvi.«

»Danke, Silvi«, sagte Bruno.

Aus der Jukebox kam der Schmelz der Fünfziger: *Leise rauscht es am Missouri: Komm zurück, komm zurück, komm zurück. An den Ufern des Missouri wohnt dein Glück, wohnt dein Glück, wohnt dein Glück.*

»Nun mal Butter zu den Fischen! Wo lernt man das?« Rico Sperber war hartnäckig.

»Ich war eine Zeit lang in der Fremdenlegion«, sagte Bruno.

»Sieh einer an!« Rico Sperber schnalzte mit der Zunge. »Cépi blanc. Oui, mon capitaine.«

»Ich war nicht bei den Franzosen, sondern bei den Spaniern.«

»Eine Fremdenlegion in Spanien? Das wüsste ich aber«, meldete sich ein Kerlchen, das von der Theke herübergekommen war. Dem Vogelköpfchen nach war es unverkennbar ein Christ.

»Jockey ist ein Experte«, sagte Rico Sperber. »Der wäre bei der Bundeswehr eine Kampfsau geworden, Einzelkämpfer oder Kampfschwimmer oder so was, aber der Musterungskommission war er zu mickrig.«

»Fuck die Henne«, sagte Jockey, in dessen kleinen, schwarzen Vogelaugen die Wut brannte, »der Typ will uns doch einen Bären aufbinden.«

»Jockey ist ein Vetter meiner Frau«, sagte Rico Sperber.

»Angenehm«, sagte Bruno und empfand das Gegenteil.

»Wo soll denn die sein, diese spanische Legion?«, fragte Jockey lauernd. Er hatte ein Handy am Gürtel und trug Komplexstiefel mit Sechs-Zentimeter-Absätzen. Außerdem hatte er den Tick, an seinen reisigdünnen Fingern zu riechen, wenn er einen anschaute.

»Es ist ein ziemlich vergessener Haufen. Die Legion hat Garnisonen in Melilla, Ceuta, Ronda und auf Fuerteventura.«

»Fremdenlegion, das ist Strandgut. Gesindel aus aller Herren Länder«, sagte Adolf Brutscher um seine Zigarre herum, »Neger, Zigeuner und Lumpenpack.«

»Eine echte Killertruppe?«, fragte Jockey skeptisch.

»Eine Killertruppe, nun, wie man's nimmt«, sagte Bruno. »Die spanische Legion bringt sich selber um. Wenn du die Ausbildung nicht packst, darfst du grad wieder von vorn anfangen. Gnadenlos. Musst von morgens bis abends durch den Wüstensand robben. Oder du musst marschieren, marschieren, marschieren, bis du dir ein Stück Holz zwischen die Zähne klemmst und dich dran festbeißt wie ein Hund, um nicht loszuheulen. Und wenn du schlappmachst, tritt der Suboficial, der Unteroffizier, dir in den Arsch. Deshalb bin ich irgendwann desertiert.«

Für die Männer von Wulfsgruben hatte Bruno sich die richtige Legende zurechtgelegt. Er war bestens präpariert und blieb keine Auskunft schuldig. Auch Rico Sperber hakte immer wieder nach. Bruno schilderte den so genannten Todessprung, eine Hechtrolle mit vollem Marschgepäck über Gewehrpyramiden mit aufgepflanzten Bajonetten – »Wenn du's nicht hinkriegst, hast du die Klingen im Bauch« –, berichtete von einem seiner angeblichen Ausbilder, der sich den gekreuzigten Heiland auf die Brust hatte tätowieren lassen und der perverseste Sadist unter der Sonne Spaniens war, vom *espíritu de la muerte,* dem Geist des Todes, der die Söldner beseelte, und von zwölf Geboten, die der Caballero Legionario zu beherzigen hatte.

»Nenn mal eins!«, forderte Rico Sperber ihn auf.

»Schrecklich ist nicht der Tod, sondern schrecklich ist es, als Feigling zu leben«, sagte Bruno und bohrte den Blick seiner eisblauen Augen in die stahlblauen Augen Rico Sperbers – drei Sekunden länger, als es zwischen fremden Männern statthaft ist. Drei Sekunden, die Bruno klarmachten, dass Rico Sperber niemals nachgeben würde. Das Duell der Augen war aufschlussreicher als ein langes Gespräch. Bruno überließ Rico Sperber den Sieg.

»Wie sieht's denn mit Weibern aus?«, fragte ein Dickbrillenträger von der Theke. »Kriegt man als Legionär auch mal was zu poppen?«

»Kein Problem«, sagte Bruno, »es gibt genug Frauen, die auf tätowierte Kerle mit unchristlichem Lebenslauf stehen.«

»Andere Länder, andere Titten.« Der Dickbrillenträger schaute versonnen auf seinen Unterarm, den ein blassblaues, dornenumranktes Kruzifix verunzierte, das er sich vor Jahren von einem durchziehenden Tätowierer hatte stechen lassen.

»Ich wollte mir mal eine Kobra auf den Bizeps machen lassen«, sagte Jockey und verstand nicht, weshalb wieherndes Gelächter ausbrach.

Bruno hielt es für ratsam, sich nun ein bisschen zurückzunehmen, um nicht als geschwätzig zu erscheinen. Außerdem hatte er genug geboten, um sich nun eine Auszeit zu gestatten und in Ruhe die Männer zu beobachten, unter denen mit hoher Wahrscheinlichkeit auch diejenigen waren, derentwegen er nach Wulfsgruben gekommen war. Es wunderte ihn, dass Shanta Berlinger mit keiner Silbe Gestalten wie Gottlieb Fronlöchner oder diesen Schrumpfgermanen mit Spitznamen Jockey erwähnt hatte. Auch der entstellte Heiner Windenbicker war in ihrer Auflistung der Leute von Wulfsgruben nicht vorgekommen. Es wunderte ihn umso mehr, als diese drei in etwa so alt waren wie seine Auftraggeberin.

Er legte seine Hände auf den Tisch. Dem interessierten Betrachter würde – Bruno ging davon aus – sein Knast-Tattoo, drei zwischen Daumen und Zeigefinger in die Haut tätowierte Punkte, nicht entgehen. Freilich war es kein echtes Tattoo. Bruno hatte es mit einem Spezialstift aufgetragen.

»Ich hab vorige Woche einen Bussard abgeknallt«, verkündete die Hand voll Mann namens Jockey. »Bei mir hinterm Haus. Mit Kleinkaliber auf fuffzig Meter. Das Biest hatte sich auf einen Apfelbaum gesetzt.«

»Darf man das denn, einen Bussard einfach so runterschießen?«, fragte einer.

»Pff, dürfen«, sagte Jockey und roch an seinen Fingern. »Erlaubt ist, was gefällt. Wir leben hier auf dem Land. Der Einzige, der einen deswegen verpetzen würde, ist der Windelficker, die linke Bazille.«

»War es ein finaler Schuss?«, wollte Ex-Polizist Brutscher wissen.

»Was für'n Schuss?«

»Ob er gleich hinüber war, der Kuckuck«, sagte Rico Sperber.

»Von wegen. Da, schaut mal her, wie das Aas mich gekrallt hat! Glatt durch den Lederhandschuh, den ich extra angezogen hab.«

Jockey hielt sein dünnes Ärmchen über den Tisch und jeder konnte den dicken Schorf an seinem Handgelenk sehen.

»Das war ein Kampf, kann ich euch sagen. Ich hab ihm dann dermaßen eine gewischt, aber volle Kanne.«

»Wo Jockey hinlangt, wächst kein Gras mehr«, sagte Rico

Sperber. »Der hat schon mal einer Mücke ein Auge ausgeschlagen. Ich kann's beschwören.«

Gelächter.

»Wenn ich's euch sage, das war kein Spaß, aber ehrlich nicht«, sagte Jockey leicht eingeschnappt. »Als ich geglaubt hab, dass er verreckt ist, hab ich ihn in den Keller geworfen. Dann hat meine Mama mir die Hand verbunden und gesagt, ich hätt ihm mit der Schere in den Schnabel stechen sollen, so schräg nach oben ins Gehirn, dann wär er ex gewesen und nix an dem Vogel wär kaputt gewesen, wegen Ausstopfen und so. ›Damit kommst du jetzt‹, hab ich gesagt, ›jetzt, wo alles zu spät ist‹, und bin runter in den Keller, und was seh ich, ich sag's euch, sitzt das Scheißvieh mit sooo breiten Flügeln in der Ecke und faucht mich an. Faucht mich an! Ich wieder hoch und sag: ›Mama, jetzt kannst du mir den Trick mit der Schere persönlich zeigen!‹ Zusammen haben wir den Flattermann dann abgemurkst. Das heißt, ich hab ihn gehalten und Mama hat ihn abgestochen. Mit der Schere ins Gehirn. Kchchchch hat er gemacht. Dann war Sense.«

Bruno kam fast die Galle hoch. Er stand auf.

»Die Tür links neben der Theke und dann die Treppe runter«, sagte Rico Sperber.

Die *Eintracht*-Toilette von anno Tobak verströmte das Odeur von Bierschiss und Spargelpisse. Bruno stellte sich vor die feuchten Kacheln über einer simplen Rinne und konnte, obwohl er auf Abstand bedacht war, nicht ganz verhindern, dass seine Schuhe mit Urinlachen in Kontakt kamen, während er in Augenhöhe an der Wand die Filzstift-Hinterlassenschaft eines anonymen Autors entzifferte: Tritt näher, denn er ist kürzer als du denkst.

Gottlieb Fronlöchner kam die Treppe herab und stellte sich

neben Bruno. Er hatte seine Brille wieder zusammengebosselt. Sein Seidenhemd, grün schillernd wie eine Klosettfliege, klebte ihm stellenweise an der Haut.

»Morgen wird das Bier teurer«, sagte der Fleischberg und leitete das Wasserabschlagen mit einem gewaltigen Furz ein, »armes Deutschland!«

Bruno wusch sich die Hände und vermied es, das fleckige Handtuch zu benutzen.

»Was habt ihr eigentlich gegen Heiner Windenbicker?«, fragte er über die Schulter.

»Am besten neun Millimeter Dumdum«, lallte Gottlieb und stopfte sein Seidenhemd zurück in die Jogginghose. »Der denkt, er wär was Besseres, so rein kopfmäßig. Weil er auf dem Prie… auf dem Priesterseminar gewesen ist, der Narben-Heiner.«

Er zog ein versifftes Taschentuch aus der Hose und rieb damit an seiner Brille herum, deren Gläser durch die Prozedur noch undurchsichtiger wurden.

»Der ist mit uns nicht soli …, na, wie soll ich sagen … soli …«

»Solidarisch«, sagte Bruno.

»Genau.« Gottlieb kratzte sich am Hintern. »Der Kerl ist ein Arschloch.«

»Komm«, sagte Bruno, »wir gehen nach oben und vernichten noch ein paar Gehirnzellen!«

»Ich lass mich vollaufen. Scheiß doch der Hund drauf! Auf mich wartet keine Sau daheim.« Gottlieb wurde weinerlich. »Keine Sau!«

Er presste sich das fleckige Handtuch vors Gesicht und schluchzte. Bruno ließ ihn stehen.

Zurück am Tisch, stellte Bruno fest, dass ein Gespräch im Gange war, das ihn außerordentlich interessierte. Adolf Brutscher wetterte gegen die unbekannten Täter, die seinen Sohn überfallen hatten.

»Einer allein wäre mit dem Uwe nicht fertig geworden. Das müssen drei oder vier gewesen sein. Und ich leg meine Hand ins Feuer, dass es Mossad-Agenten waren. Das war eine Racheaktion an meiner Familie.«

»Und wieso ausgerechnet an deiner Familie?«, fragte einer mit Christ-Kopf.

Adolf Brutscher schlug auf den Tisch. »Wer hat denn die Gemeinde entjudet? Dein Vater? Nee! Der war dazu ja nicht fähig. Aber meiner!«

»Die Gemeinde entjudet? Ha! Da war der Viehjud, der Morgentau. Sonst war doch keiner da.«

»Der Morgentau war ein ganz gerissener Hund!« Adolf Brutscher schlug abermals auf den Tisch. »Der hatte damals schon ein Auto! Wer im Hunsrück konnte sich zu dieser Zeit schon ein Auto leisten?« Brutscher wuchtete seinen schweren Körper hoch und fuhr, den Hals gebläht wie die Schallblase einer Kröte, stehend fort: »Wenn der Morgentau ein Ferkel vom Hänger runtergeholt hat, dann hat er das Vieh an den Hinterläufen gezogen, dass es sooo lang war.« Brutscher breitete die Arme aus. »Und nachher, wenn der Bauer das Schwein im Stall hatte, war es grad mal noch so groß wie eine Katze. So einer war der Morgentau!«

Rico Sperber schaltete sich vermittelnd ein: »Lass gut sein, Adolf! Das ist alles viel zu lange her, um sich heute noch drüber aufzuregen. Willst du noch ein Weizen?«

»Was wahr ist, muss wahr bleiben!«, brummte Brutscher und setzte sich wieder.

Gegen halb drei kam Silvi an den Tisch und flüsterte dem Wirt etwas ins Ohr.

»In Ordnung«, sagte Rico Sperber, »wir machen Schluss.«

Die ältere Garde um Adolf Brutscher war schon gegangen. Jockey war sternhagelvoll. Aus der Jukebox kam Heinos Bariton: Herrliche Berge, sonnige Höhen, Bergvagabunden sind wir …

Silvi kassierte ab.

»Dreiunddreißigdreißig«, sagte sie zu Bruno, dem die Summe sehr gering vorkam.

»Vierzig«, sagte er und gab ihr einen Fünfzigeuroschein.

»Danke«, sagte sie und gab ihm sechzig Euro zurück.

Versehen oder Absicht? Bruno hielt die Scheine in der Hand und beobachtete, wie Silvi mit den anderen Gästen abrechnete. Sie tat es fix und souverän. Bruno war sich sicher, dass er getestet wurde.

»Der steht mir nicht zu«, sagte er und reichte ihr den Fünfziger zurück.

»Hast du mir nich 'nen Hunderter gegeben?«

»Nein. Ganz sicher nicht.«

»Das is aber nett von dir«, sagte Silvi und lächelte ihn an.

»Herrschaften, auch der Wirt hat ein Recht auf Schlaf«, rief Rico Sperber.

Durchs offene Fenster sah Bruno, wie er die letzten Zecher auf der breiten Wirtshaustreppe verabschiedete.

Jockey stand auf der untersten Stufe und würgte.

»Kotz gefälligst auf die Straße!«, herrschte Rico Sperber ihn an.

Jockey stülpte es den Magen um. Als ehemaliger Aushilfs-Kneipier hatte Bruno leidvolle Erfahrung im Wegwischen von übel riechender Materie, die den menschlichen Verdauungstrakt ganz oder teilweise durchwandert hatte, und es gab kaum etwas, was ihn mehr in Harnisch brachte als Exkretion am falschen Ort. Seine Abneigung gegen Jockey wuchs ins Mörderische.

Grölend torkelten drei Zecher noch eine Weile ums Kriegerdenkmal herum, bis sie sich in der lauen Nacht verloren.

Rico Sperber schloss die Tür ab, machte die Lichter aus bis auf eine spärliche Thekenbeleuchtung und holte eine Flasche Schnaps.

»Silvi ist oben und richtet Ihr Zimmer her«, sagte er. »Aber was anderes: Du bist ein handfester Typ. Das gefällt mir. Wir können du zueinander sagen.«

»Gern. Ich heiße Frank.«

Sie stießen an.

»Hunsrücker Bierebrand«, sagte Rico. »Birnenschnaps auf Hochdeutsch. Der zieht rein, was?«

»Ohhh, zum Henker, ja!«

»Noch was Spezielles zum Abschluss. Tausendmal gehört, immer wieder gut«, sagte Rico und warf eine Münze in die Musikbox.

Bruno erkannte das Lied beim ersten Takt, der aufs Kalbfell geschlagen wurde. Mal wieder der alte Freddy.

»Irgendwo im fremden Land, ziehen wir durch Stein und Sand«, sang Rico mit, »fern von zu Haus und vogelfrei, hundert Mann – und ich bin dabei.«

Bruno stimmte mit ein. »Hundert Mann und ein Befehl. Und ein Weg, den keiner will …« Den Text kannte er einigermaßen.

»Spanische Fremdenlegion«, sagte Rico, »Mann, was gäb ich drum, wenn ich alles noch mal machen könnte. Ich Idiot bin in einer Versorgungseinheit der Bundeswehr hängen geblieben. Vier Jahre.«

»Du hast doch alles«, sagte Bruno und machte eine ausladende Armbewegung.

»Scheiß drauf, auf diesen ganzen Mist hier. Hundertfünfzig Jahre in Familienbesitz! Das ist wie eine Falle. Kennst du diese klebrigen Dinger, diese Papierspiralen, die in den Bauernküchen von der Decke hängen und die Fliegen festhalten, bis sie krepieren? Genauso klebt man an diesem Kaff fest. Bis man, versehen mit den kirchlichen Sterbesakramenten, dahin gebracht wird, wo schon die Altvorderen verwesen. Man nennt das Bodenständigkeit. Da könnte man doch auf der Sau davonreiten!«

Er füllte die Schnapsgläser bis zum Rand. Entweder vertrug er ein Fass voll oder er hatte Lust, sich gnadenlos zu besaufen. Bruno musste auf der Hut sein, denn trotz seiner Trinkroutine zweifelte er, ob er bei diesem Tempo würde mithalten können.

»Frank Gomski – ist das dein echter Name?«

Verflucht, schoss es Bruno durch den Kopf, das ist einer dieser Boxfans, die alle Namen quer durch die Gewichtsklassen bis ins Jahr 1900 runterrattern können! Hatte er Bruno erkannt?

»Was ist schon ein Name?«, sagte Bruno. »In der Legion kannst du dich nennen, wie du willst. Keiner fragt danach.«

»Du bist aus der spanischen Fremdenlegion desertiert, sagst du?« Rico betrachtete ihn prüfend. »Das muss aber schon eine Weile her sein. In deinem Alter desertiert man doch nicht mehr! Da kneift man die Arschbacken zusammen und wartet auf die Rente.«

»Es ist auch schon eine Weile her.«

»Na siehst du! Ich hab doch gewusst, dass was faul ist. Nun mal raus mit der Sprache! Aus welchem Nest bist du gefallen?«

»Ich weiß nicht, was du meinst.«

»Glaubst du, deine kleine Tätowierung ist mir entgangen? Du kommst aus dem Knast, Gomski.«

»Okay, du hast gewonnen«, sagte Bruno, »ich bin ein Bürger mit Hafterfahrung.«

»Na also! Warum nicht gleich so! Mir kann keiner ein X für ein U vormachen. Weshalb hast du gesessen?«

»Da war was mit einer Frau«, sagte Bruno, »aber sie war selbst schuld.«

»Hast du sie …?« Rico grinste.

»Ja.«

»Wenn man eine Geige hat, will man auch drauf spielen, was?« Rico kniff ein Auge zu und fasste sich zwischen die Beine. »Hauptsache, du bist kein Spargellutscher. Dann würde ich dich nämlich auf der Stelle rausschmeißen.«

»Bleibt die Sache unter uns?« Bruno spielte den geständigen Sünder.

»Im Prinzip könnte dir das doch scheißegal sein. Du wirst morgen doch wieder verschwinden, oder?«

Bruno hob die Schultern und ließ sie wieder fallen.

»Ach so«, sagte Rico, »du bist auf heißen Sohlen unterwegs.«

»Möglich.«

»Hm.« Rico dachte nach. »Du kannst hier bleiben, Gomski. Ich hätte eventuell Arbeit für dich. Aber eins sag ich dir, wenn du hier lange Finger machst, brech ich dir sämtliche Knochen.«

»Ich bin nicht wegen langer Finger im Knast gewesen.«

»Von den Weibern hier lässt du auch gefälligst die Pfoten. In unserem Dorf gibt's nur anständige Frauen, kapiert? Selbst wenn du eine Stange schiebst wie ein französisches Weißbrot.«

»Alles stramme Katholiken, wie?«, sagte Bruno.

»Scheißegal«, sagte Rico, »ich will bloß keinen Ärger.«

Silvi kam ins Lokal. Sie hatte ihre abgeschnittenen Jeans noch ein Stückchen höher über die Oberschenkel gerollt. Ihre Beine waren alabasterweiß und makellos geformt.

»So 'nen Sommer hatten wir schon lange nich mehr. Hitze

bis in die Nacht.« Sie stöhnte leise. »Man könnte sich alle Kleider vom Leib reißen.«

»Geh nach oben!«, sagte Rico.

»Wieso? Wir könnten doch noch …«

»Wenn ich sage, du gehst nach oben, dann tust du das gefälligst! Ich habe mit Gomski noch was Geschäftliches zu besprechen.«

»Leck mich doch«, sagte Silvi und knallte die Schiebetür hinter der Theke zu.

»Ein Feuerkopf.« Rico grinste. »Die würgt nicht mal mit zwanzig Zentimetern im Mund.«

»Deine Frau?« Bruno stellte die Frage, obwohl die Verhältnisse auf der Hand lagen.

»Nein, sie ist meine Bedienung. In jeder Beziehung. Meine Frau«, Rico winkte ab, »meine Frau kannst du vergessen. Die hat kein Feuer mehr.«

»Als Legionär hatte ich mal eine Zigeunerin.«

»Eine Zigeunerin?« Rico senkte den Kopf und ließ einen Rest Schnaps im Glas kreisen. »Das ist eine Rasse für sich. Die Männer taugen nichts. Aber die Weiber sind klasse. Manchmal.«

»Hast du Erfahrungen?«

»Der gute Wirt genießt und schweigt.«

Im Handumdrehen hatte Rico die Stamper erneut gefüllt.

»Prost«, sagte er, »komm mit, ich zeig dir was.«

Er knipste die Beleuchtung aus. Vom mondbeschienenen Dorfplatz drang diffuses Licht in die alte Wirtschaft. Der Alkohol machte Bruno zu schaffen. Er hatte Mühe, Rico durch das große, menschenleere Haus zu folgen. Rico öffnete eine Metalltür und drückte einen Lichtschalter. Sie standen in einem kühlen, weiß gekachelten Raum. An einer Deckenschiene hingen spitze Stahlhaken.

»Früher war hier eine Metzgerei«, sagte Rico. »Alles vorbei. Ich hab hier meine Lehre gemacht.«

Sie strauchelten weiter durch das Labyrinth des 150 Jahre alten Gebäudes und gelangten in ein massives deutsches Wohnzimmer. Eiche, wohin man blickte: zimmerhohe Schrankwand über Eck, Zinnbild *Pflügender Landmann* im Eichenrahmen, Sitzgarnitur in bürgerlich vorgeschriebener Dreieinigkeit von Dreisitzer, Zweisitzer und Sessel. Die braunen Lederpolster auf den mit Schnitzereien verzierten Eichengestellen wiesen keinerlei Gebrauchsspuren auf. Auch der schwere eichene Esstisch mit zehn akkurat gestellten Stühlen vor den mit grünem Brokat verhängten Fenstern wirkte unnahbar.

»Mach's dir gemütlich«, sagte Rico und stellte zwei Schnapsgläser auf den Couchtisch.

»Ich bin ziemlich besoffen«, sagte Bruno.

»Unsinn«, sagte Rico, »wir fangen doch erst an.«

»Dich haut wohl gar nichts um.«

»So schnell nicht«, sagte Rico. »Ich mag keine Schwächlinge. Der Jockey ist so einer, da kann er sich noch so Mühe geben, das Raubein zu spielen. Dem hätten sie im KZ einen rosa Winkel an die Jacke genäht.«

»Rosa Winkel?«

»Für die Zitterärsche. Für die von der anderen Feldpostnummer. Nie gehört? Da gab's eine Farbe für jede Konfession. Grün für die Kriminellen, Rot für die Politischen, Schwarz für die Asozialen, Rosa für die Schwulen, Lila für die Bibelforscher und so weiter und so fort.«

»Der Jockey ist schwul? Hätte ich nicht gedacht«, sagte Bruno. »Dafür hat das Bürschchen aber knallharte Sprüche drauf.«

»Der reitet im Damensattel«, sagte Rico und holte eine

Schnapsflasche aus einem verspiegelten Fach der Wohnwand Eiche rustikal, die mit Pokalen, gerahmten Hundefotos und großformatigen Büchern dekoriert war. »Er ist unser Friseur. Und er wird sich hüten, jemandem in Wulfsgruben seinen Schließmuskel zu zeigen. Dann könnte er seinen Laden nämlich dichtmachen.«

Er schritt die Wohnwand ab wie ein Offizier eine angetretene Kompanie. »Da«, sagte er, »alles über die Wehrmacht und die Waffen-SS.«

Dann zog er ein schweres Buch aus der Reihe und ließ es auf den braun gekachelten Couchtisch plumpsen, dass Brunos Schnapsglas einen Hopser machte.

»Da, ein Bildband über die Leibstandarte. Das kann man sich heute gar nicht mehr vorstellen, solche Leistungen!«

»Kaum«, sagte Bruno, da Ricos stierer Blick nach Zustimmung verlangte.

»Schau mal rein!«, sagte er.

Bruno blätterte ein paar Seiten durch.

»Soll ich mehr Licht machen?«, sagte Rico.

»Danke, es geht schon.«

»Nach Osten brausen die Heere, ins russische Land hinein«, trug Rico mit anschwellender Singstimme vor, »Kameraden, an die Gewehre, der Sieg wird unser sein!«

»Schönes Buch«, sagte Bruno und legte die Leibstandarte auf den Couchtisch. »Bist du ein Nazi?«

»Nicht politisch. Nur militärisch.«

»Erklär mir bitte den Unterschied.«

»Mit Politik hab ich nichts am Hut. Ich habe auch nichts gegen Juden, so wie der Brutscher Adolf. Aber wenn ich mir unser schlappes deutsches Volk anschaue, werd ich gemütskrank. Kein Mark mehr in den Knochen! Kein Kampfgeist! Nur

Angstpupen vor der Glotze, wenn auf dem Balkan einer in die Luft schießt.«

Rico schenkte Schnaps ein.

»Nur noch halb«, bat Bruno vergeblich.

»Wenn du heute durch Frankfurt gehst, Gomski, oder durch Hamburg oder durch Berlin, da, wo die Puppen tanzen, da triffst du doch keinen Deutschen mehr, der was zu sagen hat. Da sind Tschetschenen am Drücker, Albaner, Jugos und was weiß ich noch alles. Die Deutschen kuschen oder spielen den Chauffeur. So weit sind wir. Prost!«

»Da gehen die Uhren in Wulfsgruben noch anders«, sagte Bruno. »Prost!«

»Jede Generation muss einmal einen Krieg mitgemacht haben«, sagte Rico.

»Wer sagt denn so was?«

»Adolf.«

»Brutscher?«

»Quatsch! Hitler.«

»Du warst doch lange genug beim Bund, Rico.«

»Vergiss es! Krisenspezialkräfte oder wenigstens Fallschirmjäger, das wär ja noch was gewesen. Aber ich hatte mich hauptsächlich um die Fressalien zu kümmern.«

»Im Krieg braucht man auch Küchenbullen«, sagte Bruno.

»Verarsch mich nicht«, sagte Rico. »Du hast gut reden. Warst in der Legion. Scheiße, ich hab das verpasst.«

»Dafür hast du alles, was ich nicht habe. Ein Haus, eine Wirtschaft …«

»… und eine durchgeknallte Alte, die auf einem Besen reitet. Und einen Schwager, den sein Erzeuger gescheiter auf die Ofenplatte gespritzt hätte.«

»Hast du Kinder?«

»Die Alte ist steril. Ist wohl auch besser so. Weiß der Geier, was da rausgekommen wäre.« Ricos glasiger Blick ging erneut zur Schnapsflasche. »Wenigstens hab ich die Hunde. Früher hab ich Schäferhunde gezüchtet. Jetzt hab ich echte Beißer, Kampfmaschinen, sag ich dir. Ich experimentiere da ein bisschen. Komm, ich zeig sie dir.«

Sie stolperten eine lange Treppe hinab, wankten über einen unaufgeräumten, nur vom Mond beleuchteten Hof und standen vor einem scheunenartigen Gebäude.

»Da sind die Jungs drin«, sagte Rico.

VIII. Kapitel

In der Pit

Hundegeruch lag in der Luft. Bruno litt keineswegs an Hundephobie, doch diese Ausdünstung behagte ihm nicht.

»Warte hier«, sagte Rico. Die Pforte quietschte. Kurz darauf fiel Licht aus dem Rechteck.

»He, Gomski, wo bleibst du?«

Es kostete Bruno Überwindung, hineinzugehen, denn er war nicht scharf auf den Kontakt mit Reißzähnen. Auf den ersten Blick hätte man die hohe Scheune für eine billige Boxarena halten können. An langen Schnüren hingen vier Lampen von der Decke und beleuchteten einen viereckigen Kampfplatz, der allerdings im Gegensatz zu einem Boxring nicht erhöht, sondern in Form einer Betonwanne in den Boden vertieft war. Rings um das Karree, das etwa vier mal vier Meter maß, war ein Durcheinander aus Plastikstühlen und Stehtischen, von denen etliche umgestürzt waren, als hätte eine erregte Menge soeben diesen Platz verlassen. In einiger Entfernung, hinter Bretterverschlägen, war gedämpftes Winseln zu hören.

Aus dem Dunkel löste sich eine Gestalt, näherte sich dem Lichtkreis – und Bruno erkannte den Buckligen mit dem kleinen Kopf und der großen Unterlippe, welche die Oberlippe fast bis zur Nase überlappte.

»Alles in Ordnung, Flori? Sind die Hunde gefüttert?«, fragte Rico.

Der Bucklige machte sich noch kleiner, als er war, und nuschelte etwas für Bruno Unverständliches.

»Das ist mein Schwager«, sagte Rico und tippte sich mit dem Zeigefinger gegen die Schläfe. »Meine Frau sagt, er sei ein Mikrozephale. Wie hochtrabend sich das anhört! Als wär er ein Akademiker! Ich sage, er ist ein kompletter Inzuchtidiot. Dumm wie ein Tiefseeschwamm. Von der Sorte gibt's in unserem Dorf noch ein paar.«

»Soso, der Flori ist das«, sagte Bruno. »Wir haben uns schon kennengelernt.«

»Verschwinde, Flori!«, befahl Rico und fügte, an Bruno gewandt, hinzu: »Ich möchte mal wissen, wann der Kerl überhaupt schläft.«

Bruno bemerkte, dass Rico einen Gegenstand in der Hand hielt, der einem Gummiknüppel ähnlich sah.

»Du wirst doch nicht …«

»Was? Ach so«, lachte Rico, »du meinst, ich will dem Mikrozephalen eins überbraten? Nein. Das Ding hier«, er schlug sich spielerisch damit in die offene Handfläche, »das Ding hier ist ein Kupferkabel. Ein Knochenbrecher, sag ich dir. Wenn ich zu Tyson gehe, bin ich nie ohne.«

Flori huschte an Bruno vorbei in den Hof.

»Der hat aber Manschetten vor dir«, sagte Bruno.

»Ach wo«, winkte Rico ab. »Wir verstehen uns prächtig. An Weihnachten hat meine Frau dem Schwachkopf eine Trommel geschenkt. Es war kaum auszuhalten. Da habe ich zu ihm gesagt: ›Da ist was Tolles drin, Flori. Du musst sie bloß aufschneiden.‹« Rico lachte. »Da war schlagartig Ruhe im Karton!«

Er verschwand aus dem Lichtkreis. Irgendwo im Dunkel begannen mehrere Hunde zu lärmen. Bruno stand an der Pit und betrachtete die Blutspuren auf dem Beton. Die dunkel eingetrockneten Lachen und Spritzer waren überall, auf dem Boden und an den Wänden. Wenn alles vorüber war, wenn er seinen Auftrag erledigt hatte, würde er, das nahm er sich in diesem Augenblick fest vor, diese illegale Arena für vierbeinige Gladiatoren hochgehen lassen.

»Ring frei! Hier kommt Benito, der italienische Meister«, rief Rico.

An einem Lederriemen zog er einen Hund hinter sich her, einen mittelgroßen, rehfarbenen Jagdhundverschnitt mit schmalem Fang, der sich vergeblich mit allen Vieren gegen den Vorwärtsdrang seines Dompteurs sträubte und aufjaulte, als Rico ihn packte und in die Pit warf. Dort blieb er steifbeinig stehen, die dünne Rute tief eingeklemmt, und zitterte wie ein armer Sünder vorm Jüngsten Gericht.

»Na, was hältst du von ihm, Gomski?«

»Ein typischer Sieger«, sagte Bruno.

Rico lachte schallend und fuchtelte mit dem Kupferkabel herum. »Verstehst du jetzt, warum ich mich ohne meinen Totschläger nicht in die Nähe dieser Bestie traue?«

Wäre Bruno weniger betrunken gewesen, hätte er das Spiel gewiss von vornherein durchschaut. Doch nach so vielen Klaren hatte er Mühe, noch einen klaren Gedanken zu fassen. Noch während er auf die steckenbeinige Wald-und-Wiesen-Mischung hinunterblickte, die in der Pit so fehl am Platz schien wie Altkanzler Kohl am Hochreck, hatte Rico sich wieder entfernt.

»Let's get ready to rumble!«, rief er aus der Dunkelheit. »Gleich wirst du was erleben. Geh in Deckung, Gomski.«

Bruno vernahm ein Geräusch, das Schaben von Krallen auf hartem Boden, dann das unmäßige Keuchen einer Kreatur, die mit Macht auf die Arena zustrebte. Vorsichtshalber stieg Bruno auf einen Stuhl und hielt einen weiteren zur Abwehr vor sich. Das Erste, was Bruno von der Kreatur sah, ließ ihn schaudern: eine Hassfratze.

»Pack ihn, Tyson! Pack ihn!«, schrie Rico und löste den Würgeriemen vom Hals eines luziferischen Hundes.

Bruno riss den Mund auf. In einem Selbsterhaltungsreflex krampften sich seine Hände um den Plastikstuhl – ein lächerlicher Schutzschild gegen dieses Monster. Doch das Muskelpaket schoss an ihm vorbei, machte ohne abzubremsen einen Satz in die Pit – und ein Schrei, so grell und so gellend, wie Bruno ihn noch von keinem Lebewesen gehört hatte, ging ihm ins Mark. Der Kampfhund war wie im Rausch. Breitbeinig stand er über seinem Opfer, dem kein Meter Flucht gelungen war, und grub rasend vor Tötungswut seine Zähne in den Bauch und schließlich in die Kehle. Das grelle Geschrei endete wie abgeschnitten.

»Bravo, Tyson!«, rief Rico.

Der schwarz-braun gestromte Killer schlug den italienischen Meister hin und her wie einen nassen Lappen.

Bruno stand der Schweiß auf der Stirn. Als der Kampfhund von seinem toten Opfer abließ und Bruno seinen blutverschmierten Kopf zudrehte, sprang dieser von seinem wackligen Stuhl herunter und spurtete auf eine Leiter zu. Er verhaspelte sich auf den Sprossen und trat zweimal gefährlich ins Leere. Den Blick nach unten wagte er erst, als er auf dem Heuboden saß, der wie eine Galerie um den weiten Scheunenraum herumgebaut war. Am Fuß der Leiter saß der Hund. Ohne einen Laut starrte er zu Bruno empor. In seinen Augen war ein Glühen. Am Rand der Arena lag der tote Jagdhundmischling. Aus seiner aufgerissenen Kehle sickerte Blut und in seiner Wirbelsäule war ein scharfer Knick. Es herrschte eine unheimliche Stille. Der Geruch des Kampfhundes drang zu Bruno herauf.

»Aus«, brüllte Rico, »aus, Tyson, aus!«

Der Hund reagierte nicht, ließ sich auch nicht von seinem unheilvollen Starren abbringen. Er hatte alle Kennzeichen eines Arenahundes. Der Doggenkopf mit der breiten Schnauze zeigte den Ausdruck dumpfer Aggression und der Körper unter dem kurzen Fell strotzte vor Kraft.

Rico kam näher, in der einen Hand den Lederriemen, in der anderen das Kupferkabel.

»Na, hast du dir in die Hosen geschissen, Gomski?«

»War das nötig?«, sagte Bruno und deutete auf den Kadaver in der Pit.

»Von diesen Kötern kriege ich so viele aus Italien mitgebracht, wie ich brauche. Sparringspartner kann man sie nicht nennen, das wäre zu viel der Ehre für diese Scheißer. Die sind nur dazu da, dass meine Fighter an ihnen das Töten lernen.«

»Findest du das fair?«

»He, du Weichei! Warst du wirklich in der Fremdenlegion?«

»Wenn mir nach Kampf zumute ist, tu ich's selber«, sagte Bruno.

»Das ist ein Bandog«, sagte Rico. »Nackenmuskeln wie 'n Tiger. Der hat Messer im Maul. Auf der ganzen Welt gibt es keine gefährlicheren Hunde, glaub's mir.«

»Ich dachte, die seien verboten.«

»Schon möglich. Hier draußen interessiert das keinen Schwanz. Tyson ist der beste Kampfhund, den ich je hatte. Eine Spezialzüchtung aus Pitbull, Rottweiler, Bulldogge und Ridgeback. Fünfzig Kilo Muskeln, ein Gebiss wie ein Timberwolf und null Schmerzempfinden. Das ist ein Killer, sag ich dir.«

»Ich will hier oben nicht übernachten«, sagte Bruno.

Das Kupferkabel keine Sekunde aus der Hand legend, versuchte Rico dem Bandog die Würgeleine umzulegen.

»Neun Kämpfe«, sagte er, »und keinen verloren. Nicht mal ein abgebissenes Ohr, keine Schramme, keine Narben. Tyson ist unschlagbar. Ich hab noch zwei Beißer im Zwinger. Große Kaukasen. Aber gegen den hier stinken sie ab.«

Von sicherer Warte aus registrierte Bruno, dass der Bandog nicht nur eine Gefahr für seine Artgenossen war, sondern offensichtlich auch für seinen stolzen Besitzer. Das Tier hatte keinen Respekt vor Rico. Es dauerte eine Weile, bis er ihm die Würgeleine angelegt hatte.

»Vor zwei Monaten hat er einen Mastino Napoletano frikassiert«, sagte Rico atemlos. »Der war achtzig Kilo schwer und bis dahin ungeschlagen. Tyson hat sieben Minuten gebraucht, da war der Mastino ein Fall für die Grabschaufel.«

Nur widerstrebend ließ sich der Bandog wegführen. Aus dem rückwärtigen Teil der Scheune erscholl das heisere Gebell der Kaukasen. Ricos Kommandostimme ging fast unter. Erst als Bruno das heftige Zuschlagen einer Gittertür vernahm, stieg er die Leiter hinab. Er sprang in die Pit und beugte sich über den armen Findlingshund, der über die Alpen gebracht worden war, um in Wulfsgruben einen jämmerlichen Tod zu finden.

»Was machst du in der Pit?«

»Ich will herausfinden, was das für ein Gefühl ist hier unten.«

»Das ist absolut kein Ort für Gefühle.« Rico rieb die Handflächen aneinander. »Hör mal zu, Gomski. Wenn du clever bist und mir – ganz diskret, versteht sich – gutes Publikum heranschaffst, kannst du bei mir fette Kohle machen. Du hast doch Connections. Du kennst dich doch sicher aus in der Frankfurter Szene.«

»Schon möglich.«

»Du hast ja keine Ahnung, Gomski, was bei guten Kämpfen

an Wettgeldern über die Tische geht.« Rico kniff ein Auge zu und schnalzte mit der Zunge. »Also abgemacht? Du hast Kost und Logis frei. Fürs Erste.«

Er hielt Bruno, der unter ihm in der Pit stand, die Hand hin. Bruno erfasste sie und zog sich hoch. Es war eine außergewöhnlich starke, energische Hand und Bruno musste an Shanta Berlinger denken und daran, dass sie sich völlig chancenlos im Griff dieser Hand gewunden hatte.

»Abgemacht«, sagte Bruno. »Jetzt könntest du mir helfen, mein Auto aus dem Graben zu ziehen. Wir sind ja fast wieder nüchtern.«

»Keine Sorge, dein Auto ist auch morgen früh noch da. Mitsamt den Rädern und allem Drum und Dran. Wir sind ja hier nicht in Polen. In unserer Gegend gibt's nur anständige Leute.«

IX. Kapitel

Der Mann im Wald

Lautes Glockengeläut holte Bruno aus dem Schlummer. Im ersten Moment war er ziemlich konfus. Er lag auf einer mürben Matratze in einem altmodischen Bett, das zu kurz war. Sein Schädel brummte. Unerbittlich dröhnten die Schläge vom geweihten Erz. Es war Viertel vor zehn. Die Sonne strahlte durchs offene Fenster und verengte Brunos Augen zu zerknitterten Schlitzen. Obwohl er nur einen Slip trug und das geblümte Plumeau noch in der Nacht von sich geworfen hatte, war Bruno völlig verschwitzt. Bruchstückhaft erinnerte er sich an verworrene Träume, in denen er von tollwütigen Hunden gehetzt wurde. Er zog sich ein T-Shirt über und stellte sich ans Fenster. Vom ersten Stock blickte er auf den Dorfplatz hinunter, über den die Gutgläubigen zum Hochamt strebten.

Die Hitze baute sich schnell auf. Es war kein Wölkchen am Himmel. Bruno zog die vergilbten Leinenvorhänge zu und legte sich wieder aufs Bett. In dem feuchten Laken waren Falten, die sich nicht mehr glätten ließen. Das orange-gelb-kringelig tapezierte Zimmer hatte den gewöhnungsbedürftigen Charme der Fünfzigerjahre. Außer dem Bett enthielt es einen Schleiflack-Kleiderschrank, einen Stuhl mit schadhaftem Plastiküberzug, einen abgetretenen Teppich mit dem typischen Strich-Design der Fifties, ein klobiges weißes Waschbecken und eine nachträglich eingebaute Dusche mit gekörnten Plastikwänden. Zur Toilette musste Bruno über den Flur.

Er kramte das Handy, das Shanta Berlinger ihm mitgegeben hatte, aus seinem Seesack und wählte die Nummer, die er sich eingeprägt hatte. Shanta Berlinger war in Paris.

»Es lässt sich gut an, Madame«, sagte Bruno. »Ich bin in der Höhle des Löwen. Nachher will ich einen Außenseiter besuchen, einen gewissen Heiner Windenbicker. Er ist der Einzige hier, von dem ich annehme, dass er den Mund aufmacht. Erinnern Sie sich an ihn?«

»Naturellement. Der Junge, der mich gefunden hat. Damals, im Wald. Er hatte mich losgebunden. Hatte ich Ihnen den Namen nicht genannt, Monsieur Schmidt?«

»Nein«, sagte Bruno, »das hatten Sie nicht. Danke, Madame. Sie hören wieder von mir.«

Bevor er das Handy wieder im Seesack verstaute, tippte er eine andere Nummer ein, damit niemand, der in seinen Sachen herumschnüffelte, über die Wahlwiederholungstaste Aufschlüsse erhielt. Er duschte, obwohl er sich ekelte vor der Kabine, in deren sämtlichen Ecken schwarzer Pilz wucherte. Im Ausguss hingen graue Haare in eingetrocknetem Schmutzschlamm und der Duschkopf spendete nur einen schwachen Strahl lauen, gelblichen Wassers. Während er sich nass rasierte, hörte er Klaviermusik, die so nah klang, als käme sie aus einem der benachbarten Zimmer. In besserer Verfassung hätte er der Musik gerne ein Weilchen gelauscht. Er zog ein kakifarbenes Hemd an und eine ebensolche Hose, dann trieben ihn der Durst und die Sucht nach Kaffee aus dem Zimmer.

In der Wirtschaft war nicht viel los. Ein paar ältere Semester, unter ihnen Adolf Brutscher, hatten sich zum Frühschoppen am Stammtisch versammelt. Silvi, mit Hängebluse und Leggins etwas züchtiger gekleidet als am Vorabend, bediente sie.

»Ich brauche dringend ein Glas Wasser und einen starken Kaffee«, sagte Bruno.

»Hab schon gehört, dass es gestern ziemlich spät geworden is«, sagte sie und gab Bruno einen Klaps auf die Brust. »Geh in die Küche. Magda macht dir 'n Frühstück.«

»Wer ist Magda?«

»Is 'ne Tante der Chefin. Sie macht die Küche seit fuffzig Jahren. Die musst du nehmen, wie sie is.«

Die Küche, in der von der Größe her ein Chefkoch und mindestens fünf Gehilfen hätten wirtschaften können, ohne sich gegenseitig auf die Füße zu treten, lag zum Hof hin. Magda bestand fast nur aus spitzer Nase. Ihr kleiner, dürrer Körper steckte in einer grauen Kittelschürze und ihr fahlgraues Haar, das in alle Richtungen stand, war so licht, dass an vielen Stellen die Kopfhaut durchschimmerte.

»Rühreier?«, fragte sie mit brüchiger Quäkstimme.

»Nichts dagegen«, sagte Bruno, »aber am dringendsten brauche ich einen starken Kaffee.«

Er setzte sich an einen langen Tisch, aus dessen Bestückung mit Honig, Marmelade und Brotkörbchen er schloss, dass die Hausbewohner hier zu frühstücken pflegten. Magda wuselte herum und klapperte mit Küchengerät.

»Ist Rico schon auf?«, wollte Bruno wissen.

»Jesus, ja«, sagte Magda, ohne in ihrem Gerenne innezuhalten.

»Wo finde ich ihn?«

»Draußen.«

»Wo ist eigentlich seine Frau? Ira heißt sie doch, nicht wahr?«

»Krank«, antwortete Magda und schlug ein Ei auf.

»Schlimm?«

»Jesus, die Nerven«, sagte Magda und schlug noch ein Ei auf.

»Bitte nicht«, sagte Bruno, als er sah, dass Magda nach einem dritten Ei griff, »zwei reichen mir.«

Er frühstückte ohne Appetit, woran nicht Magdas Rühreier schuld waren, sondern sein verkaterter Kopf, trank fast eine Kanne Kaffee und ging suchend durch das verwinkelte Haus, bis er die Tür zum Hof fand. Der weiträumige, quadratische Hof war an drei Seiten umbaut und zur vierten hin durch eine hohe Mauer von der Außenwelt abgeschottet. Hinter dem hölzernen Bogentor, das in die Mauer eingelassen war, hörte er Ricos Kommandostimme.

»Rico«, rief er und behielt sicherheitshalber die Türklinke in der Hand, was sich auch als sinnvoll erwies, denn als das Tor aufging, waren als Erstes zwei mächtige, zottige Hundeköpfe zu sehen. Hinter ihnen kam Rico, verschwitzt und abgekämpft, Leinen und einen Beißärmel über der Schulter.

»Nimm bitte die Hunde mal an die Leine«, rief Bruno.

»Schiss?« Rico lachte. »Da hast du auch allen Grund zu. Das sind die zwei Kaukasen. Eine starke Rasse, sag ich dir. Die wurde ursprünglich zum Kampf gegen Wölfe und Bären gezüchtet.«

»Ich bin aber weder das eine noch das andere«, rief Bruno.

»Mach besser die Tür zu, Gomski. Das sind Angriffshunde. Die beißen auch dann, wenn einer am Boden liegt.«

Es nervte Bruno, dass Rico seine Hunde fortwährend als Drohpotenzial gegen ihn einsetzte. Bei aller zur Schau gestellten Höflichkeit war eine lauernde, eine gefährliche Spannung zwischen ihm und diesem ungekrönten König von Wulfsgruben zu spüren.

»Ich warte in der Wirtschaft auf dich«, rief er und knallte die Tür zu.

Das Hochamt war aus und die *Eintracht* füllte sich. Bruno

stellte sich an die Theke und schaute Silvi bei der Arbeit zu, bis Rico hereinkam.

»Mann, jetzt kann ich aber ein Bier vertragen. Diese Burschen schaffen einen.« Rico wischte sich die Hände an seinem verdreckten Hemd ab und legte einen Revolver auf die Theke. »Diese Kaukasen stecken alles weg. Schreckschuss, Schläge, Tritte, die sind mit nichts zu beeindrucken. Soll ich dir mal sagen, was einer von denen wert ist? Fünftausend Euro! Und vor allen Dingen: Sie stehen nicht auf der Kampfhundliste.«

Bruno hatte genug über Hunde gehört. Sein gelber Kangoo, der verlassen im Straßengraben lag, beschäftigte ihn mehr, vor allem, weil die Nummernschilder gefälscht waren. Sollte nämlich Kommissar Zufall im Streifenwagen vorbeirollen, wäre es um Brunos Tarnung geschehen.

»Wollten wir nicht mein Auto holen?«, sagte er.

»Du hältst einen ganz schön auf Trab, Gomski«, sagte Rico und trank sein Bier in einem Zug. »Wir haben einunddreißig Grad im Schatten.«

Mit Ricos schwarzem Jeep Wrangler bretterten sie schließlich los und zogen das postgelbe Franzosenauto aus dem Graben. Es war ein Kinderspiel. Der Renault hatte die Tortur der absichtlich herbeigeführten Außerbetriebnahme bis auf ein paar Schrammen gut überstanden. Zurück an der *Eintracht*, öffnete Rico das Tor zum Hof.

»Fahr rein! Da steht er gut«, forderte er Bruno auf.

Erst als Rico das Tor abschloss und den Schlüssel einsteckte, wurde es Bruno klar, dass er einen Fehler gemacht hatte. Wenn auch nicht er selbst, so war es doch sein Vehikel, das vorläufig hinter Schloss und Riegel gebracht war.

Zum Mittagessen gingen sie in die Küche.

»Was gibt's denn?«, fragte Rico.

»Gellerei met Salot un Grumbierespän«, sagte Magda.

»Sülze mit Salat und frittierten Kartoffeln«, übersetzte Rico, als er Brunos fragenden Blick bemerkte, und runzelte die Stirn. »Magda kocht nur regional. Sturheil!« Er ging zum Herd und hob einen Deckel vom Topf. »Mach doch mal Wildhasenpfeffer Grand-mère Barbian. Das Rezept hab ich dir doch mal hingelegt.«

»Halt die Klapp!«, sagte Magda.

»Schweineschmalz heiß machen und Mehl einrühren«, beharrte Rico, »bis die Einbrenne so braun ist wie eine Havanna. Dann die Hasenstücke drin wenden und …«

»Halt die Klapp und geh da weg!«

»Ich bin Thunfisch im Blechmantel gewöhnt«, beschwichtigte Bruno. »Für mich ist Sülze mit Kartoffeln eine Delikatesse.«

»Un Kirschkuchen met Schmand«, sagte Magda.

Rico und Bruno setzten sich an den Tisch, der für fünf Personen gedeckt war. Magda verschwand mit einem vollen Tablett, war nach wenigen Minuten wieder da und setzte sich zu ihnen.

»Wer fehlt noch?«, fragte Bruno.

»Silvi. Ich löse sie gleich ab«, sagte Rico.

»Und Flori?«

»Der kommt, wenn alle anderen fertig sind. Ich habe das so angeordnet.«

Magda hörte einen Moment auf zu kauen und schaute Rico böse an. Silvi kam und holte eine Portion für einen Gast.

»Für Richard«, sagte sie.

»Der Richard«, sagte Rico und schob mit seiner Gabel ein graues Haar an den Tellerrand, »der Richard ist ein pensionierter Lehrer, dem die Frau gestorben ist. Jetzt behauptet er, dass er manchmal mit ihr telefoniert.«

»Jesus, er liebt sie«, sagte Magda.

»Der schraubt nicht mehr richtig«, sagte Rico. »Legt sich manchmal nachts auf ihr Grab und kommt total verdreckt nach Hause.«

»Will deine Frau nicht mit uns essen?«, fragte Bruno.

Rico schüttelte unwillig den Kopf und Bruno verstand, dass dieses Thema tabu war. Durchs Fenster sah er auf den Hof, wo der bucklige Flori in Erwartung seiner Mahlzeit unruhig hin und her lief.

»Hat gut geschmeckt«, sagte Bruno, »ich schau mir mal das Dorf an.«

»Da ist tote Hose«, sagte Rico. »Jetzt sitzen alle Psalmenjodler daheim am Tisch und essen ihre Kartoffeln mit dem Kruzifix.«

Am Himmel stand eine weiße, strahlenlose Hochsommersonne. Bruno, der normalerweise keine Kopfbedeckung trug, sehnte sich nach einem Strohhut. Der Platz und die Straßen waren wie leer gefegt. Es roch nach Stall und Heu. Als er sich umdrehte und – eigentlich grundlos – einen Blick zurück auf die Ochsenblutfassade der *Eintracht* warf, bemerkte er, dass jemand hastig von einem Fenster im ersten Stock zurücktrat. Die Gardine bewegte sich noch.

Da er nicht wusste, wo Heiner Windenbicker wohnte, ging er zunächst die Hauptstraße entlang. Es war augenfällig, dass Wulfsgruben den Übergang vom Bauerndorf zur Wohnsiedlung für Pendler mit vielen Stilbrüchen bezahlt hatte. Die alten Bauernhäuser, alle nach einem festen Muster gebaut, verfielen; die Domizile der Neuzeit waren ein Spiegel individueller Geschmacksverirrungen. Im Vorgarten eines neoromantisch vererkerten Pseudo-Landhauses reckte eine Frau ihren ausladenden Hintern in die Höhe. Sie zupfte Wildkräuter zwischen Bambis und bunt bemalten Männlein mit und ohne Zipfelmütze. Sogar der letzte Schrei kleinbürgerlicher Vorgartenkultur war zu sehen: Gartenzwerge in roten und silbrigen Formel-I-Boliden.

»Entschuldigung«, sagte Bruno, »Sie wissen doch sicher, wo Herr Windenbicker wohnt.«

Die Frau stemmte die Hände in die Hüften und musterte ihn.

»Der Heiner Windenbicker? Sindse vom Forstamt?«

»Nein, es ist etwas Privates.«

»Soso. Dann gehense weiter bis zu der Werkstatt dort drüben. Dann rechts rein und immer am Bach entlang. Das ist der kürzeste Weg zum Zigeunerhäuschen.«

Bruno bedankte sich und wünschte einen schönen Tag. Die Frau sah ihm nach, die Augen mit der Hand beschattend, und rief, als sie ihn außer Hörweite wähnte: »Ewald, komm mal raus! Aber fix!«

Die Werkstatt, die die Frau meinte, war eher eine Gewerberuine. *Reparaturen aller Art – sehr günstig,* verkündete ein handgemaltes Blechschild zwischen Ginster und Dornranken. Vor einer Wellblechhalle verrosteten drei Autos ohne Nummernschilder. Dazwischen scharrten Hühner im warmen Sand. Zwei bunte Hähne mit sichelförmigen, metallisch glänzenden Schwanzfedern und feuerroten Kämmen und Kehllappen standen sich geduckt und mit gesträubten Halskrausen gegenüber.

»Es ist viel zu heiß, Jungs«, rief Bruno ihnen zu, doch die Hähne flogen erbittert gegeneinander und versuchten sich gegenseitig mit ihren scharfen Sporen zu treffen.

Ein krummer Pfad verlor sich im Gesträuch. Bruno folgte ihm und hörte einen Bach murmeln. Vor ihm öffnete sich ein idyllisches Tal. Keins der Gräser und Kräuter und auch kaum eine Blume hätte Bruno benennen können, aber es gefiel ihm, durch diese heile Natur zu gehen. Ungebändigt von Menschenhand schlängelte sich der Wiesenbach durch das satte Grün. Am Bachufer blühte es blau, gelb und weiß. Libellen, Hummeln und Schmetterlinge flogen umher und über eine Uferböschung tatzelte ein schwarz-gelber Feuersalamander.

Vom so genannten Zigeunerhäuschen hatte Shanta Berlinger ihm erzählt.

Zu unserem Haus gelangte man nur über eine Sumpfwiese. Kein Wulfsgrubener wäre auf die Idee gekommen, auf solchem Grund auch nur eine Hütte errichten, aber mein Vater tat es. Er war eben kein richtiger Sesshafter. Dass das Haus so feucht war, dass man im Erdgeschoss hätte Forellen züchten können, nahm er in Kauf. Das Dach war von Anfang an nicht dicht gewesen. Bei jedem Wolkenbruch mussten wir Eimer und Bottiche aufstellen. Bei Regen beneidete ich die Kaninchen in ihren trockenen Ställen.

Zwischen Büschen und Bäumen war das Haus kaum zu sehen. Je näher Bruno kam, umso deutlicher offenbarte sich ihm sein morscher Zustand. Das Dach hing durch, als könnte es jeden Augenblick einstürzen. Vor der schadhaften Schindelfassade wucherte Gestrüpp. Die Kaninchenställe waren verfallen, ebenso der Lattenzaun, der einst die Wildtiere von den Gartenpflanzen fernhalten sollte. Am Giebel rankte sich ein Birnbaum hoch. Heiner Windenbicker saß auf einer Bank, schnitzte an einer Figur und pfiff eine schwermütige Melodie.

»La strada«, sagte Bruno, »das ist einer meiner Lieblingsfilme.«

Heiners Hand mit dem Messer erstarrte in der Bewegung. Er blinzelte gegen die Sonne.

»Frank Gomski! Da brat mir einer ’nen Storch.«

»Mir bitte nicht, ich hab gerade gegessen«, sagte Bruno und

setzte sich neben ihn auf die Bank. »Was schnitzt du denn da Schönes? Eine Madonna?«

»Eine Frau«, sagte Heiner. »Wenn du in ihr eine Madonna siehst, ist das deine Sache.«

»Eine gottverdammte Hitze ist das.«

»Das sind die Hundstage«, sagte Heiner.

»Weißt du, warum die so heißen?«

»Ende Juli geht der Hundsstern auf«, sagte Heiner, »das ist der Sirius. Er steht im Großen Hund. Und dauern tun die Hundstage bis Ende August. Das ist die heißeste Zeit des Jahres.«

»Der Große Hund!« Bruno schaute zum Himmel. »Zeitlebens habe ich mich gefragt, wie man in den Sternansammlungen Tiere oder Figuren entdecken kann. Löwe, Stier, Steinbock und die ganze Menagerie. Oder gar eine Jungfrau! Da reicht meine Fantasie wohl nicht aus. Das einzige Sternbild, das mir einigermaßen bildhaft erscheint, ist der Große Wagen.«

»Wenn du dich eingehend damit befasst, beflügelt das auch deine Fantasie«, sagte Heiner.

»Man müsste mehr Zeit haben«, sagte Bruno. »Wovon lebst du hier draußen?«

»Ich arbeite im Wald. Als Holzrücker. Komm, ich stelle dich meinen beiden Mitarbeiterinnen vor.«

Hinter dem Häuschen war ein Stall, zusammengefügt aus Brettern, Folie, Eternitplatten und Wellblech, in dem zwei kastanienbraune Pferde mit hellblonden Schweifen nach den Fliegen schlugen.

»Das sind Schwarzwälder Füchse. Lisa und Rosa. Du siehst ja, die sind leicht und wendig. Aber trotzdem kräftig. Ideal für den Wald. Die ziehen Stämme von achthundert Kilo.«

Bruno klopfte den Pferden abwechselnd den Hals.

»Ich hab ganz gut zu tun, Frank. Sogar die Forstämter fragen bei mir an. So allmählich kommt man auf den Trichter, dass Maschinen im Wald wie Panzer sind.«

»Ist ja toll. Wo hast du das gelernt?«

»Gelernt? Dazu musst du studiert haben. Du musst vier Kommandos beherrschen wie im Schlaf. Hott heißt rechts, har heißt links, hü heißt vorwärts, und halt heißt ... aber da könnte sogar ein Stadtmensch wie du draufkommen.«

»Woher weißt du, dass ich aus der Stadt komme?«

»Heute Morgen hab ich dein Auto im Graben liegen sehen. F steht für Frankfurt, wenn ich mich nicht täusche.«

»Dir entgeht nichts, was?«, sagte Bruno.

»Wenn du mein Gesicht hättest, würdest du dich auch aufs Beobachten beschränken.«

Bruno kannte Heiner zu wenig, um mit seiner Entstellung, auf die er bei jeder Gelegenheit hinwies, normal umzugehen. Eine saloppe Bemerkung hätte möglicherweise Unheil angerichtet. Also lenkte er ab.

»Es ist schön hier draußen«, sagte er, »ein freies Leben.«

Sie setzten sich wieder auf die Bank.

»Frei – das ist relativ«, sagte Heiner. »Richtig frei ist man erst im Tod.«

»Darauf musst du hoffentlich noch ein paar Jahre warten.«

»Weißt du, was ich gerne auf meinem Grabstein stehen hätte?«, sagte Heiner. »Drei Sätze: Ich fürchte nichts. Ich begehre niemanden. Ich bin frei.«

Bruno blinzelte in den blauen Himmel. Wenn schon einer wie er, der im Boxring ein paar Macken abgekriegt hatte, hoffnungslos begehrte, wievielmal hoffnungsloser musste ein derart Gebrandmarkter eine Frau ansehen, nach der er sich sehnte?

»Wenigstens das Motto *Ich fürchte nichts* sollte schon zu Lebzeiten gelten«, sagte er.

»Auch das ist leichter gesagt als getan.« Heiner nahm die fast fertige Holzfigur in die Hand und schälte dünne Späne aus dem Gewand, um Faltenwurf darzustellen.

»Als ich nach dem Weg zu dir fragte, fiel das Wort Zigeunerhäuschen«, sagte Bruno.

»Auf dem Land ist das halt so. Da hält sich ein Begriff über Generationen. Wenn der Vorfahre zur Zeit des Dreißigjährigen Krieges Fässer gemacht hat, heißt sein heutiger Nachfahre immer noch Küfer-Fritz oder Küfer-Franz, obwohl er keinen blassen Schimmer mehr hat vom Fässermachen. Und so heißt meine Kate halt Zigeunerhäuschen.«

»Also haben da mal Zigeuner drin gewohnt?«

»Nicht lange. Vor vielen Jahren sind sie wieder auf den Karren umgestiegen. Die sind doch wie Treibsand, diese Leute.«

»Es geht mich zwar nichts an«, sagte Bruno, »aber gestern Abend, als ich erlebt habe, wie fies dich die Blödsäcke in der Kneipe behandelt haben, hat mich das gewaltig gestört. Weshalb lehnen sie dich ab?«

Heiner deutete auf sein Gesicht.

»Das kann doch nicht sein!«, sagte Bruno.

»Kann aber sein, dass ich nicht in ihr Weltbild passe. Ich will dir mal was erzählen. Wir haben hier einen wunderschönen Buchenwald. Da hat in der Hitlerzeit, noch vor dem Krieg, der Ortsgruppenleiter Brutscher Tannen reinpflanzen lassen. Die Schulkinder mussten das machen und der Ortsgruppenleiter ist mit dem Bandmaß rumgelaufen. Weit über hundert Tannen sind unter seiner Regie gepflanzt worden. Vom Flugzeug aus und auch vom Hang gegenüber konnte man sehen, was er sich Originelles ausgedacht hatte: ein gigantisches Hakenkreuz. Vom Gauleiter hat er ein dickes Lob gekriegt.«

»Du gehst aber weit zurück mit deiner Story.«

»Schon. Aber die Tannen sind seitdem kräftig gewachsen. Sehr zur Freude von Adolf Brutscher, der darin das Vermächtnis seines Vaters sah. Im Winter konnte man das Hakenkreuz am besten erkennen. Alle Bäume drum herum kahl, nur die Nazitannen dunkelgrün. Aber auch im Frühling, Sommer und Herbst konntest du sehen, welcher Geist in Wulfsgruben herrscht. Nur die Farbzusammenstellungen wechselten. Du kannst dir ausmalen, was das für ein Geschrei war, als eines Tages das Hakenkreuz nicht mehr zu erkennen war, weil meine Pferdchen an ein paar entscheidenden Stellen die Tannen davongeschleppt hatten.«

»Du bist der letzte Widerstandskämpfer«, lachte Bruno, »und außerdem ein anständiger Kerl. Ich vertraue dir und ich bin überzeugt, dass du mir hilfst.«

»Um was geht's?« Heiner neigte misstrauisch den Kopf.

»Wie hieß der Zigeuner, von dem du dieses Haus gekriegt hast?«

»Er hat's mir nicht geschenkt. Ich habe es ihm abgekauft, dem Janko Saiti. Wenn auch für wenig Geld. Drinnen kann man nämlich den Holzwurm schmatzen hören.«

»Du weißt, was mit Saitis Tochter geschehen ist. Du hast sie schließlich gefunden. Wer waren die Drecksäcke?«

Heiner sprang von der Bank auf und lief hin und her. Bruno ließ ihn nicht aus den Augen. Über ihnen zogen zwei Bussarde ihre Kreise. Im Südwesten erschienen Wolken am Himmel, ballten und türmten sich zu einem schnell wachsenden Gebirge. Einer der Vögel stieß einen hellen, lang gezogenen Schrei aus.

»Frank«, sagte Heiner und es klang beschwörend, »das ist lange her.«

»Nur aus der Sicht der Täter.«

»Wulfsgruben ist ein kleines Dorf. Das ist hier kein Jota anders als bei einem Eingeborenenstamm im Urwald von Neuguinea. In so kleinen Lebensgemeinschaften gibt es Themen, die tabu sind. Und Tabubrüche werden nicht hingenommen – wenn du verstehst, was ich damit sagen will.« Heiner war grau im Gesicht. Er schwitzte und seine Hände zitterten.

»Wulfsgruben und Neuguinea – du ziehst ja interessante Vergleiche.«

»Ich wollte mal Missionar werden.«

»Vor wem hast du solche Angst?«, fragte Bruno unerbittlich. »Etwa vor Rico Sperber?«

»Mit diesem Sadisten habe ich nichts zu tun! Pass auf, dass du dir nicht selber vor ihm in die Hosen machst!«

»Habe ich eben nicht gesagt, dass du ein anständiger Kerl bist, Heiner? Vor zwanzig Jahren ist hier ein ganz junges Mädchen gequält worden. Drei Kerle haben sie gedemütigt, und zwar so, dass sie für den Rest ihres Lebens daran zu tragen hat. Lässt dich das völlig unberührt? Du müsstest es doch kennen, dieses Gefühl, allein gegen die Meute zu stehen und nichts ausrichten zu können.«

Heiner blieb stehen und sah Bruno an, als sei dieser für alles verantwortlich, stürmte unvermittelt mit langen Schritten auf ihn zu, umfasste mit Bärenkraft seine Oberarme und kam ihm mit seinem entstellten Gesicht so nah, als wolle er ihn beißen.

»Ich kann dir nur einen Namen nennen, nur einen, hörst du? Gottlieb Fronlöchner. Und das weiß ich nur, weil das Schwein im Suff damit geprahlt hat, er habe Shanta Saiti nackt gesehen und noch mehr. Und das sage ich dir sub sigillo confessionis.«

»Na also, Heiner«, sagte Bruno und wand seine Arme aus dem Schraubstockgriff. »Damit sind wir ein ganzes Stück weiter. Übrigens – braucht man als Holzrücker das große Latinum?«

Heiner hatte sich wieder unter Kontrolle. Er legte den Kopf in den Nacken und schaute zu den Bussarden hoch, die vor einer Gewitterfront kreisten. Es dauerte gut eine Minute, bis er antwortete.

»Bevor ich ins Holz ging, war ich auf einem Priesterseminar. Danach in einem Kloster. Aber die Kutte macht noch keinen zum Mönch. Sub sigillo confessionis bedeutet soviel wie unter dem Siegel der Beichte.«

Ein struppiger Mischlingshund kam hinter dem Stall hervor und trug einen abgenagten Rehlauf an ihnen vorbei.

»Dein Hund wildert«, sagte Bruno.

»Nicht der Hund«, sagte Heiner.

X. Kapitel

Bauernsterben

Das Anwesen von Gottlieb Fronlöchner lag außerhalb des Dorfes in einer Senke. Es war ein Aussiedlerhof, der jeglicher Bauernromantik entbehrte. Grauweiß und einfallslos wie eine Schuhschachtel, unterschied sich der Fertigbau-Bungalow kaum von den eternitgedeckten Ökonomiegebäuden, die ihn flankierten. Die einzigen Farbtupfer waren ein roter Traktor und ein buttergelber Mercedes Diesel, die neben dem Futtersilo abgestellt waren. Ringsum dehnte sich Kultursteppe; nirgends ein Baum, nirgends eine Hecke.

Es war Sonntagnachmittag und Gottlieb lag bei geschlossenen Rollläden im Wohnzimmer auf dem Sofa. Er trug dieselben Sachen wie bei seinem Besäufnis in der *Eintracht*, das grün schillernde Seidenhemd, die blau schillernde Jogginghose, dazu Tennissocken, die ursprünglich weiß waren. Im Fernsehen rasten rote und andersfarbene Rennautos um die Wette, doch Gottlieb nahm, obwohl er wach war, die erregte Stimme des Kommentators nicht wahr. Mit glasigen Augen stierte er an die Decke. Der Aschenbecher zwischen den leeren Bierflaschen und -dosen auf dem Teppichboden fasste die Zigarettenkippen nicht mehr. Überall verstreut lagen ungeöffnete Briefe, die meisten von der Bank.

Die Schweine schrien nicht mehr. Seit seine Frau ihn verlassen hatte, hatte Gottlieb sie nur noch sporadisch, später gar nicht mehr gefüttert. Er hatte nichts mehr getan, hatte einfach jegliche Aktivität eingestellt, war nur noch ziellos mit seinem Mercedes herumgefahren und hatte Bier in sich hineingelitert. Der Hund, den er von der Kette befreit hatte, weil das Gewinsel an seinen Nerven zerrte, hatte sich noch zwei Tage auf dem Hof herumgetrieben und zwei Hühner gerissen, bevor er im Wald verschwand. Und die Schweine, die ihn anfangs mit ihrem Geschrei an den Rand des Wahnsinns getrieben hatten, waren von Tag zu Tag stiller geworden.

Gottlieb Fronlöchner war am Ende. Nahezu unbemerkt von seinem Umfeld hatte er vor dem Leben kapituliert. Seiner Schwester, die vorige Woche nach ihm schauen wollte, hatte er den Eintritt verwehrt, genauso wie er seine Cousine, die ihre Nase in sein Missgeschick stecken wollte, mit ein paar unfreundlichen Bemerkungen fortgeschickt hatte.

Die letzte Flasche Trester stand im Hausbar-Fach der Kiefernwohnwand. Gottlieb rutschte vom Sofa, trat auf eine leere Bierflasche, riss im Fallen eine Stehlampe mit und kroch jammernd auf den Knien zu dem verspiegelten Tabernakel, der den Stoff barg, von dem er sich Erlösung erhoffte.

Um vom Zigeunerhäuschen zu Gottliebs Aussiedlerhof zu gelangen, gab es zwei Möglichkeiten: mitten durchs Dorf oder durch den Wald. Bruno hatte den Waldweg gewählt. Nicht nur, weil es in der grünen Dämmerung des Buchenwaldes angenehm kühl war, sondern vor allem, weil er nicht gesehen werden wollte. Er fühlte sich wie in einem Dom. Die glatten, silbergrauen Stämme standen wie Säulen. Hoch über ihm schlossen sich die mächtigen Kronen zu einem Gewölbe, das keinen Sonnenstrahl durchließ.

Auf einer Lichtung stellte er fest, dass das Wetter umschlug. Das senkrecht aufstrebende Wolkenmassiv war in seinem oberen Teil zu einem titanischen Blumenkohl aufgequollen, der blendend weiß wie ein Schneegebirge in der Sonne leuchtete. Als Bruno den Wald verließ und vom Rand der Senke auf den Aussiedlerhof hinuntersah, hatte die Kumuluswolke sich bereits verflacht und zu einer dunklen, drohenden Masse zusammengebraut. Böen und Staubhosen meldeten das Gewitter an.

Dass der Hof so abweisend wirkte, schrieb Bruno dem düsteren Himmel zu. Zwar registrierte er die vollkommene Stille im Umkreis der Stallungen, doch er war zu stadtgeprägt, als dass er sich darauf hätte einen Reim machen können. Nur der Gestank kam ihm außerordentlich vor. Die Tür des Bungalows stand offen.

»Ist ja wunderbar«, sagte Bruno und ging schnurstracks hinein.

Er plante, Gottlieb Fronlöchner zu überraschen. In die Mangel genommen, würde der schwache Charakter rasch zusammenbrechen und den Dritten im Bunde verraten.

Aus dem Wohnzimmer drangen Geräusche. Bruno bewegte sich auf leisen Sohlen. Es roch nach kaltem Zigarettenrauch, nach offenen Bierflaschen und muffigen Klamotten. Doch es war kein Mensch in dem Zimmer. Der Fernseher lief. Bruno rümpfte die Nase und suchte weiter. Die Küche war ein Augiasstall. Fliegen und Maden labten sich an vergammelten Essensresten. Bruno warf einen Blick ins Schlafzimmer. Es war verwüstet. Der Spiegel am Kleiderschrank war zersprungen. Zerrissene und zerschnittene Frauenkleider lagen auf dem demolierten Ehebett vor der Fototapete Südseebucht. Wo Bruno auch nachschaute, ob im Badezimmer, im Vorratsraum oder im Keller, er traf nur auf Anzeichen völliger Gleichgültigkeit und Verwahrlosung, jedoch auf keine Menschenseele. Das Grauen wartete im Schweinestall auf ihn. Der Verwesungsgeruch der verendeten Tiere raubte ihm den Atem. Schwärme von Fleischfliegen brummten durch die verpestete Luft oder hüllten die Kadaver in den Stangenboxen in lebendige schwarze Decken.

Entsetzt schlug Bruno die Tür zu und spuckte aus, was er an Speichel ansammeln konnte. Rückwärts laufend entfernte er sich von dem schrecklichen Ort und stockte im Schritt, als habe er etwas vergessen.

»Das ist doch unmöglich«, flüsterte er, »das ist pure Einbildung.«

Am Ende des langen Mittelganges glaubte er etwas gesehen zu haben, doch er war sich nicht sicher, was es war. Er zog sein Hemd aus, presste es vor Mund und Nase und öffnete aufs Neue die Tür. Nein, es war keine Halluzination gewesen. An einem Deckenbalken am Ende des Ganges hing Gottlieb Fronlöchner.

Bruno lief zu ihm hin und sah, dass nichts mehr zu machen war. Die Augen des Erhängten waren erloschen. Unter ihm, in einer Urinlache, lag seine mit Heftpflaster zusammengeklebte Brille. Der Stuhl, auf dem er gestanden hatte, war gegen eine Box gekippt, in der zwei aufgedunsene Schweine ohne Schwänze und Ohren lagen.

Mit einer Selbstüberwindung, die er nicht für möglich gehalten hätte, riss Bruno dem Toten ein Büschel Haare vom Kopf und spurtete ins Freie. Erst jetzt überzog ihn eine Gänsehaut und er musste an sich halten, um sich nicht zu übergeben.

Adolf Brutscher war auf dem täglichen Spaziergang mit seinen Rottweiler-Rüden Röhm und Himmler, als die Hunde stehen blieben und ihre braunen Augen auf einen Mann hefteten, der eilig dem Wald zustrebte. Da er um das unberechenbare Temperament seiner beiden Bosnickel wusste, gab Adolf Brutscher sofort ein scharfes Kommando.

»Fuß!«

Brutscher brauchte nur zum Zeitunglesen eine Brille, in die Weite sah er unverändert gut. Sobald er erkannte, dass es der Fremde war, der da offensichtlich vom Aussiedlerhof kam, ging er augenblicklich in die Hocke.

»Platz!«

Die Rottweiler gehorchten aufs Wort. Drei Augenpaare waren konzentriert auf den breitschultrigen Mann gerichtet, bis hinter der grünen Wand des Waldes nichts mehr von ihm zu sehen war.

»So eine Scheiße«, sagte Brutscher. »Als ob ich's geahnt hätte!«

Sofort drehten sich ihm die Maskengesichter der Rottweiler zu, bereit, die Verfolgung aufzunehmen. Stattdessen balancierte ihr Chef sich mit knackenden Knien wieder in die Vertikale und nahm sie an die kurze Leine.

»Nun wollen wir doch mal sehen, was dieser Kerl bei Gottlieb zu suchen hatte.«

Ein Blitz zuckte und die ersten Tropfen fielen.

Der gemessene Wachtmeisterschritt Adolf Brutschers war sprichwörtlich in Wulfsgruben. Noch nie hatte ihn jemand dermaßen rennen und keuchen sehen wie an jenem Sonntagnachmittag, obwohl der Gewitterregen doch eben aufgehört hatte. Die Rottweiler waren von der Hektik ihres Chefs angesteckt und zerrten japsend wie Schlittenhunde an der Doppelleine.

Das Haus, das Brutscher ansteuerte, stand in einer Seitenstraße. Es war keine architektonische Zierde. Vor Jahren hatte er es modernisiert, die Sprossenfenster durch doppelt verglaste Scheiben mit Alurahmen, die grünen Holzklappläden durch graue Plastikrollos ersetzt. Die alte Haustür mit den geschmiedeten Beschlägen musste einer Konstruktion aus Metall und Glas weichen und aus der Scheune war eine Garage geworden.

»Keine Zeit! Bin im Dienst!«, würgte er die Gesprächsbereitschaft seiner Frau im Wortansatz ab.

Er telefonierte mit den Ex-Kollegen in der Kreisstadt, machte exakte Angaben über Ort und Uhrzeit des Leichenfundes und fügte fachmännisch-eitel hinzu, dass »nach einer ersten gründlichen Inaugenscheinnahme der toten männlichen Person ein Fremdverschulden mit hoher Wahrscheinlichkeit« ausscheide. Dass er unmittelbar zuvor einen fremden Mann hatte weggehen sehen, erwähnte er mit keiner Silbe.

»Wenn in Wulfsgruben einer den Strick nimmt, ist es garantiert ein Fronlöchner. Die haben das im Blut«, sagte er zu seiner Frau, die sich neugierig hinter ihn gestellt hatte. »Ich geh die Hunde versorgen.«

Doch es war Adolf Brutscher nicht um die Hunde zu tun, sondern darum, seine Frau von dem abzulenken, was er als Nächstes tun musste. Er sah ihr nach, als sie ins Wohnzimmer ging. Am liebsten hätte er ihr nachgerufen: »Für wen mache ich das alles? Für uns! Damit unser Leben nicht aus den Fugen gerät!« Für einen Polizisten, der dreiundvierzig Jahre im mittleren Dienst heruntergeschrubbt hatte, war der kleinbürgerliche Wohlstand im eigenen Heim zwischen Ruhrpott-Barock und Polyester-Plüsch der Gipfel des Erreichbaren. Alles wäre gut gewesen, alles hätte seine Ordnung behalten – wenn dieser Fremde nicht aufgetaucht wäre.

Vorsichtig wie ein Dieb hob Adolf Brutscher das schnurlose Telefon von der Station, schob es in die Hosentasche und ging in den Keller. Als die Verbindung hergestellt war, sprach er schnell und flüsternd.

»Uwe, bist du's? Bist du reisefähig? – Gut. Dann komm so schnell wie möglich hierher. Hier ist ein Kerl aufgetaucht, der wegen der alten Geschichte herumschnüffelt. – Nein, lass mich ausreden! Der Bursche ist heute Mittag bei Gottlieb gewesen. Danach hat der Gottlieb sich aufgehängt. – Nein, den Kollegen hab ich nur gesagt, dass er im Schweinestall hängt, weiter nichts. Du weißt, was zu tun ist, ja? Wir haben keine Zeit zu verlieren. – Gut. Also dann bis heute Abend.«

Mit schweren Schritten ging er nach oben. Fürs Erste war alles getan und er spürte die Erschöpfung. Er war es nicht gewöhnt, vor seiner Frau heimlichzutun. Seit Langem trug er die Last mit sich herum, sein einziger Sohn könne, falls irgendein Kamel das Gras wegfresse, das über eine vor Jahr und Tag begangene Straftat gewachsen war, aus dem Polizeidienst entlassen werden und Schande über die Familie bringen. Gottlieb hatte einmal im Suff damit geprahlt, er habe »das Zigeunerluder ganz schön durch die Hecke gezogen« und Uwe sei dabei gewesen. Er hatte seinen Sohn daraufhin ins Gebet genommen und der hatte ihm die leidige Geschichte offenbart. Eine Jugendtorheit! Ein Dummerjungenstreich! »Hast du dein Ding in sie reingesteckt?«, hatte Adolf Brutscher seinen Sohn gefragt, »raus mit der Sprache!« Aber der hatte beim Leben seiner Mutter geschworen, dass er's nicht getan hätte. Und jetzt, nach zwanzig Jahren, kam die Sache wie ein Bumerang zurück. Das musste verhindert werden – mit allen Mitteln.

Seine Frau saß im Wohnzimmer, legte Lesebrille, Nähzeug und Brutschers maulwurfbraunen Pyjama zur Seite und fragte inquisitorisch: »Seit wann gehst du zum Telefonieren in den Keller?«

»Marieluise«, sagte er.

In den vierzig Ehejahren hatte er kein zärtliches Kürzel für seine Frau gefunden, auch eine Aufteilung des Namens in Marie oder Luise war ihm nicht in den Sinn gekommen. Er sprach ihren Namen nicht oft aus, und wenn, dann in fünfsilbiger Länge. »Marieluise« war für ihn ein vollständiger Satz.

»Komm mir nicht so, Adolf!«

»Na gut, wenn du drauf bestehst, dann sag ich's dir. Uwe kommt heute Abend. Es hätte eine Überraschung sein sollen.«

»Der gute Junge«, sage Marieluise und lächelte mütterlich.

XI. Kapitel

Die Frau in Weiß

Nass bis auf die Haut erreichte Bruno die *Eintracht.* In dem halbdunklen Flur auf dem Weg zu seinem Zimmer fiel er fast über Flori, der auf dem Boden kauerte. Auch er war völlig durchnässt. Seine Haare standen bizarr in alle Richtungen.

»Hast du Angst gehabt vorm Gewitter?«, fragte Bruno.

Flori starrte ihn an mit geweiteten Augen, sprang auf die Füße und rannte durch den Flur.

»Geh in de Kirch', du Verbrecher!«, schrie er. »Geh in de Kirch'!«

Am Ende des Flurs wurde eine Tür geöffnet und eine weiße Hand wurde sichtbar, die den Buckligen hereinwinkte. Bruno brauchte nicht lange zu kombinieren, wessen Hand das gewesen sein könnte. Trotz seiner nassen Sachen gewährte er sich keinen Aufschub und klopfte an die weiß lackierte Tür. Als sie geöffnet wurde, war sein erster Gedanke: ein erwachsenes, grell geschminktes Kommunionkind!

»Oh, ich bekomme Besuch«, sagte die Frau im weißen Spitzenkleid mit piepsiger Stimme und machte einen Knicks. Die schwarzen Haare, die ihren schmalen Christ-Kopf umrahmten, waren zu Löckchen gedreht. Ein Diadem mit rosa Steinen krönte ihre bleiche Stirn. Das Rouge auf ihren Wangen war so übertrieben wie die violetten Lidschatten. Obgleich die Frau lächelte, war die Partie um ihren knallroten Mund bitter gefurcht. Der Raum hinter ihr war erfüllt von einer Musik, die Bruno sehr vertraut war. Es war der Bolero.

»Kommen Sie herein, fremder Herr!«

Bruno, der sich unvermittelt in einer Dornröschen-Realsatire sah, bereute schon, an diese Tür geklopft zu haben. Du hast schon schlimmere Märchen überstanden, sagte er sich, deshalb: Augen zu und durch!

Die Extravaganz des Zimmers passte zu seiner Bewohnerin. Alles war in Rosa und Weiß gehalten, so dass jeden Moment Barbie und Ken hätten auf der Bildfläche erscheinen können. Sogar die Stühle um den weißen Esstisch trugen schneeweiße Ripsüberzüge mit glänzenden Satinstreifen und waren darüber hinaus mit großen weißen Schlaufen hinter der Lehne verkitscht. Nur Flori, der auf dem Hocker vor dem weißen Klavier Platz genommen hatte, passte nicht in die Szenerie.

»Ich habe Ihre Musik gehört, gnädige Frau.«

»Oh, wie ich Maurice Ravel liebe …« Sie drehte sich mit ausgebreiteten Armen wie ein Tanzpüppchen. »Möchten Sie auch die Rhapsodie espagnole hören? Ich habe sie hier.«

»Gern«, sagte Bruno. »Heute Vormittag haben Sie Klavier gespielt, nicht wahr?«

»Ich hätte Pianistin werden sollen. Meine erste Übungsstunde hatte ich mit vier. Stellen Sie sich vor, mit vier!« Sie lächelte bittersüß und nahm, indem sie sich verbeugte und ein Bein voranstellte – sie trug zierliche Pantoletten mit Plüschkragen in Zartrosa –, eine kindlich-kokette Haltung ein. Mit einer Handbewegung wedelte sie ihren kleinköpfigen Bruder vom Klavierhocker und spielte ein paar Akkorde. »Aber Gott in seiner unendlichen Grausamkeit hat es anders gewollt.«

Die weißen Gaze-Vorhänge waren zugezogen. In dem unbelüfteten Zimmer hing das schwere Aroma abgebrannter Räucherstäbchen. In einer Ecke war ein Hausaltar eingerichtet mit den Fotos der Eltern und Großeltern zwischen Kerzen und Rosen in Weiß und Rosé.

»Ach«, seufzte sie und schwang sich auf dem Drehhocker herum. »Jahrzehnt für Jahrzehnt tritt man in dieser kleinen Welt auf der Stelle. Immer die gleichen Rituale, von der Taufe bis zur Beerdigung, von der Fronleichnamsprozession bis zum Erntedankumzug. Ich kann alles von meinem Fenster aus sehen.«

»Fühlen Sie sich nicht ein bisschen einsam hier oben?«

»Einsam?« Sie lachte auf wie eine Operndiva. »Dort unten wäre ich einsam. In diesem Dorf zählt nämlich nur das Handfeste. Kultur, ha, Kultur, das ist der Männergesangverein *Harmonie 1890,* der sich hauptsächlich mit Ehrungen von Ehrengreisen hervortut, worüber dann in der Zeitung lang und breit berichtet wird.«

»Verlassen Sie nie Ihr Zimmer?«

»Wozu? Um auf den Friedhof zu gehen, wo die Gräber im Wettstreit geharkt und bepflanzt werden wie die Vorgärten?« Sie stand auf und schritt wie eine Balletttänzerin um Bruno herum. »Wulfsgruben, das ist eine sprachliche Abwandlung von Wolfsgrube. Und eine Wolfsgrube ist eine Falle. Ein verdecktes Erdloch mit zugespitzten Pfählen. Sind Sie ein Wolf, mein Herr?«

»Ein Wolf? Vielleicht so eine Art Steppenwolf«, sagte Bruno.

»Ich Steppenwolf trabe und trabe«, begann sie zu rezitieren, »die Welt liegt voll Schnee. Vom Birkenbaum flügelt der Rabe, aber nirgends ein Hase, nirgends ein Reh!«

»Erstaunlich, was Sie alles können«, sagte Bruno.

Da stand er in klammen Kleidern mitten in einem Zimmer, das ein tuntiger Bühnenbildner im Likörrausch entworfen zu haben schien, umgarnt von einer exzentrischen Muse und beobachtet von einem in der Ecke kauernden Kretin.

»Haben Sie Hermann Hesse gelesen?«, fragte sie, in ihrem Elfentanz innehaltend.

»Ja, aber es ist schon eine Weile her.«

Sie seufzte und nahm ihre Umkreisung mit gezierten Schritten auf den Fußballen wieder auf.

»In die Rehe bin ich so verliebt. Wenn ich doch eins fände! Ich nähm's in die Zähne, in die Hände. Das ist das Schönste, was es gibt. Ich wäre der Holden so von Herzen gut, fräße mich tief in ihre zärtlichen Keulen, tränke mich satt an ihrem hellroten Blut, um nachher die ganze Nacht einsam zu heulen.«

Die ungewöhnliche Kombination der dunklen Verse mit dem Bolero unterstrich die surreale Stimmung. Das Umkreistwerden machte Bruno nervös.

»Sie heißen Ira, nicht wahr?«

»Ira Sperber geborene Christ.« Sie lachte schrill und trippelte zum Klavier.

»Der Lie-be Freud währt nur ku-hur-ze Zeit, der Liebe Leid währt eine E-wig-keit.« Sie beendete den Kurzauftritt mit einem harten, dissonanten Anschlag.

»Ich verstehe«, sagte Bruno.

»Sie sind sehr verständnisvoll, fremder Herr. Flori hat ganz feine Antennen für Menschen. Er mag Sie.«

»Das ehrt mich«, sagte Bruno.

»Geh in de Kirch'!«, nuschelte Flori aus zahnlosem Mund und Bruno hielt es schon für eine Aufwertung, dass er den Zusatz »Verbrecher« wegließ.

»Mein Mann ist brutal und eigensüchtig. Er wollte Flori in ein Heim stecken.«

»Geh in de Kirch'! Geh in de Kirch'!«, schrie Flori außer sich. Speichel lief ihm aus den Mundwinkeln.

»Erinnern Sie sich an ein Mädchen namens Shanta Saiti?«, fragte Bruno.

Ira Sperber geborene Christ stieß erneut ihr schrilles Lachen aus und griff in die Tasten. Bruno erkannte den Evergreen *Du schwarzer Zigeuner* schon bei den ersten Klängen. Er stellte sich ans Fenster und rief sich in Erinnerung, was Shanta Berlinger in Zusammenhang mit Ira Christ erzählt hatte.

Ich schwebte auf Wolken, als er anfing, mich zu umwerben. Mich, das Zigeunermädchen, zog er allen anderen vor. Mich, das ärmste Ding, obwohl Ira Christ sich ihm anbot, das Mädchen aus der wohlhabendsten Familie. Ihre Eltern hatten den einzigen Gasthof von Wulfsgruben, die Eintracht, *dazu eine Metzgerei und einen Bauernhof. Aber er wollte nur mich.*

Mitten in der Melodie brach das Spiel abrupt ab. Ira Sperber knallte den Deckel zu.

»Ich habe eine vergrößerte Schilddrüse«, sagte sie in einem Ton erzwungener Ruhe, der zur Vorsicht mahnte. »Sie dürfen mich nicht aufregen!«

»Nichts liegt mir ferner. Möchten Sie, dass ich gehe?«

»Nein«, sagte sie schnell, »bleiben Sie noch! Bitte! Ich habe mich schon lange nicht mehr mit jemandem unterhalten.«

»Sie sind eine so kultivierte, bezaubernde Frau«, sagte Bruno ohne rot zu werden, »und wenn ich Sie bitten würde, mir zu helfen, würden Sie's doch tun, oder?«

Ihre kleinen, dunklen Vogelaugen bekamen Glanz.

»O jaaa«, sagte sie, »jaaa«, und ihre Stimme hatte einen Babyhauch.

»Ich muss wieder auf Shanta Saiti zurückkommen. Als sie ...«

Es wurde an die Tür geklopft. Verdammt, das fehlte noch!

Bruno erwog kurz, ob er sich irgendwo im Zimmer verstecken sollte. Er ließ es sein, denn es gab zu viele Unwägbarkeiten – nicht nur das neurotische Alt-Kommunionkind, sondern auch sein mikrozephaler Bruder. Die Tür ging auf, doch nicht Rico, wie er befürchtet hatte, kam herein, sondern die alte Magda. Sie trug ein Tablett mit Kaffee und Kuchen, das ihr beinahe aus der Hand gefallen wäre.

»Haben Sie sich im Zimmer geirrt?«, schnarrte sie Bruno an.

»Wir haben uns ein wenig unterhalten«, sagte Bruno, »darf man das nicht?«

Während Magda das Tablett auf den weiß gelackten Tisch stellte, trippelte Ira dicht an Bruno heran und legte ihm sacht ihre Hand auf die Brust, die dürren Finger wie die Krallen einer Katze beim Milchtritt bewegend.

»Kommen Sie heute Nacht!«, wisperte sie ihm ins Ohr. »Ich werde Ihnen das Saiti-Geheimnis verraten. Ich sage Ihnen alles, was Sie wissen wollen, mein Wolf.«

Als Bruno den rosa-weißen Salon verlassen hatte und in sein Zimmer ging, um sich umzuziehen, schüttelte er sich kurz.

»Mein Wolf«, murmelte er und verzog das Gesicht. »Einen alten Wolf reiten die Krähen. Es ist was dran an dem Sprichwort.«

XII. Kapitel

Am Hebel der »Eintracht«

Das Gewitter hatte sich über die Hunsrückhöhen verzogen. Der Himmel war blank. Das rötliche, warme Licht des Spätnachmittags lag auf dem Dorfplatz und verlieh dem sterbenden Krieger und seiner Mutter eine starke Plastizität. Von seinem Fenster aus sah Bruno, wie ein Polizeiauto die Hauptstraße heraufkam, eine langsame Runde über den Platz drehte und vor der *Eintracht* hielt. Zwei Uniformierte stiegen aus und warteten, auf die offenen Türen gelehnt. Nach ein paar Minuten näherte sich ein Leichenwagen, der ebenfalls vor der *Eintracht* stoppte, allerdings mit laufendem Motor. Ein großer, grauhaariger, nassgescheitelter Mann mit Schlips und weißem Hemd entstieg der Beifahrerseite, rief »Dankeschön fürs Mitnehmen«, legte sich sein graues Jackett um die Schultern und stieg, eskortiert von den Uniformierten, die Treppe zum Wirtshaus empor.

Bruno flitzte nach unten. Er kam zu spät. Durch die offene Schiebetür hinter der Theke erblickte er Silvis Rückenansicht und vor ihr den Nassgescheitelten, der sich ihr vorstellte: »Kripo Trier. Müller-Neumann mein Name. Da staunen Sie, was? Ja, ich werde oft mit Roland Koch verwechselt.« In der Tat sah er, vor allem wenn er sprach und dabei die Oberlippe kaum bewegte, dem brutalst möglichen Aufklärer zum Verwechseln ähnlich. Er bestellte drei Tassen Kaffee und bat Silvi, sich einen Augenblick Zeit zu nehmen und an den Tisch zu kommen, auf den die Uniformierten bereits ihre weißen Mützen gelegt hatten.

Bruno dachte an seine falschen Autokennzeichen und daran, wie verheerend es für seine Mission wäre, wenn er diesem Koch-Double seinen Ausweis zeigen müsste. Die Frank-Gomski-Legende wäre beim Teufel.

»Ssst«, zischte er, als Silvi sich an der Kaffeemaschine zu schaffen machte.

»Was is?«

»Nicht so laut!«, flüsterte Bruno. »Wenn der Bulle dich nach was fragt, hältst du mich bitte raus, ja? Kein Sterbenswörtchen über mich! Kann ich mich drauf verlassen?«

Silvi grinste verschmitzt und machte den Kaffee fertig.

»Hab ich dich jetzt in der Hand, Frank Gomski?«, flüsterte sie, ohne Bruno anzusehen. »Das verpflichtet dich zu einer Kleinigkeit. Einverstanden?«

»Was du willst«, sagte Bruno.

Er ging in die Küche und setzte sich an den Familientisch, der nach den Vorgaben des Wirtschaftskontrolldienstes dort gar nicht hätte stehen dürfen. Magda bot ihm mürrisch ein Schinkenbrot mit Essiggurken an und beobachtete ihn aus den Augenwinkeln, während er aß.

»Was hatten Sie eigentlich im Zimmer meiner Nichte zu suchen?«

»Sie hat mir ihr Klavier gezeigt«, sagte Bruno. »Kann ich einen Schluck Kaffee haben?«

Magda reckte ihren dürren Greisinnenkörper.

»Lassen Sie Ira in Ruhe! Sie ist krank.«

»Machen Sie sich keine Sorgen«, sagte Bruno.

»Wenn Sie wüssten, was das mal für ein Haus war, die *Eintracht.*«

»Kann ich mir vorstellen«, sagte Bruno.

»Und jetzt geht alles den Bach runter.« Magda schlurfte in fersenlosen Latschen über den Kachelboden und stellte eine Kanne Kaffee auf den Tisch. »Sie hätte diesen Windhund nicht heiraten dürfen. Es war ja nicht so, dass keine anderen Bewerber da gewesen wären.«

»Liebe macht blind«, sagte Bruno.

»Liebe!«, quäkte Magda und schob ihr schmales, graues Köpfchen mit der spitzen Nase vor wie eine Nebelkrähe, die einen Falken entdeckt hat. »Dem Habenichts ist es nicht um unsere Ira gegangen, sondern ums Vermögen. Und jetzt spielt er sich auf als der Herr im Haus und treibt es mit dem Hürchen da draußen. Unter unserem Dach!«

»Mit Silvi? Woher kommt die denn?«

»Aus der Stadt. Das sieht man doch!«

»Klar«, sagte Bruno, »kann ich noch eine Gurke haben?«

Silvi kam herein, ganz aufgeregt, rief »Shit« und lief zum Spülbecken, um einen Kaffeefleck aus ihrer lindgrünen Bluse zu waschen. Dann ging sie zu Bruno, der am Tisch saß, legte den Arm um seine Schultern und sagte ihm leise ins Ohr: »Die Bullen haben schon gezahlt.«

»Was wollten sie von dir?«

»Stell dir vor, der Gottlieb, dieser Dicke, mit dem du dich gestritten hast, der hat sich aufgehängt. Im Stall. Das arme Schwein.« Sie zupfte sich ein Stück Schinken von Brunos Brot. »Die Bullen wollten bloß wissen, ob er seinen Selbstmord eventuell angekündigt hat. Zum Beispiel hier in der Wirtschaft.«

»Und?«

»Bin ich die Auskunft?« Mit der flachen Hand gab sie Bruno einen Klaps auf den Hinterkopf. »Es hat zwar niemand nach dir gefragt, aber du bist mir trotzdem was schuldig. Hast du versprochen.«

»Okay.«

»Ich müsste mal weg für zwei Stunden. Hilfst du Magda in der Wirtschaft? Sie macht die Theke und du bringst die Getränke an die Tische. Is ganz einfach. Heute Abend wird nich viel los sein.«

»Wo ist Rico?«

»Der hat dich auch schon gesucht. Er is weggefahren, in die Eifel glaub ich. Zu irgendso'nem Tierpark, wo zwei Wölfe übrig sind.«

»Was will Rico mit zwei Wölfen?«

»Frag mich was Leichteres«, sagte Silvi und schaute auf die Uhr. »Kommt ihr beiden klar miteinander, du und Magda?«

»Ich kann den Laden auch allein schmeißen. Im Bierzapfen bin ich ein Ass«, sagte Bruno.

»Wow! Echt? Komm, ich zeig dir die Kasse!«

»Wenn Rico erfährt, dass du mir die Kasse überlassen hast ...«

»... wird er höchstens dumm aus der Wäsche gucken«, unterbrach sie ihn und pickte ihm das letzte Stückchen Schinken vom Brot. »Ich weiß ja nich, was du alles auf dem Kerbholz hast. Klauen tuste jedenfalls nich.«

Er folgte ihr hinter die Theke und sie wies ihn ein.

»Ich habe zufällig Ricos Frau gesehen«, sagte Bruno beiläufig.

»Geschockt?« Silvi kicherte.

»Na ja, sie ist nicht gerade der Typ, den Fernfahrer sich in die Kabinen kleben.«

»Die hat nich alle an der Waffel. Außerdem hat sie was an der Schilddrüse, 'ne Überfunktion. Nimm dich bloß in Acht, die kann zur Furie werden. Von einem Wimpernschlag auf den anderen. Dann wird's heavy, aber hallo!«

»Das ist wohl eher Ricos Problem.«

»Der fasst die Alte nich mal mit 'ner Kneifzange an. Schon lange nich mehr.« Silvi tippte mit dem Zeigefinger gegen Brunos Bauch und beschrieb einen Kreis. »Hier hat sie 'n Medusenhaupt. Das is 'n Krampfadergeflecht um den Nabel rum. Sieht nich doll aus.«

»Du kannst einem ja richtig Lust machen, du süßes Gift«, sagte Bruno.

»Tschö«, sagte sie und gab ihm einen Klaps auf den Oberarm, »und mach mir keine Schande!«

Bruno griff sich einen trockenen Lappen und begann die Gläser zu polieren, die auf dem Abtropfrost standen. Auf die verblüfften Gesichter der trunk- und laberfreudigen Lokalmatadoren war er gespannt. Er brauchte nicht lange zu warten. Nach Sonnenuntergang fielen sie ein, die Recken des Gerstensaftes, belagerten die Hufeisentheke und ließen ihrem Frust freien Lauf.

»Seh ich richtig? Ein neuer Oberkellner!«

»Guck einer an! So schnell kriegt man einen Job in Wulfsgruben. Und unsereiner ist arbeitslos in der dritten Generation.«

»Der wackelt nicht halb so gut mit dem Arsch wie die Silvi.«

Gelächter.

»Fuck die Henne«, krähte Jockey, »selbst wenn er Titten hätte und ein Loch mehr, wär die Silvi mir lieber.«

Schallendes Gelächter.

»Tatsächlich?«, sagte Bruno und brachte Jockey damit vorübergehend zum Schweigen.

Er verwünschte seine Gutmütigkeit. Aus der *Blauen Ecke* war er raue Sitten gewöhnt, doch diese Tränke für Neandertaler verlangte ihm alle Selbstbeherrschung ab.

»Nur Geduld, Mädels«, sagte er gespielt heiter, »euer roter Engel ist in zwei Stunden wieder da.«

Das Thema des Tages – Gottliebs Tod am Strick – gewann die Oberhand. Jeder hatte etwas beizusteuern.

Ein Spitznasiger, den sie Matz nannten und der wie ein Christ aussah, erinnerte ehrfurchtsvoll daran, dass Gottlieb zweiundzwanzig Pils trinken konnte, ohne Ausfälle zu zeigen.

»Das ist wahr! Aber hochprozentig! Und der hatte ein T-Shirt, der Gottlieb, wo draufstand: Bier formte diesen wunderbaren Körper«, sagte Matz und kicherte wie eine Hyäne.

Ein dünner Dickbrillenträger namens Theobald stellte die Vermutung auf, dass Gottliebs unerwartetes Ende auch von Mörderhand herbeigeführt worden sein könnte.

»Wär sonst einer von der Kripo nach Wulfsgruben gekommen, hä? Der hat sich nie im Leben selber aufgehängt, nie im Leben! Der konnte ja nicht mal 'ne Krawatte binden.«

»Quatsch mit Soße«, fuhr ein Fettkloß namens Kurti dazwischen, »die Kripo kommt immer bei so 'ner Sache. Das ist Vorschrift.«

»Erklär du mir nicht, wo die Glocken hängen!«, ereiferte sich der Dickbrillenträger. »Die Tussi, die ihm stiften gegangen ist, kommt aus dem Kaukasus. Mehr muss ich wohl nicht sagen, oder?« Bestätigung suchend blickte er in die Runde. »Kaukasus!«

»Die Frau ging jeden Sonntag zur heiligen Messe«, verwarf ein Tränensackgesicht die kaukasische Verschwörungstheorie.

»Ich glaub eher, der Gottlieb hatte nicht alle Wimpel am Mast«, sagte Kurti, dessen Gürtel um seinen Fettäquator im letzten Loch hakte, »denk nur mal einer an seine Schamhaarsammlung!«

»Hahaha, die Schamhaarsammlung!« Der allgemeine Begeisterungsausbruch brachte die Gläser zum Klirren.

»Fuck die Henne«, keuchte Jockey und wischte sich Lachtränen aus den Augen, »von jeder Torte, die ihn rangelassen hat, hat er sich ein Mösenhaar in die Brieftasche gesteckt. Im Klarsichtfach hat er sie gehabt. Ich hab sie mal gezählt. Hier auf der Theke. Fuck die Henne!«

»Wie viele waren's denn?«

»Lächerlich wenig«, sagte Jockey und roch an seinen Fingern, »so um die dreißig.«

»Dreißig? Hätt ich ihm nicht zugetraut.« Der Dickbrillenträger pfiff durch die Zähne. »Alle Achtung!«

»Da wär ich mal vorsichtig mit Anerkennung«, sagte ein Kugelkopf mit Karpfenmaulansatz und knallbuntem Hawaiihemd, »so 'ne Trophäe kriegst du gegen Aufpreis von jeder Nutte.«

»Wenn sie welche hat.« Fettkloß Kurti ließ den Kenner heraushängen.

»Es war auch eins von der dicken Mechthild dabei«, sagte Jockey.

»Das kann nicht sein«, warf das Tränensackgesicht ein, »die Mechthild ist eine Verwandte von meiner Frau, wenn auch nur entfernt.«

»Eine Mösenlocke von der Mechthild? Was du nicht sagst!«, staunte Matz und ließ durchblicken, dass besagte Dame auch ihm die Gunst schon erwiesen hatte: »Wenn du um zehn mit dem Trumm ins Bett gehst, bist du um zwölf noch nicht überall gewesen. Und wenn die erst in Fahrt kommt, boah, dann bebt sie wie … wie …«

»Gelatine«, half Bruno dem spitznasigen Galan aus der Sprachpatsche.

»Haargenau. Wie Gelatine«, sagte Matz. »Man könnt grad meinen, du hättest sie auch schon …«

»Ich bin erst seit gestern hier«, sagte Bruno.

»Ich hab gehört, die klebt sich zweimal täglich Elektroden auf die Speckwalzen«, rapportierte der Dickbrillenträger. »Abnehmen durch Elektroschock. Kostet 299 Mäuse, so 'n Apparat. Wird immer im Fernsehen für geworben.«

»Die Mechthild, brrr, die ist wirklich fett wie eine trächtige Sau«, sagte Jockey und roch an seinen Fingern. »Aber« – er schnalzte mit der Zunge – »in der Trophäensammlung war auch ein feines schwarzes Härchen, und das hat er nicht ganz freiwillig gekriegt, der gute Gottlieb. Nun ratet mal, von ...«

Die Tür ging auf – und Bruno erstarrte am Zapfhahn. Der bullige Mann mit Catcherschädel und dunkelblondem Schnauzbart um das wulstige Karpfenmaul blickte ihn direkt an. Sein linkes Auge war bunt marmoriert und seine rechte Hand steckte in einem dicken blauen Verband. Brunos Herz schlug schneller. Im Moment wusste er nicht, was er tun sollte.

»Mensch, der Uwe«, rief jemand, »wie geht's denn?«

»Blendend«, sagte Uwe Brutscher und stellte sich zwischen Jockey und Fettkloß Kurti an die Theke.

Völlig unpassend zur Jahreszeit trug er eine kleine, runde Wollmütze. Nur Bruno wusste, dass sich darunter eine Wunde befand.

»Ein Bierchen?«, fragte Bruno locker.

»Neues Personal hier?«, sagte Uwe Brutscher mit rostiger Stimme und blickte Bruno prüfend ins Gesicht.

»Aushilfsweise«, sagte Bruno. »Hab ich richtig getippt: ein kühles Blondes?« Brutscher nickte grimmig. Bruno konnte nur hoffen, dass sein Gesicht bei dem nächtlichen Duell durch die Strumpfmaske zur totalen Unkenntlichkeit verformt war. Nein, dachte er, es ist schlichtweg unmöglich, dass der Kerl mich erkannt hat. Brutschers Basiliskenblick musste andere Ursachen haben.

»Mensch, der Uwe! Dass du mal wieder hier auftauchst, Mensch, klasse!«

»Warst lange nicht mehr hier, gell?«

»Ab und zu mal Heimatluft schnuppern, was? Schön, dass du da bist.«

»Was haste denn da für ’n Eierwärmer auf dem Kürbis?«

»Na, nicht in Uniform? Bist wohl nicht im Dienst, wie?«

»Sag mal, wie viel Mann waren das denn, die dich überfallen haben? Ein paar von denen hast du doch fertiggemacht, oder?«

»Anderes Thema!«, knurrte Brutscher.

»Wisst ihr, was ein Polizist verdient?«, fragte Jockey in die Runde.

»Ein Polizist? Keine Ahnung«, sagte Fettkloß Kurti.

»Eine links und eine rechts!«, prustete Jockey und brach sein Gewieher ab, als er an der betretenen Stille erkannte, dass der Spaß schwer danebengegangen war.

»Du hast schon mal bessere Witze gerissen, Jockey«, sagte Brutscher warnend leise.

Die Stimmung war im Keller. Es fiel kein Wort mehr. Das Zischen des Zapfhahns und das Geräusch des aufschäumenden Biers im Pilskelch machten das Schweigen hörbar. Jockey hüstelte verlegen.

»Wie war das noch mit den Schamhaaren?«, versuchte der Dickbrillenträger die Beklemmung zu beenden. »Das schwarze, das er nicht freiwillig gekriegt hat, da warst du grad was am Erzählen, Jockey.«

»Ja, das schwarze, das war … ja, wie war das noch …« Jockeys spitzes Gesicht war blass.

»Ja was denn nun?«, drängte der Dickbrillenträger.

»Das hat er dem Zigeunermädchen ausgerissen, der kleinen

Saiti oder wie sie hieß«, sagte Jockey hastig und kaum verständlich, und jedem war klar, dass er die genüsslich begonnene Gottlieb-Anekdote so schnell wie möglich zu Ende bringen wollte. »Hat er jedenfalls behauptet, der Gottlieb. Und nun lasst mich doch in Ruhe mit dem Scheiß! Fuck die Henne!«

Wieder breitete sich eine unangenehme Stille aus. Die Blicke der Männer waren auf die Theke gesenkt, nur Uwe Brutscher beobachtete Bruno mit engen Augen. Bruno blickte vorsichtshalber ins Nichts. Er spürte, dass die Lunte zu einem Pulverfass brannte. Da erlöste ein Handysignal die Thekenrunde vom peinlichen Schweigen.

»Jockey, deine Hose klingelt«, sagte einer, »lass dir mal einen Anrufbeantworter in den Schritt legen!«

Im Lachen lag Erleichterung und Jockey griff zu seinem Handy wie nach einem rettenden Strohhalm.

»Ja, ich komme sofort«, sagte er und schob den Colt-Ersatz ins Gürtelholster zurück. »Zahlen bitte! Ich muss los.«

»Bestimmt hat seine Mama wieder einen Bussard im Keller«, sagte der Kugelkopf mit Karpfenmaulansatz, ganz offensichtlich ein Verwandter von Uwe Brutscher, und alle, die die Story kannten, lachten Jockey hinterher.

»Vielleicht ist es diesmal sogar ein Fischadler«, rief der Dickbrillenträger.

»Ich hab schon mal einen Fischadler gesehen«, sagte Uwe Brutscher, und wie auf Kommando wandten sich ihm alle Gesichter zu. Auch Bruno sah ihn an. Brutschers enge Augen waren auf ihn gerichtet und er behielt den lauernden Blick bei, als er fortfuhr: »Fischadler sind gute Jäger. Die sehen den Fisch – und schon haben sie ihn. Sturzflug, Fänge voran« – Brutscher hob seine gesunde Hand und formte sie zur Kralle – »und zack, rein in den Fischrücken!« Er ließ die Hand sinken und grinste eisig. »Aber manchmal verschätzt sich einer. Krallt sich in die Beute und merkt, dass der Fisch, den er gepackt hat, zu groß ist. Und schon ist es zu spät. Den Griff lösen? Nein, das geht nicht mehr, dafür ist der Vogel zu verkrampft. Der Fisch taucht ab. Taucht tief runter und zieht den schneidigen Vogel hinter sich her. Das war's dann.«

Bruno verstand die Drohung. Doch so angestrengt er auch kombinierte, es fiel ihm schwer, Brutschers Kenntnisstand einzuschätzen. Falls, wovon Bruno ausging, Brutscher ihn nicht als seinen Bezwinger wiedererkannte, musste er über irgendwelche Kanäle erfahren haben, in welcher Mission ein Fremder nach Wulfsgruben gekommen war. Doch von wem? Heiner Windenbicker stand nach Brunos Überzeugung außerhalb jeden Verdachts. Blieb nur noch die weiß gewandete Verrückte aus dem Obergeschoss. Auch diese Verbindung indessen hielt Bruno für äußerst unwahrscheinlich.

»Fischadler kenne ich nur aus dem Fernsehen«, sagte er lächelnd, »und da wird auch der dickste Fisch ans Tageslicht geholt.«

»Erzähl doch mal einer einen Witz!«, forderte der Dickbrillenträger, der, ebenso wie die anderen, am Thema Fischadler wenig interessiert schien.

»Ich hätte da einen«, sagte Matz. »Sollen katholische Priester heiraten dürfen? – Warum nicht? Wenn sie sich lieben! – Hähähä.«

»Das ist ein ganz schlechter Witz«, grantelte das Tränensackgesicht in das Gegröle. Der Mann war, wie sich in diesem Zusammenhang herausstellte, Vorsitzender des örtlichen Rosenkranzvereins, hatte mehrfach Wallfahrten nach Mariazell in Österreich und nach Trier zum Heiligen Rock unternommen und nach einer Marienerscheinung in seinem Garten eine

Grotte gebaut. Keine Beschwichtigung konnte ihn mehr aufhalten. Er bestand darauf, zu zahlen, und verließ mit geröteten Wangen das Lokal.

Fettkloß Kurti machte sich an der Jukebox zu schaffen. Als *Resi, i hol di mit meim Traktor ab* erklang, schlug Uwe Brutscher mit seiner gesunden Hand kurz und hart auf das Thekenholz.

»Gomski, zahlen!«

Bruno zuckte nicht mit der Wimper. Dass Brutscher seinen Decknamen kannte, wunderte ihn nicht. Er kassierte und sagte: »Schönen Abend noch, der Herr. Und weiterhin gute Besserung!«

Brutscher funkelte ihn an wie ein Raubtier, bevor er ging.

»Der ist aber schlecht drauf«, stellte der Dickbrillenträger fröhlich fest. »Dem müssen die Mossad-Agenten ja schwer den Arsch versohlt haben.«

XIII. Kapitel

»Töten Sie ihn!«

Bis Silvi eintraf, wurde Bruno gewissermaßen zwangsinformiert über Wulfsgrubener Begebenheiten. Er stand unter Spannung, weil er erwartete, dass in dieser Nacht die Dinge geklärt würden. Unkonzentriert nickend und gelegentlich »Soso« sagend, vernahm er, dass Fettkloß Kurti – »Sakra, bei der Theorie hat mir nur ein Punkt gefehlt!« – den Gabelstapler-Führerschein nicht bestanden hatte und dass das dämliche Ehepaar Ewald und Erna Fronlöchner bei einer Kaffeefahrt eine Antistatik-Wolldecke gegen Krebs für 1999 Euro gekauft hatte und deswegen demnächst bei Jürgen Fliege im Fernsehen auftreten dürfe.

Thekengespräche.

Bruno geriet ins Schwitzen, denn es kamen immer mehr Gäste. Am Tresen drängten sie sich und am Fenster wurden zwei Tische zusammengeschoben, weil die Feuerwehr als Ausrichter des nächsten Wettkampfs im Schlepperziehen eine Vorbesprechung anberaumt hatte.

»Machst du mit?«, fragte der Feuerwehrhauptmann, als Bruno eine Lage Bier heranbrachte.

Er suchte noch nach ein paar kräftigen Armen. Letztes Mal nämlich hatte ein Fußballverein aus einem Nachbarort den Traktor am vitalsten gezogen. Bruno sagte zu und der Feuerwehrhauptmann schrieb *Gomsgi Franz* auf seine Liste.

»Das waren aber mehr als zwei Stunden«, sagte Bruno, als Silvi eintrudelte.

»Nich aufregen«, lächelte sie zuckersüß, »Einigkeit und Recht auf Freizeit, so steht's sogar in der Nationalhymne, oder nich?«

»Wenn das so ist«, sagte Bruno, »dann war es mir natürlich ein Vergnügen, bei der Vermehrung des Sperber-Vermögens assistieren zu dürfen.«

»Echt?«, sagte sie und gab ihm einen Klaps auf die gebrochenen Rippen.

Bruno klemmte sich zwei Flaschen Bier unter den Arm und ging auf sein Zimmer. Das Nachmittagsgewitter hatte die Luft abgekühlt und es herrschte eine frische, angenehme Temperatur. Am Fenster stehend, trank Bruno eine Flasche Bier und überlegte, ob er seinem Körper ein paar gymnastische Übungen angedeihen lassen sollte. Da sich allerdings sein Bedürfnis nach Schweißausbrüchen in Grenzen hielt, ihm zudem der alte Teppich für Liegestütze zu versifft vorkam und außerdem die von Silvi punktgenau getroffene Rippenpartie mit kleinen Schmerzwellen ihren längst nicht abgeschlossenen Heilungsprozess verkündete, legte er sich aufs Bett und döste. Dabei schlief er ein.

Ungewohnte Geräusche weckten ihn auf. An der Fassade war ein Klacken, das sich in unregelmäßigen Abständen wiederholte. Es war dunkel. Aus der Wirtschaft drang grölender Gesang. *Resi, i hol di mit meim Traktor ab.* Bruno ging zum Fenster und trat schnell einen halben Schritt zurück. Unten, im Lichtkreis einer insektenumschwirrten Laterne, stand Uwe Brutscher und warf Steinchen gegen die Fassade. Offenbar versuchte er ein Fenster zu treffen, doch da er mit der linken Hand werfen musste, glückte es ihm nicht. Brunos Blick schweifte über den schwach beleuchteten Dorfplatz. Neben der düsteren Kirche, zwischen Gesträuch und einer defekten Laterne, nahm er eine

Bewegung wahr. Ein Hund. Noch einer. Hinter den Hunden wurden die Umrisse eines Menschen sichtbar. Leise ging Bruno zu seinem Seesack und kramte, ohne Licht zu machen, nach seinem Mini-Fernglas, das einstmals für Sowjet-Spione konstruiert worden war. In dem Moment, als er das Fernglas erfühlte, zerklirrte eine Glasscheibe. Wie ein Wiesel schnellte Bruno zum Fenster. Zweifellos war es das Fenster von Ira Sperber, worauf der Blick des Steinewerfers gerichtet war. Uwe Brutscher hatte den Kopf in den Nacken gelegt, sein Mund formte Worte. So sehr Bruno sich konzentrierte – er konnte nichts verstehen. Der Lärm aus dem Lokal war zu groß. *Resi, i hol di mit meim Traktor ab; Resi, mit dem da mach i niemals net schlapp.* Bruno verfluchte den Bauernhit samt den Suffköpfen, die ihn mitgrölten. Nur einmal gelang es ihm, einen Satzfetzen aufzuschnappen.

»… dann bist du auch fällig …«

Von Ira Sperber war nichts zu hören, nur das wütende oder panische, jedenfalls heftige Zuschlagen des Fensters. Dabei fiel eine Scherbe hinunter und zersprang vor den Füßen Brutschers, der – nach seinem Gesichtsausdruck zu urteilen – eine wüste Verwünschung ausstieß und, indem er Richtung Giebel ging, aus Brunos Blickfeld verschwand. Versuchte er eventuell, über den Hof ins Haus zu kommen? Bruno hob das Fernglas an die Augen. Im Halbdunkel neben der Kirche war niemand mehr zu sehen – weder der Mensch noch die Hunde. Spontan kam Bruno ein schlimmer Verdacht. Sollte Ira Sperber mundtot gemacht werden? So abgedreht die rosa-weiße Schrulle auch sein mochte, war sie doch Brunos greifbarste Hoffnung zur Lösung des Falles.

Er legte das Fernglas auf den Seesack und öffnete leise die Tür. Auf dem dunklen Gang war es still. Ira Sperbers Zimmer lag am Ende des Flurs. Bruno klopfte an.

»Ich habe Sie bereits erwartet«, sagte Ira Sperber mit kindlich hoher Stimme, als sie ihn einließ, und machte einen Knicks.

»Haben Sie außer mir noch jemanden erwartet?« Bruno deutete auf die weißen Stores, hinter denen die zersprungene Scheibe sein musste.

Ira Sperber lachte schrill auf. Erst jetzt sah Bruno in dem milchigen Licht, das ein Deckenfluter verströmte, dass das weiße, knöchellange Schleiertuch, in das sie sich gehüllt hatte, durchsichtig war. Unter dem Gespinst war sie nackt. Ihre Brustwarzen und ihre Schambehaarung zeichneten sich als dunkle Schattierungen ab. Wie ihre Lippen waren auch ihre Augenlider violett geschminkt. Ein verschwenderisch versprühtes, penetrant süßliches Parfüm lastete in dem Zimmer und nahm Bruno fast den Atem.

Er zog den Store ein Stück zur Seite und sah sein Spiegelbild in einem intakten Sprossenfenster. Doch in dem nächsten Fenster fehlte ein Segment und auf dem Brett lagen Scherben. Bruno trat auf einen nussgroßen Stein.

»Es war ein Vogel«, sagte Ira Sperber und griff nach Brunos Hand, um ihn vom Fenster wegzuziehen.

»Es gibt seltsame Vögel«, sagte Bruno und brachte seine Hand in Sicherheit, indem er sich am Kinn kratzte. Er befürchtete, dass es ihn einige diplomatische Verknotungen kosten würde, um die versprochene Information zu erhalten und dennoch leidlich unbeschadet aus dieser parfümgeschwängerten Venusfalle zu entkommen.

»Was wollten Sie mir über das Saiti-Geheimnis sagen?«

»Zuerst bekomme ich einen Kuss!« Ihr violetter Mund spitzte sich zu einer runden Öffnung.

»Sie sind eine begehrenswerte Frau«, sagte Bruno listig. »Ich möchte mir Zeit nehmen, um mich Ihnen zu nähern. Sie verstehen mich sicher. Ich bin nicht so ein gewissenloser Draufgänger.«

»Ohhh, ich verstehe«, flüsterte sie und trippelte ganz nah zu ihm heran. »Warum sind wir einander nicht früher begegnet?«

»Schicksal«, sagte Bruno und suchte einen unverfänglichen Platz für seine Hände, bis er sie schließlich hinter seinem Rücken verschränkte.

»Das Schicksal«, flüsterte sie und nebelte ihn mit ihrem dufgetränkten Schleiergewand vollends ein. »Ich war auf dem Konservatorium. Dort habe ich gebildete Menschen kennen gelernt.«

»Trotzdem ließen Sie sich von Rico Sperber erobern?«

»Er hat eine Frau erobert, die erobert werden wollte, mein Herr.«

»Der Erfolg des Jägers oder der Fallenstellerin?« Bruno musste gegen einen Niesreiz ankämpfen.

Von oben kam ein Geräusch, das sich anhörte, als liefe jemand übers Dach.

»Was war das?«, sagte Bruno und wies gegen die Decke. »Gibt's da oben noch Räume?«

»Nur den Dachboden.«

»Haben Sie die Schritte nicht gehört?«

»Da oben haust ein Marder. Ich höre ihn Nacht für Nacht.«

»Das muss aber ein großer Marder sein«, sagte Bruno. »Ich würde an Ihrer Stelle heute Nacht die Tür abschließen.«

»Heute Nacht werde ich geborgen sein«, hauchte sie und erzeugte damit bei Bruno eine Ganzkörpergänsehaut.

»Wir sprachen über Rico«, sagte er gequält.

»Rico. Ja. Er war so … männlich. So stark. Er war der Anführer. Die Jungs verehrten ihn. Sie fürchteten und sie verehrten ihn.«

»Die Mädchen auch?«

Sie riss die violetten Lippen auseinander und ließ ihr schrilles Lachen los. Bruno beugte den Oberkörper ein wenig zurück, weil sie unangenehm aus dem Mund roch.

»Alle wollten ihn haben. Auch die Zigeunerin. Bääh!« Sie streckte ihre weiß belegte Zunge heraus.

»Und? Was ist passiert?« Bruno machte einen Schritt rückwärts.

»So heiß wie diesen Sommer war's noch nie im Hunsrück«, sagte sie weinerlich, »das ist die Klimakatastrophe. Ich ersticke.«

»Was zum Teufel ist damals passiert?«

»Ich bin einsam.« Sie fing an zu wimmern. »Halten Sie mich fest!«

»Rico Sperber hat das Zigeunermädchen vergewaltigt und Brutscher und Fronlöchner haben ihm dabei geholfen. War es so?«

»Halten Sie mich ganz, ganz fest!«, wimmerte sie und zog ihre Transparentumhüllung hoch bis zu den Hüften.

Versteinert blickte Bruno auf ihre teigig weißen, blau geäderten Beine und das schwarze Haargekräusel ihrer Scham.

»War es so?«

»Sind Sie ein Verwandter der Saiti?«

»Schon möglich.«

»Ja, so war es«, wisperte sie, »er hat sie geschändet.«

»Wo ist es passiert?«

»Am Badeteich.«

»Danke, das genügt«, sagte Bruno und ging zur Tür.

»Töten Sie ihn!«, kreischte Ira Sperber. »Er hat einen kalten Samen! Er ist ein Inkubus! Töten Sie ihn!«

Gleichermaßen abgestoßen wie fasziniert von der grotesken

Vorstellung starrte Bruno auf die halb nackte Frau, die mit verkrampften, knöchernen Fingern ihren Umhang bis über ihr dunkles Geschlecht geschürzt hielt und mit irrer Inbrunst den Frust ihres öden Lebens hinausschrie, sodass ihr ausgemergelter Körper vor Anstrengung und Erregung zitterte.

Bruno riss die Tür auf und spürte eine Adrenalinausschüttung, bis er die Gestalt erkannte, die sich vor ihm auf den Boden duckte. Floris kleiner Kopf bewegte sich vor und zurück wie bei einer Schildkröte.

»Du schon wieder«, stieß Bruno erleichtert aus.

Das hysterische Kreischen von Ira Sperber verfolgte ihn, bis er in seinem Zimmer war. Aus der Jukebox in der Wirtschaft erscholl gedämpft Rex Gildos *Fiesta mexicana* und vermengte sich mit dem schrillen »Töten Sie ihn!« zu akustischem Irrwitz.

Bruno schloss das Fenster und holte das Handy aus dem Seesack.

»Allô!« Es war die Stimme Shanta Berlingers.

»Ich weiß, es ist schon spät«, sagte Bruno, »aber ich kann nicht bis morgen warten. Heute Nacht werde ich mir Rico Sperber vorknöpfen.«

»Ich habe es geahnt«, sagte Shanta Berlinger. »Wer war der Dritte?«

»Gottlieb Fronlöchner. Er ist tot seit gestern.«

»Mon dieu!«

Ob sich der Stoßseufzer darauf bezog, dass Gottlieb Fronlöchner das Zeitliche gesegnet hatte oder darauf, dass der Widerling als möglicher Vater ihrer Tochter in Betracht kam, blieb offen.

»Haben Sie ihn …?«

»Nein«, sagte Bruno, »er hat sich erhängt. Ich habe eine

Haarprobe von ihm. Haare von Rico Sperber werde ich heute Nacht bekommen. Hallo, sind Sie noch dran?«

»Ja.« Ihre Stimme klang matt. »Uwe Brutscher ist übrigens nicht der biologische Vater. Das Testergebnis liegt vor.«

»Etwas anderes hätte mich auch gewundert. Ich halte es auch für sehr unwahrscheinlich, dass Fronlöchner der Vater sein könnte. Immerhin habe ich ein Foto von Ihrer Tochter gesehen.«

»Soll das heißen …«

»Das soll gar nichts heißen«, sagte Bruno rasch, »aber es ist nun mal Fakt, dass Rico Sperber ein interessanter Typ ist. Rein äußerlich, meine ich. Er sieht aus wie Kirk Douglas vor vierzig Jahren.«

»Hat er Ihnen gestanden, was er getan hat?«

»Nein, noch nicht. Aber er wird es tun, schätze ich.«

»Bravo! Ich könnte Sie umarmen! Was ist mit Ihrer Verletzung?«

Bruno bändigte sein Glücksgefühl auf der Stelle. Mach keine Luftsprünge, befahl er seinem taumelnden Ego, sie will nicht dich umarmen, sondern bloß den Terminator.

»Es geht so«, sagte er, »wenn nichts Neues mehr dazukommt. Übrigens – mir wird der Boden hier langsam heiß. Nennen Sie mir einen Treffpunkt für morgen oder übermorgen.«

»Ganz einfach. Kommen Sie an den Hallwiler See. Seien Sie mein Gast. Ab morgen Mittag werde ich dort sein. Mit meiner Tochter.«

»Verlassen Sie sich auf mich!«, sagte Bruno. »Au revoir.«

»Juhu!« Er warf das Handy auf sein ungemachtes Bett und stellte sich vor den verstaubten Spiegel des Schleiflackschranks. Trotz der unbestechlichen Vernunftstimme in ihm hätte er bersten können vor Glück. Er brauchte ein Ventil und begann sich zu bewegen. Dann zog er sein Hemd aus, stellte den rechten Fuß zurück und ließ aus der lockeren Drehung des Oberkörpers mal die linke, mal die rechte Faust vorzucken, wechselte von den Geraden zu Kopf- und Körperhaken und begann die Schlagserien spielerisch zu kombinieren. Ungeachtet des versifften Teppichs pumpte er fünfzig Liegestütze, pendelte schattenboxend zwischen Schrank und Bett, wobei er bei jedem angedeuteten Schlag Luft ausstieß, machte fünfzig Liegestütze, nahm das Schattenboxen wieder auf, machte Liegestütze, die er nicht mehr zählte, trieb wieder schnaubend einen unsichtbaren Gegner vor sich her, und das machte er so lange, bis er nicht mehr konnte und sich schweißgebadet und mit ausgebreiteten Armen aufs Bett fallen ließ.

»Shanta!«

Er stand auf, löschte seinen Durst am Wasserhahn und stellte sich unter den schwachen Strahl der Ekeldusche. Während er sich abtrocknete, schlug die Kirchturmuhr Mitternacht. Aus der Wirtschaft kamen altvertraute Klänge. »Heimatlos sind viele auf der Welt, heimatlos und einsam wie ich …«, sang Freddy Quinn. Bruno fing an, das *Eintracht*-Klangarchiv aus dem Paläozoikum des Schlagers partiell zu mögen. Leise sang er mit. »… überall verdiene ich mein Geld, doch es wartet keiner auf mich …«

»Irrtum, Freddy«, sagte er gut gelaunt, »auf mich wartet jemand. Ich mache bald Ferien am Hallwiler See.«

Er knipste das Licht aus und legte sich aufs Bett. Wo dieser Rico nur blieb? Es war still geworden. Wie abgewürgt, als habe jemand den Stecker gezogen, hatte Freddy aufgehört zu singen. Nur das Stimmgemurmel aus der Wirtschaft drang noch durchs offene Fenster. Riesengroß stand der Erdtrabant über der Kirche und übergoss den spitzen Turm und das steile Schieferdach mit silbrigem Licht.

Bruno dachte an Shanta Berlinger und die relative Aussichtslosigkeit, mit ihr eine andere Beziehung aufzunehmen als die bestehende, deren Grundlage nichts weiter war als eine Abmachung zwischen einer mondänen Dame und ihrem willfährigen Gorilla. Er hatte einfach zu wenig in die Waagschale zu werfen, um mit ihr auf Augenhöhe zu kommen.

Seine Gedanken wanderten weit zurück. Er sah seinen Vater. »Du warst ja ganz in Ordnung«, flüsterte Bruno, »aber du hattest keinen Ehrgeiz. Und außer Ehrgeizlosigkeit hast du mir nichts vererbt. Vielleicht noch den Hang zum Quartalssaufen.« Nach dem Krieg, dem er ordensgeschmückt und einäugig entronnen war, hatte sein Vater nichts mehr auf die Reihe gekriegt. Keins seiner windigen Geschäfte gedieh und seine Merksätze wie »Man muss ein so dicker Fisch sein, dass man in kein anderes Maul mehr hineinpasst«, mit denen er seine zur Bescheidenheit verurteilte Familie traktierte, gerieten zur Farce.

Frank, Brunos jüngerer Bruder, musste sein junges Leben unterm Zwillingsreifen eines Lastautos lassen, zwei Jahre später starb die Mutter, und von da an tat sein Vater nichts anderes mehr, als das noch vorhandene Familienvermögen durch die Gurgel zu jagen. Bruno verschliss Pädagogennerven an drei verschiedenen Gymnasien, bis er mit Ach und Krach das Abitur schaffte. Im selben Jahr wurde er deutscher Juniorenmeister im Weltergewicht. Als er sich auf die Europameisterschaft vorbereitete, starb sein Vater. Man fand ihn frühmorgens vor der Bahnhofskneipe auf dem Abdeckgitter des Heizungsschachts. Bruno verlor schon im Achtelfinale.

Jahre später, Bruno war längst im Profilager, sollte er noch einmal auf fatale Weise in das Gesicht seines Vaters blicken. Als Mittelgewichtler war er auf dem Weg nach oben. Es hätte einer jener Kämpfe werden sollen, die lediglich ausgetragen werden, damit ein junger Hoffnungsträger an Ringroutine gewinnt, ein Kampf, bei dem die Chancen von vornherein einseitig verteilt sind. Sein Gegner war ein vierzigjähriger Veteran aus Litauen, ein armer Hund, der seine Knochen nur noch in den Ring schleppte, um sich für eine kleine Börse eine große Tracht Prügel abzuholen. »Den erledigst du mit links«, hatte Brunos Manager gesagt, »der Balte ist ein Wrack. Was der schon an den Kopf gekriegt hat! Der steht kurz vor der Dementia pugilistica.«

Beim Wiegen sieht Bruno seinen Gegner – und erschrickt. Der Mann sieht aus wie sein Vater. Nicht unbedingt ein Doppelgänger, aber er gleicht ihm in Ausdruck und Geste so sehr, dass Bruno zweimal aufgefordert werden muss, sich auf die Waage zu stellen.

Der Kampf ist eine Katastrophe. Bruno ist blockiert. Durch die Deckung sieht er das Gesicht seines Gegners, ein Gesicht ohne Ehrgeiz, gezeichnet von tiefer Resignation.

»Gottverdammt, Hammer, boxt du um den Friedensnobelpreis?«, faucht sein Trainer ihn in der Ringpause an. »Hau ihn endlich um!«

Bruno bringt es nicht fertig, seine Schlaghand brutal und explosiv gegen dieses Gesicht zu schicken. Er vergisst, dass er sich berufsmäßig einer Sportart verschrieben hat, die auf die physische Vernichtung des Gegners abzielt. In der dritten Runde knallt ihm der abgewrackte Litauer einen rechten Haken an den Kinnwinkel. Bruno kommt erst wieder zu sich, als der Ringrichter zu zählen aufgehört hat.

Er sagte es niemandem, nicht einmal seinem Trainer, warum er diesen Kampf verloren hatte, und er schwor sich, dass ihm nie mehr eine Sentimentalität im Weg stehen sollte. Er wurde ein wirklicher Profi.

Vor der *Eintracht* wurde eine Autotür zugeschlagen. Rico? Bruno ging zum Fenster. Fehlalarm. Ein später Zecher fuhr angesäuselt in einem Ford fort. Bruno legte sich wieder aufs Bett. Emotionslos dachte er an Rico und daran, wie er ihn zu einem Geständnis zwingen und anschließend zusammenschlagen würde. Die Pit erschien ihm als passender Ort für Vernehmung und Vollstreckung. Das Blut der von ihm in den Tod geschickten Kreaturen sollte sich ein wenig mit seinem eigenen vermischen – nach Brunos Gerechtigkeitsempfinden konnte dies grundsätzlich nicht falsch sein.

Dass Rico ein unangenehmer Gegner sein würde, war Bruno bewusst. Er war selbstsicher und stark, doch es war etwas anderes, was ihn wirklich gefährlich machte, und Bruno hatte die Erfahrung, dies richtig einzuschätzen: Der Mann hatte keine Skrupel. Er war rücksichtslos. Bruno ging davon aus, dass Rico mit allen Mitteln kämpfen würde. Dennoch war er ruhig und zuversichtlich. Es war exakt die Stimmungslage, in welcher er sich vor den meisten seiner Profi-Fights befunden hatte. Während er sich anzog – schwarzes T-Shirt, schwarze Hose, schwarze Sportschuhe –, seine restlichen Sachen im Seesack verstaute und die Bettdecke glättete, dachte er an die großen Momente im Ring, unmittelbar nach dem Sieg, wenn er im Licht stand, beifallumbrandet, schweißglänzend und mit hochgereckten Fäusten, an denen sich die feuchten Bandagen lösten. Die Zeit der Triumphe war lange vorbei. Nach dem Kampf, den er in dieser Nacht austragen musste, würde er nicht im Licht stehen, sondern sich im Dunkeln davonmachen.

XIV. Kapitel

Die Überzeugungskraft einer Doppelläufigen

Ein letztes Mal sah Bruno sich in seiner dürftigen Unterkunft um, ob er nichts vergessen hätte, dann klemmte er seinen Seesack unter den Arm. Einen Augenblick blieb er still auf dem dunklen Flur stehen, lauschte in Richtung des Zimmers von Ira Sperber, hörte nichts Verdächtiges und stieg die Treppe ab.

Mondbeglänzt stand sein Kangoo an der Mauer neben dem Hoftor. Bruno warf seinen Seesack durch die Schiebetür und verschloss das Auto. Das Problem mit dem verriegelten Hoftor musste er irgendwie noch lösen. Die einfachste Methode: Er würde dem ausgeknockten Rico den Schlüssel wegnehmen. Das Warten auf Rico wollte er sich mit einem letzten Bier in der Wirtschaft verkürzen. Als er über den Hof zurückging, hörte er hinter sich das Knirschen ungeölter Türangeln. Er fuhr herum. Die Tür zur Hundearena stand einen Spalt breit offen. War Rico schon zurück und er hatte es nicht bemerkt? Verdammt, dachte er, ich hätte das Auto doch hören müssen! Aber er war bereit. Der Zeitpunkt spielte keine Rolle mehr. Mit federnden Schritten ging er zu der Tür, öffnete sie und hörte, dass sich in der Finsternis der Scheune eilige Schritte entfernten. Sie waren unregelmäßig – das Gehopse eines Menschen mit stark verformtem Rückgrat. Weiter hinten in den Verschlägen schlugen die Hunde an. Bruno machte die Tür wieder zu und ging hinüber in die Wirtschaft. Dass Flori Zeuge dessen werden könnte, was er vorhatte, störte ihn nicht.

Im Lokal war es ungewöhnlich ruhig, so dass Bruno zunächst annahm, die Hähne wären schon hochgedreht. Doch dem war nicht so. Silvi hing gelangweilt hinter der Theke und rauchte eine Zigarette. Da Bruno das Lokal durch die Tür hinter der Theke betrat, bemerkte sie ihn erst, als er ihr einen Klaps auf den Po gab.

»Hey, du bist es«, sagte sie, nicht im Mindesten erschrocken. »Ich dachte schon, Rico wär zurück.«

»Enttäuscht?«

»Seh ich so aus?«

»Wenn ich dir sagen soll, wie du aussiehst, wird unweigerlich ein Kompliment daraus.«

»Wow!« Ihre grünen Augen funkelten.

Es waren nur noch drei Gäste da, die sonderbarerweise einzeln an Tischen saßen. Erst auf den zweiten Blick erkannte Bruno den Grund: Jeder hatte einen großen Hund unterm Tisch liegen und einer von ihnen – es war Adolf Brutscher – sogar zwei. Sämtliche Augen waren auf Bruno gerichtet.

»Was ist denn hier los?«, flüsterte Bruno.

»Ich weiß auch nich«, sagte Silvi und stieß Rauch aus.

»Wir haben auf Sie gewartet, Gomski«, sagte Adolf Brutscher mit einem Gesichtsausdruck, den er seinen beiden Rottweilern abgeschaut haben könnte. »Wir müssen mal ein Wörtchen mit Ihnen reden.«

»Wer muss ein Wörtchen mit mir reden?«

»Die beiden Herren« – Brutscher richtete seine dicke Zigarre nach links auf einen Bärtigen und nach rechts auf einen Bartlosen – »sind Verwandte von mir.«

»Das sehe ich«, sagte Bruno und fuhr sich mit dem Zeigefinger über den Mund. »Um was geht's?«

»Nicht hier«, sagte Brutscher.

»Dann lassen Sie sich einen Termin geben!« Bruno legte alle Abscheu, die er gegen den fetten Ex-Polizisten empfand, in seine Stimme.

Ohne Brutscher und seine karpfenmäuligen Verwandten zu beachten, ging er zur Jukebox. Wenigstens einmal, bevor er dieses Dorf für immer verließ, wollte er dem wunderbaren Chromkasten einen Oldie entlocken.

»Das kannste lassen. Das Ding is kaputtgegangen heut Abend«, rief Silvi. »Ich weiß noch gar nich, wie ich's dem Rico beibringen soll.«

»Schade«, sagte Bruno, »aber Rico wird's verschmerzen, da bin ich sicher.«

Als er zur Theke zurückging, stellte sich ihm ein rußschwarzer Belgischer Schäferhund in den Weg. Mit vorgerecktem Kopf nahm er Brunos Witterung auf.

»Ist ja gut«, sagte Bruno ruhig.

»Aufpassen, Arkan!« Der dicklippige Mann mit dem struppigen rotblonden Vollbart sprach das Kommando in scharfem Flüsterton aus.

Der Hund zog die Lefzen ein wenig hoch und knurrte. Mit den Augen maß Bruno die Lederleine ab, die am anderen Ende um ein Tischbein geschlungen war, und umging den schwarzen Zerberus in einem Bogen. An Adolf Brutschers Tisch blieb er stehen.

»Ich warne Sie, Herr Ortsgruppenleiter! Es gibt mehr Ketten als rasende Hunde!«

Als er dabei den Tisch berührte, explodierten die beiden Rottweiler. Schlagartig entlud sich eine Aggression, der Bruno äußerst knapp mit einem Rückwärtssprung entging. Mit der Schulter prallte er gegen die Thekenstange, hielt sich rückwärts greifend daran fest, um nicht zu fallen, und starrte überrumpelt in die Rachen der Rottweiler. Sie hatten Brutschers Tisch umgerissen, doch das Poltern ging unter in dem akustischen Giftcocktail aus den Kehlen der Rüden.

»Röhm! Himmler! Aus!«, brüllte Brutscher und griff den Tobenden gerade noch rechtzeitig in die Halsbänder, bevor sie ihre Zähne in Brunos Beine versenken konnten. Das Spektakel hatte auch die anderen Hunde in Krawallstimmung versetzt. Mit ausgebreiteten Armen hing Bruno wie ein Gekreuzigter an der Thekenstange, im Halbkreis umgeben von geifernden Hunden, die von den Männern nur halbherzig daran gehindert wurden, ihr Opfer an Ort und Stelle auseinanderzunehmen.

Bruno war weiß im Gesicht. Er richtete sich auf und presste seinen Körper eng an die Theke. Die Schnauzen der Hunde berührten ihn fast.

»Aus!«, donnerte Adolf Brutscher und wandte sich grinsend an Bruno: »Na, Gomski? Was sagten Sie da über Ketten und rasende Hunde? So schnell kann einem das Maul gestopft werden.«

Bruno schaute auf die Hunde, die ihn voller Ingrimm im Auge behielten und vibrierend vor Angriffseifer auf ein neues Kommando warteten. Neben Röhm und Himmler setzte sich die Beiß-Phalanx aus dem schwarzen Belgier und einem Deutschen Schäferhund zusammen. Die Männer dahinter waren weitaus weniger Respekt einflößend. Zwar waren Brutschers Verwandte gedrungene Kerle und beide Mitte dreißig, doch hätten sie ohne ihre Hunde gewiss ihr blaues Wunder erlebt. Vorsichtig drehte Bruno sich nach Silvi um, denn er hatte nicht mitbekommen, dass sie davongerannt war.

»Niemand mehr da, Gomski«, sagte Brutscher und hustete ihm ins Gesicht, »die Kleine hat das Fracksausen gekriegt. Tja, da guckst du blöd, Schnüffler! Weit und breit keine Zeugen.«

»Was wollt ihr?«

»Dass du verschwindest. Heute Nacht noch.«

»Wenn das alles ist«, sagte Bruno. »Ich wollte sowieso gehen.«

»Sieh mal einer an, jetzt geht's ihm plötzlich nicht schnell genug, dem Schnüffler.« Brutscher zeigte um seine Zigarre herum ein Grinsen, das auf Beißkraft schließen ließ. »Aber vorher, Freundchen, wollen wir noch etwas von dir wissen: Was hast du hier gesucht? Raus mit der Sprache, oder …« Er ließ die beiden grummelnden Rottweiler noch ein paar Zentimeter näher an Bruno heran. »… oder du spendierst den Kameraden ein Pfund Fleisch. Von deinem eigenen, versteht sich.«

Brunos Gedanken wirbelten. Wenn Brutscher wüsste, dass er es war, der seinen Sohn in der Mangel gehabt hatte, würde er sich nicht mit Drohgebärden begnügen, sondern Röhm und Himmler Gelegenheit geben, ihrer Natur zu folgen. Da dies nicht geschah, durfte Bruno davon ausgehen, dass er lediglich als Rechercheur in Sachen Saiti enttarnt war und an weiteren Ermittlungen gehindert werden sollte. Hatte Rico davon Wind bekommen und sich aus dem Staub gemacht? Die seltsame Geschichte, Rico hole zwei Wölfe aus einem Tierpark in der Eifel, wäre folglich eine Finte. Dann hätte ich das Ding gehörig versaubeutelt, dachte Bruno.

»Du bist eine linke Ratte, Gomski. Dir traue ich nicht mal so weit, wie ich ein Klavier werfen kann«, sagte Brutscher, ganz Herr der Lage. »Ich zähle jetzt bis drei. Wenn du bis dahin nicht das Maul aufgemacht hast, garantiere ich für nichts mehr. Eins, zwei …«

»Raus, alle drei!« Das war Silvis Stimme. »Und vergesst eure Köter nicht!«

Über den Tresen wurde eine doppelläufige Schrotflinte geschoben.

»Mach keinen Quatsch, Silvi, das ist eine Waffe«, sagte Adolf Brutscher.

»Ich weiß«, sagte Silvi, »ich war zwei Jahre im Schützenverein. Glaubst du, dass ich auf zwei Meter einen Hund treffe? Was da vorne rauskommt, verbessert die Bodenhaftung!«

»Die tickt doch nicht richtig, die Schnecke«, sagte der bartlose Brutscher-Verwandte mit dem Bübchenhaarschnitt und zog vorsichtshalber seinen Hund zurück.

»Sag das noch mal, du leere Hose!«, fuhr Silvi ihn an und lenkte die Doppelläufige in seine Richtung.

»Ihr habt gehört, was die Lady gesagt hat«, schaltete Bruno sich ein, »also Abmarsch! Die ganze Bagage! Sonst gibt's morgen toten Hund auf der Karte.«

»Das wird Folgen haben«, warnte Adolf Brutscher ohne Überzeugung in der Stimme und leitete mit Röhm und Himmler den Rückzug ein. Silvi legte die Flinte auf die Theke und schloss hinter Herren und Hunden die Tür ab.

»Danke«, sagte Bruno, »du warst spitze. Diese Nummer hätte Calamity-Jane nicht besser hingelegt.«

»Calamity-Jane? Kenn ich nich.«

»Das war das wildeste Weib im Wilden Westen. Die ist mit Sheriffs und Ex-Sheriffs so umgegangen wie du eben.«

»Wow, das find ich geil«, sagte Silvi und legte eine Hand an die Fensterscheibe, um besser nach draußen sehen zu können. »Am Denkmal halten sie Kriegsrat. Hihi, sind die sauer!«

Bruno wog das Gewehr in der Hand.

»Ein schönes altes Stück. Wo hast du's her?«

»Aus dem Jagdzimmer vom toten Christ, Ricos Schwiegervater.«

»Du weißt, dass es nicht geladen ist?«

»Ich konnte die Patronen nich finden. Und wenn ich ein bisschen länger gesucht hätte, hätt's dir nich mehr geholfen.«

»Komm, wir trinken was«, sagte Bruno.

»Nimm dir was mit. Wir setzen uns in die Küche«, sagte Silvi und fing an, die Lichter auszumachen. »Ich mach mir 'n Wodka-Lemon.«

Bruno zapfte sich ein Bier. In der Küche stellte Silvi drei Kerzen auf den Tisch und machte auch hier das Licht aus.

»Mir is egal, was die anderen gegen dich haben. Irgendwie bist du 'n klasse Typ«, sagte sie.

»Denkst du über Rico auch so?«

»Rico?« Silvi lachte kurz auf. »Rico is 'n Fall für sich. Der is wie 'n Tiger. Schön, zärtlich und gefährlich. Wenn du Glück hast, erwischste ihn auf dem richtigen Fuß. Und wenn nich …«

»Der schlägt auch mal zu, nicht wahr?«

»Ich steh halt auf die herben Typen. Auf Machos, wenn du so willst. Beckenrandschwimmer haben bei mir null Chancen.«

»Darf ich fragen, wie alt du bist?«

»Zweiundzwanzig. Vorige Woche geworden.«

»Ich hätte auf neunzehn getippt. Wie auch immer: Rico ist ein bisschen zu alt für dich.«

»Find ich überhaupt nich. Du bist ja noch älter und du gefällst mir.«

»Na, na«, wehrte Bruno verlegen ab und wackelte an seiner Nase. »Guck mal, wie viele Einzelteile bei mir erneuert werden müssten.«

»Die wichtigsten funktionieren doch noch, oder?«

»Du meinst sicher die Fäuste?«, grinste Bruno und zeigte ihr seine Hände. »Freilich funktionieren die noch. Fast wie früher.«

Sie lachte und boxte mit ihrer zierlichen Faust gegen seine vernarbte Rechte.

»Ricos Ehe ist wohl nicht mehr zu retten, was?«, sagte Bruno.

»Das kannste laut sagen. Bei der Alten müsste man die Schrauben mal wieder anziehen. Aber ich glaub, das is hoffnungslos. Sie hat sogar schon 'n paar Mal versucht, ihn umzubringen. Mit Gift und so.«

»Wenn sich zwei Skorpione treffen«, sagte Bruno, »gibt's nur zwei Möglichkeiten: Entweder paaren sie sich oder sie treten zum tödlichen Kampf an.«

»Du sagst es. Paaren tun die sich schon lange nich mehr. Hab ich dir ja gesagt.« Sie zündete sich eine Zigarette an.

»Du rauchst viel, nicht wahr?«

»Zur Zeit fuffzich am Tag. Und weißte warum? Weil mir der Laden bis Oberkante Unterlippe steht! Ich hau ab.«

»Wenn Rico das zulässt.«

»Der kann mich kreuzweise. Du siehst doch, wie's hier zugeht. Rico denkt bloß noch an seine Köter. Ansonsten arbeitet der nur mit dem Zeigefinger. Silvi mach dies, Silvi mach das! Nö, von dem lass ich mich hier nich festhalten. Und dann isser noch bei den Zeugen Casanovas, der Typ.«

»Nie gehört. Eine neue Sekte?«

»Nö, das nich«, lachte Silvi, »der Typ kann's halt nich lassen, übern Zaun zu fressen.«

»Aha, er geht fremd.«

»In Wulfsgruben gibt's keine Tussi unter fuffzich, die noch nich mit ihm in der Kiste gewesen is.«

»Tja, wenn das so ist«, sagte Bruno. »Dann mach mal! Alles ist besser, als auf bessere Zeiten zu warten.«

»Ich hol uns noch was zu trinken«, sagte Silvi. »Mit dir kann man sich echt gut unterhalten.«

Ein Rumpeln ging durchs Haus.

»Scheiße, Rico is da«, sagte Silvi erschrocken. »Ich kenn das Geräusch. Er hat grad das große Tor zugemacht.«

»Dann stell besser mal die Kerzen weg und mach das Licht wieder an, sonst denkt er sich noch sonst was.«

»Is mir egal«, sagte sie trotzig.

Schritte näherten sich. Bruno blies die Kerzen aus und drückte den nächsterreichbaren Lichtschalter.

»Was is'n los, hast du Schiss vor Rico?«

»Nein.« Bruno schüttelte den Kopf. »Ich möchte nicht, dass *du* Ärger kriegst.«

Die Hände in die Hüften gestemmt, stand Rico im Türrahmen. Er sah verschwitzt aus wie Kirk Douglas nach langem Ritt durch Death Valley, schnupperte den Rauch, der von den Kerzendochten kräuselte, und blickte mit mahlenden Backenknochen von einem zum anderen.

»Ist ja interessant«, sagte er bedrohlich leise.

Silvi wollte an ihm vorbei. Blitzschnell packte Rico sie mit einer Hand am Oberarm.

»So nicht, mein Fräulein!«

»Aua, das tut weh!«, schrie Silvi.

Mit der anderen Hand fasste Rico sie um die Taille und machte sich mit der Zunge an ihrem Ohr zu schaffen.

»Lass das!«, fauchte sie.

»Was sich liebt, das leckt sich«, sagte Rico. »Der liebe Gott hat mir einen Knüppel zwischen die Beine geworfen.«

»Lass sie los, Rico!« Bruno erhob sich. »Es war *meine* Idee, hier noch was zu trinken. Wir haben auf dich gewartet.«

»Da schau her, der Herr Zuchthäusler hat auch was dazu zu sagen!« Rico lächelte diabolisch und drückte Silvis Arm so brutal, dass ihr die Tränen kamen.

»Lass sie sofort los! Ich sage es nicht noch einmal.«

Bruno ging einen Schritt auf ihn zu.

Ricos stahlblauer Blick verlor den Herrschaftsanspruch und wandelte sich zu einem ungläubigen Staunen, als feststand, dass dieser hergelaufene Ex-Sträfling, dieser Deserteur aus der Fremdenlegion keinerlei Anstalten machte, klein beizugeben. Es war für Rico Sperber eine neue, eine unerhörte Erfahrung. Wer war dieser Vagabund, der es wagte, ihn vor den Augen einer Frau dumm aussehen zu lassen. Rico taxierte den drahtigen Körper des ganz in Schwarz gekleideten Mannes, der ihm offen drohte. Obgleich er größer und schwerer war als sein Gegenüber, beschlichen ihn gewisse Zweifel, ob er diesen Frank Gomski im Handumdrehen von seinem unantastbaren Führungsanspruch überzeugen könnte. Langsam lockerte er den Griff um Silvis Oberarm. Schluchzend lief sie davon.

»Glaub nicht, dass die Sache damit erledigt ist, Gomski.«

»Das sehe ich auch so«, entgegnete Bruno.

»Ich hab zwei Wölfe auf dem Hänger. Hilf mir beim Entladen!«

Rico bedachte Bruno mit einem geringschätzigen Blick, dann drehte er sich um. Bruno folgte ihm auf den Hof, wo der schwarze Jeep Wrangler stand, auf dessen Anhänger zwei Metallboxen mit Gittertürchen festgezurrt waren. Wortlos löste Rico die Gurte. Von den Wölfen war nichts zu sehen. Heisere, schnarrende Laute drangen aus den Kisten.

»Pack an, Gomski! Los, Bewegung!«

XV. Kapitel

Die Nacht der Gladiatoren

Als die beiden Männer die Kisten in die Scheune trugen, rasten die Wölfe und bissen in die Gittertüren. Bruno begriff, aus welchem Grund Rico die Tiere geholt hatte. Es lag auf der Hand. Der Kampf Wolf gegen Hund hatte zu allen Zeiten Sensationsgierige angelockt – in die römischen Amphitheater wie auf die staubigen Kampfplätze der Goldgräber in Alaska. Rico hatte einen Instinkt dafür, was beim Fachpublikum ankam. Er war ein Mann ohne Gefühl, aber mit ausgeprägtem Geschäftssinn.

Bevor sie die zweite Kiste vom Hänger zerrten, rüttelte Bruno kurz am Hoftor. Es war abgeschlossen. Rico grinste grimmig, sagte aber nichts. In der Scheune schoben sie die Kisten nebeneinander ins Halbdunkel unter der Galerie. Nur die Arena lag im hellen Licht. Rico sprang in den Betontrog und zog sein Hemd aus. Er hatte einen stark modellierten Oberkörper.

»Ich hab zwar den ganzen Tag gearbeitet, aber ich bin noch fit genug, um dir eine Lektion zu erteilen, Gomski.«

»Du machst es mir leicht, Rico.«

Bruno sprang ebenfalls in die Arena. Es war ihm entgangen, dass Rico seinen Totschläger, das Kupferkabel, heimlich hinten in den Hosenbund gesteckt hatte. Mit geblähter Heldenbrust stand er breitbeinig und hielt die geballten Fäuste ziemlich tief. Bruno sah auf den ersten Blick, dass Rico kein Experte war. Bei Raufereien auf Dorffesten mochte er einst unbestritten der King im Ring gewesen sein, doch für ein kompromissloses Duell mit einem Routinier fehlte es ihm an Fachkenntnis. Bruno nahm seine gewohnte Kampfhaltung ein – Deckung geschlossen, Kinn auf die Brust, Oberkörper leicht vorgeneigt, rechten Fuß zurück auf die Ballen – und ging schnörkellos an die Arbeit. Da Rico mehr als eine Armlänge von ihm entfernt stand und sich sicher fühlte, rechnete er nicht mit dem geraden linken Stoß, den Bruno mit einem Ausfallschritt verlängerte. Er sah die Verblüffung in Ricos Gesicht, als dieser das Gleichgewicht verlor, taumelte und hintenüberzukippen drohte. Sein Mund klaffte auf. Der Schlag hatte ihn hart auf die Nase getroffen. Bruno setzte nach und schlug ihm eine schwere Rechte aufs Kinn. Rico fiel, schlug mit dem Hinterkopf auf und rührte sich nicht mehr. Bruno kniete sich neben den Bewusstlosen und schaute ihn besorgt an. So hart hatte er gar nicht zuschlagen wollen. Vor allem gab ihm der Aufprall von Ricos Hinterkopf auf den Betonboden – häufig die Ursache von Schädelbrüchen oder Gehirnblutungen – zu denken. Aus Ricos gebrochener Nase quoll ein Blutstrom, bildete zwei Äste über Wange und Mundwinkel und tropfte auf den fleckigen Boden, wo er sich mit dem eingetrockneten Hundeblut verband.

»Hörst du mich, Rico?«

Bruno kletterte aus der Pit und hielt nach einem Wasserhahn Ausschau. Neben den Metallboxen, in denen die Wölfe eingesperrt waren, stand ein roter Plastikeimer. Vielleicht gab es weiter hinten bei den Zwingern einen Wasseranschluss. Bruno fand keinen Lichtschalter und tastete sich durch ein Gewirr von Gegenständen, die er in der Dunkelheit nicht identifizieren konnte. Unsichtbare Hunde winselten. Die Zwinger schienen sich außerhalb der Scheune zu befinden.

Wüstes Gebrüll ließ Bruno zusammenfahren. Dicht neben

ihm rumpelte und polterte es. Bruno schlug sich schmerzhaft den Kopf an. Wer die bucklige Gestalt war, die sich an ihm vorbeidrängte und ihn fast umwarf, wusste er gleich.

»Huuuöööh … huuuöööh …« Flori rannte spornstreichs zu den Transportkäfigen.

»Bleib da weg!«, rief Bruno.

Ehe er es verhindern konnte, hatte Flori beide Gittertüren entriegelt.

»Ach du meine Güte!«, flüsterte Bruno und blieb wie gebannt stehen.

Ein Wolf streckte vorsichtig den Kopf aus der Box, prüfte die Umgebung, dann zwängte er sich ganz heraus. Er hatte die graubraune Farbe der europäischen Wölfe und sah nicht sonderlich gut ernährt aus. Sein Fell war struppig, er stand auf dünnen Läufen und klemmte den Schwanz ein. Seinen buckligen Befreier, der mucksmäuschenstill in der Scheunenecke hockte und die Unterlippe bis zum Nasenansatz hochschob, beachtete er nicht. Mit staksigen Schritten, als seien seine Glieder vom langen Eingesperrtsein eingeschlafen, bewegte der Wolf sich zu der anderen Box und schaute hinein. Bruno hörte einen kurzen, hellen Ton. Dann kam auch der zweite Wolf heraus. Er war etwas imposanter, aber ebenfalls in schlechtem Ernährungszustand. Bruno sah, dass es sich um einen Rüden und eine Fähe handelte. Völlig ratlos stand er, einen nutzlosen Plastikeimer in der Hand, keine sechs Meter von zwei Tieren entfernt, deren Spezies seit Menschengedenken Furcht und Grauen verbreitete. Wenn man den Wolf nennt, kommt er gerennt, sagten die Alten. Zum ersten Mal in seinem Leben blickte Bruno auf Wölfe, ohne dass ein solider Zaun dazwischen war. Alles, was er je über die Rudeltiere gehört hatte, ging ihm wirr durch den Kopf.

Die beiden Tiere waren gestresst und hochnervös. Bruno sträubten sich schier die Haare, als sie nach kurzem, orientierungslosen Hin- und Hergerenne in die Pit sprangen, wo Rico Sperber bewegungslos in seinem Blut lag. Sie umkreisten ihn mit geschürzten Lefzen.

Bruno bezwang sein Verlangen, sich über die Leiter auf die Galerie zu retten. Auch wenn Rico ein verdammter Hurensohn und Vergewaltiger war, wollte Bruno nicht tatenlos zum Augenzeugen werden, wenn er zerfleischt wurde. An einem Pfosten lehnte ein Reisigbesen. Den nahm er und schlich an der Scheunenwand entlang bis zur Pforte.

»Halt bloß die Klappe!«, flüsterte er beschwörend, als er an Flori vorbeikam.

Nachdem die Wölfe oft genug geprüft hatten, dass von dem reglosen, verführerisch nach Blut riechenden Rico keine Gefahr ausging, wurden sie dreister. Der Rüde schnappte nach seiner Hand und zog daran. Bruno spürte, dass es jetzt auf jede Sekunde ankam. Hinter sich greifend, ohne die Wölfe aus den Augen zu lassen, öffnete er die Scheunentür. Dann arbeitete er sich, immer mit dem Rücken zur Wand und den Besen vor sich haltend, wieder zurück. Die Fähe leckte das Blut von Ricos Gesicht. Die Vorderbeine breit gestellt, das Rückenhaar zur Bürste gesträubt und die Nase gefältelt, zerrte der Rüde tief knurrend an Ricos Hand. Bruno brach der Schweiß aus allen Poren, als er seinen Reisigbesen auf den Boden drosch, wieder und wieder, und ungehemmt losschrie wie einst ein legendärer Urwaldbrüller namens Tarzan. Die Wölfe wichen von Rico zurück wie von einem Giftköder. Zuerst rannten sie irritiert durch die Pit, wobei sie Rico ein paar Mal übersprangen, dann schien die Wölfin den Luftzug aus der offenen Pforte zu spüren, sprang aus dem Betontrog und verschwand durch das dunkle Rechteck ins Freie. Nach kurzem Zögern folgte ihr der Rüde.

Bruno spurtete zu der offenen Pforte und ballerte sie zu, bevor die Wölfe merkten, dass sie von einem Gefängnis in ein anderes gerannt waren und wieder zurückwollten. Er sprang in die Pit. Rico war immer noch bewusstlos. Die Wolfszähne hatten tiefe, blutige Spuren an seiner Hand hinterlassen.

»Verdammt noch mal, wach doch auf!«, flehte Bruno.

Den Gedanken, dass Rico tot sein könnte, wollte er gar nicht erst aufkommen lassen. Er schob ein Augenlid Ricos in die Höhe. Deckenlicht fiel auf die Pupille und sie verengte sich. Bruno schloss das Auge wieder und tastete mit den Fingerkuppen nach Ricos Halsschlagader. Bevor er sich im Klaren war, ob er tatsächlich das Blut pulsieren fühlte, wurde er von einem neuen Schrecken heimgesucht. Das unerklärliche und unheimliche Gefühl, angestarrt zu werden, zog seinen Blick wie magisch nach oben. Am Rand der Pit stand ein Albtraum aus Muskeln, Zähnen und bösem Willen: Tyson, der Kampfhund!

»O Flori, du Idiot!«, stöhnte Bruno.

Für die Entschlossenheit, die er angesichts der Wölfe noch aufgebracht hatte, fehlte ihm nun jegliche Energie. Er verlor alle Zuversicht. Wenn er, was in höchstem Maß fraglich war, den Kampf gegen Tyson überleben sollte, wäre er ein Krüppel. Und das wollte er nicht. Lieber wollte er sterben. Schau ihn nicht an! Schau ihm nicht in die Augen, schrien seine Gedanken. Tu so, als gäbe es ihn nicht!

Bruno senkte den Kopf. Er blickte auf Ricos leichenblasses Gesicht und sah es dennoch nicht. Tyson wird meinen Schweiß riechen, dachte er. Er wird riechen, dass ich Angst habe. Wenn ich doch nur etwas hätte, was ich um meinen Arm wickeln könnte! Dann könnte er zubeißen und ich würde ihm von oben die Faust zwischen die Augen schlagen! Aber ich habe nichts! Da fiel sein Blick auf das blaue Baumwollhemd, das Rico ausgezogen hatte. Doch er dachte an Tysons knochenbrechendes Gebiss und beerdigte den Plan resigniert.

Warum war Tyson nicht längst über ihn hergefallen? Er riskierte einen Blick nach oben. Tyson war nicht mehr da. Aber er konnte ihn hören. Schnaufend und prustend befasste er sich mit den Transportboxen. Er hatte den Wolfsgeruch in der Nase und war hochgradig erregt. Schon im nächsten Augenblick glaubte Bruno dem Tod auf der Schippe zu sitzen, denn auf der Spur der Wölfe sprang Tyson in die Pit und durchmaß sie im Zickzack, wobei er ein paar Mal so dicht an Bruno vorbeikam, dass der das Muskelspiel unter dem kurzen, schwarz-braun gestromten Fell sehen und den Geruch des Hundekörpers wahrnehmen konnte. Bruno hatte ein Knie auf dem Boden und beide Fäuste vor seinem gesenkten Kopf. Er hütete sich davor, Rico auch nur mit dem kleinen Finger zu berühren, da dies, so befürchtete er, den Verteidigungstrieb des Hundemonstrums auslösen könnte. Doch Tyson interessierte sich nicht im Mindesten für seinen Trainer und Manager. Offenbar war ihm die für Hunde typische Rudelbindung schon abhandengekommen. Er war nichts anderes mehr als eine aufs Töten getrimmte Kampfmaschine. Wie an einer Schnur folgte er der Spur der Wölfe, schnaufend, ungestüm, die Nase am Boden. Sein unzähmbarer Killerinstinkt war Brunos Glück: Er war zur Nebenfigur degradiert.

Unter Ricos Körper, in der Gürtelzone, ragte ein kleines Stück des schwarzen Kupferkabels hervor. Der Hurensohn wollte mich linken, dachte Bruno und war froh über das unvorhergesehene Geschenk der Heimtücke. Hatte er schon vage Hoffnung geschöpft, indem er Tysons Kampftrieb ganz auf die Wölfe konzentriert sah, kehrte beim Anblick der Schlagwaffe auch seine gewohnte Zuversicht zurück. Langsam, Zentimeter um Zentimeter zog er das unterarmlange Kabel unter Rico hervor. Im Zeitlupentempo erhob er sich, die rechte Hand um das knüppeldicke Kabel gekrampft, und machte sich mit fußlangen, schlurfenden Schrittchen auf den langen Weg zur Scheunenpforte. Er erreichte sie keine Sekunde zu früh. Der Bandog schien es leid zu sein, hinter einem Gegner herzurennen, den er roch, aber nicht sah. Kampflüstern und kraftgeladen stand er in der Pit und drehte seinen kantigen Schädel suchend in alle Richtungen.

Bruno öffnete die Holztür einen Spalt breit und hielt inne. Da draußen liefen zwei Wölfe frei herum, drinnen ging der abartigsten aller Hundezüchtungen die Geduld aus. Bruno fühlte sich wie zwischen Skylla und Charybdis. Er hatte keine Wahl. Als die Tür sperrangelweit geöffnet war, presste er sich daneben an die Wand. Er wagte kaum zu atmen. Tyson hatte ihn im Visier. Bruno wich dem Blick des Bandogs aus. War das noch ein Hund? Nein, ein Teufel, dachte Bruno, eine Ausgeburt, bei deren Anblick einem das Blut gefriert. Das Kabel in seiner Hand kam ihm jetzt wie ein Staubwedel vor.

Da reckte Tyson den Kopf und stellte die Ohren. Die Luft hatte ihm den Geruch wieder zugetragen. Er sog ihn ein und Bruno glaubte, in seinem schwarzen Gesicht einen Ausdruck des Widerwillens zu sehen. Schnurstracks folgte er der Duftspur, kam wie von einer Sprungfeder geschnellt aus der Pit, lief an Bruno vorbei in den Hof – und Bruno brachte schneller als jemals in seinem Leben eine Tür ins Schloss.

Ein paar Herzschläge lang blieb es still, dann gellten urweltliche Laute durch die Nacht. Der Kampf, der im Hof tobte, musste fürchterlich sein. Es war unmöglich, herauszuhören, welches Knurren, welcher Schrei, welches Röcheln und welches Schmerzgewinsel aus welcher Kehle kam. Die Kakofonie einer Tierfeindschaft auf Leben und Tod riss das ganze Dorf aus dem Schlaf.

Bruno stieg über die Leiter auf die Galerie, schob ein paar Ziegel zur Seite und kletterte aufs Dach. An der Traufe hängend, blickte er nach unten, erkannte im Mondlicht einen Streifen Wiese und ließ sich fallen. Vorbei an der Hofmauer, hinter welcher mit unverminderter Verbissenheit gekämpft wurde, lief Bruno zur Frontseite der *Eintracht*. Da er keine Klingel fand, trat er gegen die Wirtshaustür und rief nach Silvi. Er hatte keine Ahnung, in welchem Teil des Hauses sie logierte. Er schrie sich fast die Lunge aus dem Hals, doch die Fassade blieb dunkel. Auch im Haus regte sich nichts. Doch über der Bäckerei Fronlöchner und gegenüber im oberen Stockwerk des Friseursalons wurden Fenster hell.

»Was ist denn da los?«, zeterte eine Frauenstimme.

»Rufen Sie den Notarzt! Rico Sperber ist verunglückt. Er liegt in der Scheune.«

»Was hat er denn?«

»Irgendwas am Kopf. Nun machen Sie schon!«

Bruno setzte sich ans Kriegerdenkmal. Nach und nach gingen ringsum die Lichter an. Auch Ira Sperber erschien am Fenster. Der Kampf des Bandogs gegen die Wölfe war immer noch im Gange. Einer der Kombattanten schien am Ende zu sein. Er gab jämmerliche Jaultöne von sich. Bruno war hundemüde, im wörtlichen wie im übertragenen Sinn, und wünschte sich nur noch eins: weg von Wulfsgruben, so schnell wie möglich! Leider stand ein verschlossenes Hoftor, hinter dem die Hölle los war, seinem Wunsch entgegen. Als er sich vergewisserte, ob sich sein Autoschlüssel noch in seiner Hosentasche befand, fiel ihm etwas ein und er hielt in der Bewegung inne.

»Verdammt! Ich Idiot!«

In dem Tumult hatte er eines seiner hauptsächlichen Ziele völlig aus den Augen verloren: Er hatte vergessen, Rico ein paar Haare auszureißen. Also musste er zurück in die Pit! Auch den Schlüssel zum Tor hoffte er bei Rico zu finden. Doch schon nach wenigen Schritten blieb er stehen. Er hatte irgendetwas gehört, was er nicht einordnen konnte, und sein Instinkt sagte ihm, dass Gefahr drohte.

»Adolf, da vorn ist er!«

»Schneidet ihm den Weg ab!«

Über die Hauptstraße kam ein Mann mit einem Hund an der Leine. Auch vor der *Eintracht* tauchte eine Gestalt auf, ebenfalls mit Hund. Bruno drehte sich im Kreis. Von der Hauptstraße her blitzte eine starke Taschenlampe auf, dreimal kurz hintereinander. Im Mondschatten der Kirche wurden die Lichtstrahlen von zwei Paar Hundeaugen glühend reflektiert. Bruno saß in der Falle.

Nur zwischen dem Raiffeisenmarkt und dem Friseursalon war eine Lücke, ein Gässchen, von dem Bruno nur hoffen konnte, dass es nicht vor einer Wand endete. Es war seine einzige Chance. Er rannte los.

XVI. Kapitel

Hetzjagd

Nach dem Gässchen kam ein Pfad, der sich durch Gärten schlängelte. Bruno musste einen Zaun überwinden. Brombeerranken hakten sich in sein T-Shirt und rissen ihm die Haut auf. Hinter sich hörte er die Hunde, deren hohe Kopflaute in der Gasse widerhallten. Er lief über eine Kuhweide. Der Waldrand war nah. Vom sternklaren Himmel schien der Vollmond so hell, dass Bruno sogar den Weidezaun sehen und überspringen konnte. Ein Feldhase katapultierte sich aus seiner Sasse und jagte in langen Sätzen über die Wiese. Im Wald war es stockdunkel. Mit vors Gesicht gehaltenen Händen kämpfte Bruno sich durchs Dickicht. Er kam kaum voran und zweifelte schon daran, dass die Flucht in den Wald die richtige Idee war, als sich das Kronendach öffnete und er bald darauf auf einem mondbeschienenen Waldweg stand. Er lief einen halben Kilometer bis zu einer Biegung. Von seinen Verfolgern war nichts zu sehen und nichts zu hören. Hatten sie aufgegeben? Um sicherzugehen, stieg Bruno rechter Hand über eine Holzfällerschneise einen steilen Hang hoch. Sein Atem flog und seine Beine zitterten vor Anstrengung. Dornen und Gestrüpp hatten die Schneise erobert und erschwerten den Aufstieg. An einer Stelle der Bergflanke, von der aus er den Waldweg stückweise überblicken konnte, lehnte Bruno sich an einen Baum.

Nach wenigen Minuten sah er sie kommen. Es waren vier Männer und vier Hunde, die hinter ihm her waren. Vorneweg zerrte der schwarze Belgische Schäferhund, die Nase dicht über dem Boden, an einer langen Führungsleine. Der Hund war so im Eifer, dass der bärtige Mann am anderen Ende der Leine hintenübergebeugt lief. Das nächste Gespann bildeten der Deutsche Schäferhund und sein Besitzer, dahinter hechelten Röhm und Himmler an der Doppelleine und zogen mit ihren Bärenkräften den fetten Adolf Brutscher hinter sich her. Den vierten Mann, der am Schluss ging, erkannte Bruno an der bulligen Figur: Es war Uwe Brutscher.

Der Vorsprung, den Bruno herausgearbeitet hatte, war nichts mehr wert, wenn die Hunde abgeleint würden – das war so sicher wie das Amen in der Kirche. Sie hatten seine Spur. Mit jedem Atemzug überprüften sie die Luft auf ihre Bestandteile. Winzige Hautpartikel, die sein Körper absonderte, lagen vor ihnen wie ein unsichtbarer Pfad. Ihren hoch entwickelten Sinnen entging nichts. Mit ihren extrem weit geöffneten Pupillen konnten sie im Zwielicht so gut sehen wie am hellen Tag. Ihre Ohren empfingen Geräusche aus viermal weiterer Entfernung, als es einem Menschen möglich war. Die Hetzjagd entsprach ihrer Natur. Binnen weniger Minuten hätten sie ihn eingeholt.

Auch unter normalen Umständen nur einem einzigen dieser Hunde ohne Waffe im Wald zu begegnen, hätte Brunos Herzschlag beschleunigt. Gegen vier Beißer dieses Kalibers war ein Mensch so chancenlos wie eine Robbe zwischen Weißen Haien. Es schauderte Bruno vor diesen Wolfsnachfahren, die darauf brannten, losgelassen zu werden, um einen uralten Trieb auszuleben, ein Rudel zu bilden und hinter der Beute herzuhetzen. Sie würden erst Ruhe geben, wenn sie ihn in Fetzen gerissen hätten. Mit blutverschmierten Köpfen würden sie zurückkehren zu den Männern, die sie ausgesandt hatten, und unterwürfig mit den Schwänzen wedeln.

Bruno betrachtete den bewaldeten Kamm über sich und suchte nach dem günstigsten Aufstieg. Es ging steil bergauf. Er hielt sich im Dunkeln und gab sich große Mühe, leise zu sein. Ich muss die Nerven behalten, dachte er, davon hängt alles ab.

Seine ganze Hoffnung richtete sich auf die Schlucht jenseits der Waldkuppe. Wenn er Glück hatte, war dort ein Bach; wenn er noch mehr Glück hatte, waren seine Verfolger siegessicher, wähnten sich dicht hinter ihm und ließen die Hunde noch nicht so bald von der Leine.

Auf dem Kamm blieb er stehen und lauschte. Der Verfolgertrupp schien noch auf dem Waldweg zu sein. Gepresst ausgestoßene Kommandos drangen zu ihm hoch. Behende machte er sich an den Abstieg. Die Waldschlucht, die vor ihm lag, war schroff und tief, und er geriet, als er Wildwasser rauschen hörte, in eine seiner Lage unangemessene Jubelstimmung. Er sprang den Hang hinunter, entging dank eines Bäumchens, das ihn abfederte, knapp einem Sturz, erschrak über seinen Leichtsinn und die verheerenden Folgen, die ein verstauchter Knöchel verursacht hätte, wurde umsichtiger, erreichte den Waldbach, der in kleinen Kaskaden zu Tal eilte, schöpfte ein paar Schluck des kalten Wassers mit der hohlen Hand und stieg in der Strömung bachaufwärts. Aus einem Haselbusch brach er einen speergeraden, mannshohen Stecken, der ihm als Wanderstock diente. Später, wenn er sich etwas Ruhe gönnen durfte, wollte er ihn mit einem scharfkantigen Stein zu einem Spieß zuspitzen.

Stellenweise war das Wasser knietief und drückte mächtig gegen seine Unterschenkel. Bruno vermutete, dass sich der Trupp, wenn er am Bach anlangte, talwärts wenden würde. Man würde annehmen, dass Bruno in seiner Erschöpfung den leichteren Weg gewählt hatte. Dennoch, für den Fall, dass sie die Hunde losließen und ein dummer Zufall oder ein böser Instinkt die Beißer bachaufwärts trieb, musste er sich bewaffnen. Während er gegen das wuchtige Wasser anging, tastete er mit den Füßen nach Steinen. Tatsächlich fand er ein paar eigroße Brocken zum Werfen und ein scharfkantiges Bruchstück, mit dem er später seinen Stab zuspitzen wollte. Zudem ließe sich, so überlegte er, aus dem Bruchstück, das die Natur handgerecht in Form eines Faustkeils anbot, ein Steinbeil basteln. Zum Binden könnte er seine Schnürsenkel verwenden.

»Vielleicht kriege ich das hin«, sagte er, »dann hätte ich eine gute Schlagwaffe.«

Im Zeitalter von Mikroprozessoren und Nanotechnik war er auf die Stufe eines Frühmenschen zurückgefallen. Sein Denken kreiste um das, was einst dem Homo sapiens zum Durchbruch verhalf: Holz und Steine.

Nachdem er, manchmal auf allen vieren über felsige Kaskaden kraxelnd, rund einen Kilometer in der Strömung zurückgelegt hatte, war er überzeugt, dass seine Spur für die Hunde verloren war, und er setzte seinen Weg am Ufer fort. Er war müde und hungrig. Die Steine scheuerten in seinen Hosentaschen und erschwerten das Gehen.

»Weiter!«, befahl er sich.

Dann sah er den Wasserfall, den er schon seit einer Weile gehört hatte. Er war gut zwei Meter hoch. Mondbeschienen sprühte und silberte das Wasser im freien Fall. Unten hatte es eine ovale Gumpe ausgewaschen, so groß, dass eine Bärenfamilie hätte baden können.

Seitlich des Wassersturzes stieg Bruno den Wald hoch. In einem weiten Bogen wollte er ins Dorf zurückkehren, um im Handstreich sein Auto aus dem Hof zu holen – und dann nichts wie weg! Durch das Rauschen des Wassers und seine abnehmende Konzentration hatte er nicht bemerkt, dass sich um ihn herum etwas verändert hatte. Er war nicht mehr allein.

Die Hunde hatten ihn eingekreist: Linker Hand brachen die beiden Rottweiler aus dem Unterholz, etwas oberhalb erblickte er den Deutschen Schäferhund, und als er sich umwandte, starrte er in die funkelnden Augen des Schwarzen. Zum Wasser hin, das über den Felsen schoss, gab es kein Entrinnen, und eine Flucht bachaufwärts, den Schwarzen im Rücken, hätte einen Albtraum zur Wirklichkeit gemacht. Es wäre das Ende gewesen. Unweigerlich. Mit dem Mut der Verzweiflung nahm Bruno den Kampf auf.

»Hol euch der Teufel!«

Den ersten Stein schleuderte er dem Schwarzen entgegen, der überrascht zurücksprang, mit dem zweiten traf er den Schäferhund, dann schwang er den Stock und stürmte brüllend wie ein Wahnsinniger auf die beiden Rottweiler zu. Die ließen sich von dem Scheinangriff blenden, die Rudelattacke stockte – und Bruno sprang an den Stamm des erstbesten Baumes. Es war kein Baum, den er sich ausgesucht hätte, wenn auch nur eine Viertelminute Zeit gewesen wäre. Der erreichbarste Ast war in vier Metern Höhe. Er umschlang den Stamm mit Armen und Beinen. Ohne zu spüren, dass die Haut an seinen Händen und an den Innenseiten seiner Schenkel zuschanden ging, ruckte er stückchenweise dem Ast entgegen.

Die Hunde unter ihm waren wie toll. Als wollten sie sich rächen für das Täuschungsmanöver, tobten sie unter dem Baum, sprangen in die Höhe und schnappten nach seinen Beinen, die immer noch in ihrer Reichweite waren. Er hörte das Zusammenklappen der Kiefer und das Kratzen der Pfoten an der Rinde und zog die Beine an. Unermüdlich stiegen die Hunde auf, und als Bruno einen Stoß am Gesäß spürte, fuhr ihm die helle Panik in die Glieder. Beim nächsten Ruck nach oben war sein Knieschluss nicht fest genug und seine Beine rutschten ab. Sogleich fühlte er einen starken Druck an seinem rechten Fuß. Ein beträchtliches Gewicht zog ihn herab. Adrenalin jagte durch seinen Körper. Er zappelte in Todesangst. Es war der Schwarze, der so hoch gesprungen war und zugepackt hatte. Er hing frei in der Luft, die Kiefer wie im Beißkrampf um den Fuß geschlossen, schnaufte, knurrte und schüttelte dabei den Kopf wie ein Hai, um das Stück Leben zwischen seinen Zähnen samt Knochen und Sehnen abzutrennen.

Brunos Schicksal schien besiegelt, denn mit einem solchen Klotz am Bein konnte er sich nicht lange halten. Unten wartete die Meute. Brunos Glück war, dass seine Sportschuhe nicht bis übers Gelenk verschnürt waren. Mit dem Schuh im Maul fiel der Berserker von ihm ab.

Während unter ihm wild um das Beutestück gebalgt wurde, erreichte Bruno den rettenden Ast, umfasste ihn mit beiden Händen, schwang ein Bein darüber und blieb wie tot in der Gabel hängen. Als die Hunde erneut sprangen, löste er sich aus der Angststarre. Er wollte höher in den Baum steigen, möglichst weit weg von den Bestien, aber er konnte nicht mehr. Ein Rottweiler leckte das Blut, das von seinem Fuß tropfte, vom Boden auf. Neben ihm stand der Schwarze, den bösen Blick nach oben gerichtet, und knurrte tief und unheilvoll, als wolle er androhen, dass das noch nicht alles gewesen sei.

Nach fünf passiven Minuten hatte Bruno sich so weit erholt, dass er höher auf den Baum klettern konnte. Er hielt Ausschau nach einem Ruhe- oder Schlafplatz, da zu vermuten war, dass der Brutscher-Trupp seine Strafexpedition ganz den Hunden überlassen hatte. Unter ihm zerfetzte die frustrierte Meute seinen Schuh und gab Bruno eine Vorstellung davon, was passieren würde, wenn er in der Nacht vom Baum fiele. Weiter oben fand er einen schenkeldicken Ast, der sich gabelte. Er setzte sich rittlings auf ihn und lehnte seinen Rücken an den Stamm. Um eine Schlafposition zu erproben, beugte er sich nach vorne und fand Halt an den beiden breit auseinanderstrebenden Ästen. Bequem war es nicht, denn an dem steil aufstrebenden Sitzast quetschte er sich die Hoden. Sein Fuß schmerzte. Aber Bruno war so erschöpft und müde, dass er einnickte.

Mit einem Ruck wachte er auf und wäre fast vom Baum gefallen. Reflexartig schlossen sich seine Beine um den Ast, und seine kältesteifen Hände griffen für einen schrecklichen Moment ins Leere. Als die Verwirrung vorbei war und seine Nerven sich einigermaßen beruhigt hatten, stellte er fest, dass der Tag sich ankündigte. Es waren Vogelstimmen zu hören und im Osten hatte der Himmel einen schwachen rosigen Schein. Unter ihm war es still. Die Schatten, die er wahrnahm, aber nicht identifizieren konnte, waren reglos. Zunächst ging er davon aus, dass die Hunde sich am Fuß des Stammes schlafen gelegt hatten. Fröstelnd kreuzte er seine Arme über der Brust. Er fühlte sich elend. Aber er sagte sich: Wer sich verloren glaubt, ist bereits verloren.

Als auf sein Räuspern und Hüsteln kein Knurren, nicht einmal eine Bewegung erfolgte, brach er dünne Ästchen ab und warf sie nach unten. Nichts geschah. Ein triumphales Gefühl erfüllte ihn. Die Hunde waren weg!

Doch er wollte auf Nummer sicher gehen. Ohne Waffe, und sei sie noch so behelfsmäßig, wollte er den Abstieg nicht riskieren. Ein Holzdolch war das einzig mögliche Provisorium, das der Baum hergab. Vorsichtig kraxelte er herum, und nach ein paar Fehlversuchen gelang es ihm, ein unterarmlanges Aststück abzubrechen, das er durch heftiges Reiben an der Borke anspitzte. Zufrieden war er nicht damit, denn das Holz war weich und die Spitze faserig. Er kam sich albern vor mit seiner Kinderwaffe, die wirkungsloser war als die Holzschwerter, mit denen er als Knabe Disteln geköpft hatte.

Skeptisch steckte er seinen eher symbolischen Dolch in den Gürtel und begann vom Baum herabzusteigen. Ein Schrei gellte im Dunkel. Obwohl er wusste, dass es der Todesschrei eines kleinen Tieres gewesen war, eines Vogels vielleicht, der im Geäst von einem Raubtier überrascht worden war, saß der Schreck tief. Minutenlang bewegte er sich keinen Millimeter von der Stelle.

Außer dem monotonen Rauschen des Wasserfalls war nichts mehr zu hören. Bruno rutschte bäuchlings zum Stamm, umklammerte ihn mit den Beinen, hielt sich aber noch am untersten Ast fest. Erst nach einigem Abwarten wagte er sich vollends herab. Ein halb unterdrückter Schmerzenslaut entfuhr ihm, als der zerbissene Fuß den Boden berührte. Auf allen vieren kroch er unter dem Baum herum und suchte seinen rechten Schuh. Er fand nur noch ein Stück Sohle.

»Verdammte Köter!«

Mit dem verletzten Fuß trat er auf seinen Wanderstock und hob ihn auf.

»Dich werde ich jetzt brauchen«, sagte er und stützte sich auf den Stab – da sah er die Hunde.

Sie waren jenseits des Baches. Erst liefen sie schnüffelnd umher, weil sie Bruno noch nicht bemerkt hatten, dann plötzlich standen sie still wie in Stein gemeißelt. Der Schwarze gab mit einem kurzen Knurren das Signal und sie rannten auf Bruno zu, doch am Ufer blieben sie stehen. Das gischtende Wasser war kurzzeitig eine rettende Barriere. Zielstrebig gab der

Schwarze die Richtung vor, bachaufwärts, wo es wahrscheinlich eine ruhigere Stelle gab, und die Meute folgte ihm.

Bruno bezweifelte, dass er ein zweites Mal die Kraft aufbrächte, den glatten Stamm des Baums zu erklimmen. Sein Elan war verbraucht. Er lief bachabwärts, dem Wasserfall zu, stolperte über Wurzeln und glitt auf bemoosten Steinen aus, schlug der Länge nach hin, keuchte und arbeitete sich weiter wie ein weidwundes Tier, blind und taub vor Panik. Die Hunde waren bereits dicht hinter ihm, als er den Wasserfall erreichte und auf gut Glück in den Kolk sprang. Er stand bis über den Gürtel im Wasser. Am Rand drängten sich die wütenden Hunde. Übergangslos schlug Brunos Angst in rasende Wut um.

»Bastarde!«, schrie er und schwang den Stock. »Kommt doch, ihr Feiglinge! Ich kämpfe!«

Er steigerte sich in einen Rausch, er vergaß sich, er war nicht mehr er selbst, als er mit unartikulierten Lauten gegen die Hunde vorging. Die Augen traten ihm aus den Höhlen, seine Blase entleerte sich, er brüllte und hieb den langen Stock klatschend aufs Wasser. Die Hunde wichen zurück, bis auf den Anführer, den Schwarzen, der wie wild nach dem Stock schnappte. Der Mann, der Hund, Auge in Auge, losgelöst von den Ängsten des Lebens, fern aller Furcht um Schmerz und Tod, beherrscht von einem einzigen archaischen Willen: Nieder mit dem Feind! Wie ein Irrsinniger schlug und stach Bruno auf den schwarzen Hund ein, traf ihn zwei-, dreimal, der Hund wich aus, sprang vor und zurück, die Lefzen geschürzt und toll vor Grimm, und sein entblößtes Gebiss schloss sich wie ein Schraubstock um das Holz. Das Gezerre, dicht an dicht, währte nur kurz, da riss Bruno das Tier mit einem scharfen Ruck ins Wasser. Der Hund fand keinen Boden unter den Pfoten. Er ließ den Stock los und stieß einen pfeifenden Ton aus.

Paddelnd wandte er sich dem Ufer zu. Bruno folgte ihm in mörderischer Ekstase, packte ihn mit beiden Händen am Halsband und drückte ihn unter Wasser. Das Tier wand sich im Todeskampf, die Hinterläufe schlugen aus dem Wasser, Luftblasen gluckerten, zweimal geriet auch Bruno mit dem Kopf unter Wasser, doch der einzige Impuls, der ihn beherrschte, war die Entschlossenheit zu töten, und so ließ er nicht ab, bis ihm schwarz wurde vor Augen.

Der Hundekörper war schlaff. Bruno löste seine Hände vom Halsband. Sie waren gefühllos wie Fremdkörper. Die Knie zitterten ihm. Er schob den Hund von sich und stieg ans Ufer. Die anderen Hunde waren weg. Ohne ihren Anführer waren sie nichts wert. Der Tag war angebrochen. Bruno inspizierte seinen verletzten Fuß. Am Rist war ein Eckzahn eingedrungen und hatte ein sehr ungesund aussehendes Loch verursacht. Der ganze Fuß war geschwollen. Bruno warf einen Blick voller Ingrimm auf den im Kolk kreisenden Hundekadaver, fischte seinen Stock aus dem Wasser und machte sich humpelnd auf den Rückweg nach Wulfsgruben.

Er folgte dem Wasserlauf. Als der Wald aufhörte und betaute Talwiesen in der Frühsonne durch die Bäume glitzerten, wusste Bruno, dass er den richtigen Weg gewählt hatte. Er brauchte bloß dem sich durch das Wiesental windenden Bach zu folgen, um Wulfsgruben zu umgehen und zum Zigeunerhäuschen zu gelangen. Heiner Windenbicker würde ihm helfen!

Bruno kam nur langsam voran, da er es vermied, mit dem wunden Fuß den Boden zu berühren. Er fühlte sich schwach. In seinen nassen Sachen fror er jämmerlich und zeitweise wurde er von Zitteranfällen heimgesucht. Die Schönheit des Sommermorgens nahm er nicht wahr. Er hatte keinen Blick für die erwachende Natur, sah nicht, dass am Bach Weidenröschen und Wasserminze blühten, hob nur erschrocken den Kopf, als vor ihm ein storchengroßer, aschgrauer Vogel aufflog und mit einem empörten, kreischigen *Kräit* abstrich. Es war ein Fischreiher, den er beim Jagen gestört hatte.

Kurz darauf wurden seine Sinne erneut alarmiert. Vom Waldrand kommend, schoss etwas Dunkles durch die Luft, während seitlich von ihm, in Steinwurfweite, ein Vogel hochflatterte und im nächsten Moment niedergerissen wurde. Die Fasanenhenne hatte den Habicht zu spät bemerkt. Klagend lag sie unter dem gesperberten Räuber, der sie im Dolchgriff hielt und sie zu rupfen begann, obwohl sie noch lebte.

Das bucklige Dach des Zigeunerhäuschens wirkte auf Bruno wie eine Verheißung. Er sehnte sich nach Ruhe und brauchte eine Zuflucht. Pferde prusteten. Heiner Windenbicker war dabei, die zwei Braunen für die Waldarbeit anzuschirren. Er trug ein grün kariertes Baumwollhemd und eine Bundeswehrhose, hatte eine speckige Ledertasche für sein Vesperbrot umgehängt und pfiff eine Volksweise. Sein grauer Struppi sprang kläffend um ihn herum.

»Mann Gottes! Was ist denn mit dir passiert?« Heiner ließ die Arme sinken.

»Ich würde mich gern einen Moment hinlegen«, sagte Bruno, sich mit beiden Händen wie ein müder Hirte auf seinen Stecken stützend.

»Komm!« Heiner half Bruno über die Schwelle ins Haus. »Was hast du am Fuß?«

»Hundebiss«, konnte Bruno gerade noch sagen, dann wurde ihm schwarz vor Augen.

Als er wieder zu sich kam, erblickte er über sich Heiners entstelltes Gesicht, dessen heile Hälfte besorgt aussah. Er ließ sich von der Lagerstatt aufhelfen und nahm einen ordentlichen Schluck Schnaps aus der Flasche, die Heiner ihm hinhielt.

»Brrr. Selbst gebrannt? Ich denke, du trinkst keinen Alkohol?«

»Ich nehme ihn nur zum Einreiben. Dein Fuß sieht nicht gut aus, Frank.« Heiner hatte ihm die Socke ausgezogen und schüttelte eine Arzneiflasche mit orangeroter Flüssigkeit. »Das brennt jetzt ein bisschen. Ist aber keimtötend. Bist du gegen Wundstarrkrampf geimpft?«

»Weiß ich nicht.« Bei dem brennenden Schmerz verzog Bruno das Gesicht und kniff die Augenlider zusammen. »Mein Name ist übrigens nicht Frank, sondern Bruno. Bruno Schmidt. Und ich stecke bis zum Hals in der Scheiße.«

»Aha«, sagte Heiner weder überrascht noch enttäuscht und wickelte einen Verband um den verletzten Fuß. »Bruno Schmidt heißt du. Ich hab mir doch gleich gedacht, dass du kein Gewöhnlicher bist.«

»Ich weiß, dass man sich Freunde suchen sollte, bevor man sie braucht. Aber du musst mir helfen, Heiner. Ich bin nach Wulfsgruben gekommen, um eine Vergewaltigung aufzuklären und die Täter an Ort und Stelle zur Rechenschaft zu ziehen. Gottlieb Fronlöchner hat sich aufgehängt. Damit habe ich nichts zu tun. Und Rico Sperber – den habe ich gestern Nacht erschlagen.«

»Du hast was?« Heiner hieb sich klatschend auf den Oberschenkel.

»Ich weiß nicht, ob er wirklich tot ist, aber ich nehme es an.«

»Das darf doch nicht wahr sein, mein Gott, das darf doch nicht wahr sein!«, stieß Heiner immer wieder aus und lief in dem Zimmerchen auf und ab. Drei Schritte nach links, drei Schritte nach rechts, drei Schritte nach links, drei nach rechts.

Bruno, der sich Heiner Windenbickers Erregungszustand nicht erklären konnte und viel zu erschöpft war, um in abstrakten Zusammenhängen zu denken, betrachtete derweil die Einrichtung. Es gab kein Möbelstück, das nicht aus dem Wald kam, ausgenommen den Schwedenofen mit seinem langen Rohr. Die Liege, auf der er saß, war ein rohes Lattengestell mit Strohsack, der Tisch eine aufgebockte große Stammscheibe mit so vielen Jahresringen, dass der Baum schon dem Räuber Schinderhannes Schatten gespendet haben könnte. Auch die zwei Stühle und das Bücherregal, auf dem die deutsche Klassik aneinandergereiht war, waren erkennbar selbst gezimmert. Auf dem anderen Regal standen die Endprodukte von Heiners Schnitzkunst: ein paar Bambis, ein Pfeife rauchender Silberwaldförster, ein Wildschwein und eine Madonna. Sogar der Kerzenkronleuchter war ein Stück Natur, denn er war aus Hirschgeweihen zusammengesteckt.

Heiners unversehrte Gesichtshälfte war ein Spiegel der Verzweiflung.

»Warum regst du dich so auf?«, fragte Bruno. »War Rico Sperber dein Freund?«

»Wer hat dir gesagt, Sperber hätte die Shanta vergewaltigt?« Heiners Stimme zitterte ein wenig.

»Seine eigene Frau.«

»Seine Frau, ha!« Heiner lachte freudlos. »Du weißt, dass die einen Riss in der Schüssel hat?«

»Schon. Das heißt aber doch nicht, dass ... du meinst ... nun mach mich nicht verrückt, Heiner! Ich habe einen Mann erschlagen!« Bruno griff nach der Schnapsflasche.

»Es ist *meine* Schuld«, sagte Heiner gepresst, »alles ist meine Schuld.« Er sackte auf einen Stuhl. »Ich hätte die Wahrheit sagen sollen.«

»Dann tu's jetzt!«

»Lass mich nachdenken! Hinter dir ist jetzt alles her, was Beine hat, was? Du musst abhauen, Bruno! Aber mit diesem Fuß kommst du nicht weit.«

»Mein Auto steht im Hof der *Eintracht*. Dummerweise war heute Nacht das Tor zu, sonst wär ich schon über alle Berge.«

»Ich hole dir dein Auto.«

»Nein. Riskier's nicht. Bestimmt sind die Bullen schon da. Und dann hängst du mit drin«, sagte Bruno. »Und genau das möchte ich nicht.«

Ein kratzendes Geräusch an der Tür ließ Bruno hochfahren.

»Das ist Moses«, sagte Heiner.

Das Geräusch wiederholte sich und diesmal schaffte es Moses, die Türklinke herunterzudrücken. Der kleine Hund kam hereingetrippelt und setzte sich fiepend vor Heiner auf den Dielenboden.

»Sei nicht so ungeduldig! Wir gehen heute ein bisschen später ins Holz.« Heiner bückte sich, streichelte über den wuscheligen Hundekopf und sagte, zu Bruno aufschauend: »Er ist so dankbar. Vor zwei Jahren habe ich ihn aus dem Bach gefischt. Gerade noch rechtzeitig. Er steckte in einem Sack.«

»Moses lag wenigstens in einer Wiege«, sagte Bruno.

»In einem Schilfkörbchen«, korrigierte Heiner, kramte einen undefinierbaren Happen aus seiner Ledertasche und gab ihn Moses, der damit durch die halb offene Tür verschwand.

XVII. Kapitel

Ein Leben wie im Roman

Die Männer schwiegen eine Weile. Nur das verzweifelte Brummen einer dicken schwarzen Fliege war zu hören, die sich die Facettenaugen am Fensterglas blind klopfte.

»Ich habe eine Schuld abzutragen, mein Freund.« Heiner erhob sich wie unter einer schweren Last und schlurfte zum Bücherregal. »Du kannst mir einen Gefallen tun.«

Zwischen zwei Folianten zog er einen großen, braunen Umschlag hervor und legte ihn neben die Schnapsflasche auf den Tisch. »Das ist ein Roman.«

»Und?«, sagte Bruno.

»Den habe ich geschrieben. Unter Pseudonym. Leider gibt es keinen Verlag, der ein Buch daraus machen will. Ich habe fünfunddreißig Absagen gekriegt.«

»Ich wüsste nicht, wie ich dir da helfen könnte. Auf dem Gebiet kenne ich mich nicht aus.«

»Sei froh«, sagte Heiner, »es gibt mittlerweile mehr Leute, die Bücher schreiben, als solche, die Bücher lesen. Da kommt Frust auf. Bei allen Beteiligten.«

Aus dem Umschlag zog er ein Manuskriptbündel, das aussah, als hätten nacheinander fünfunddreißig Lektoren darauf gefrühstückt. Auf dem obersten Blatt stand, rot unterstrichen, in blasser Schreibmaschinenschrift: *Aus dem Leben eines Außenseiters.* Darunter: *Ein Roman von Rainer Wulfsgruber.*

»Den soll ich jetzt lesen?«, fragte Bruno erstaunt.

»Nur eine Seite«, sagte Heiner. »Aber erst, wenn ich weg bin. Es ist die Seite 48.«

»Wie du meinst«, sagte Bruno. »Aber ich sag's noch mal: Du hast genug für mich getan. Es passt mir nicht, dass du dich meinetwegen noch mehr aus dem Fenster hängst – es sei denn, ich darf dich dafür bezahlen.«

»Geld!« Heiner schnaubte verächtlich.

»Entweder man hat es oder man braucht es«, sagte Bruno.

»Man kann sich auch die Hände daran schmutzig machen.«

»Ich weiß«, sagte Bruno.

»Was ich dich letztes Mal schon fragen wollte ...« Heiner kratzte sich am Kopf. »Dass du kein Bulle bist, hab ich irgendwie gespürt. Für wen arbeitest du eigentlich?«

»Ein Privatdetektiv spricht nicht über seine Auftraggeber.«

»Verstehe.«

»Aber ich kann mir vorstellen, dass du ein Dankeschön bekommen wirst, wenn das alles hier vorbei ist. Auch wenn du auf Geld keinen Wert legst.«

Heiner bedachte Bruno mit einem tiefsinnigen Blick.

»Ein Dankeschön«, wiederholte er und wandte sich zur Tür. »Ich werde zuerst die Pferde ausschirren, dann geh ich dein Auto holen. Gib mir den Schlüssel.«

»Der Schlüssel! Verdammt!« Bruno suchte hektisch in seiner Hosentasche und atmete auf, als er den Autoschlüssel in der Hand hielt. »Wenn das Tor immer noch zu sein sollte, wendest du dich an Silvi. Sie ist die Einzige, der man vertrauen kann.«

»Dieser Schickse vertrauen? Sie war Ricos Betthase.«

»Was heißt, sie *war* Ricos Betthase?«

»Hast du nicht gesagt, dass du ihn erschlagen hast?«

»Ja, zum Teufel. Ich fürchte, dass es so ist.«

»Und trotzdem soll ich seiner Matratze vertrauen?«

»Silvi hat mir schon einmal sehr geholfen. Sie wird's auch noch mal tun. Davon bin ich überzeugt.«

»Na dann«, sagte Heiner im Gehen, »die Erbauer der Titanic waren auch überzeugt von ihrer Unsinkbarkeit.«

Schon draußen, öffnete er die Tür noch einmal.

»Zirka eine halbe Stunde werd ich brauchen. Mindestens. Mach's dir bequem und lies brav das Manuskript! Wenigstens die Seite 48! Eine zweite Chance dazu wird's nicht geben. Tschö.«

»Ja, ja, mach ich«, murmelte Bruno hinter ihm her.

Während draußen Heiners Stimme auf die Pferde einbrummelte und Moses hell dazwischenkläffte, zog Bruno das Manuskriptbündel zu sich heran, bog es und ließ es am Daumen vorbeifächern. Es umfasste über hundert Seiten. Die Blätter waren eng mit einer Schreibmaschine vollgetippt, deren Buchstabe G nach oben, das H nach unten sprang. Zum Schluss hin gab das Farbband kaum noch etwas her.

Eigentlich war er viel zu müde für eine Lektüre, außerdem waren seine Gedanken zu sehr mit der Gegenwart und ihren Turbulenzen beschäftigt. Aber er hatte es versprochen. Seufzend schaute er auf das Deckblatt mit den Eselsohren und den Abdrücken von Kaffeetassen.

Aus dem Leben eines Außenseiters. Ein Roman von Rainer Wulfsgruber.

Bruno blätterte um und las den ersten Absatz.

Es ist gut, dass Sie Sebastian nicht sehen können. Er ist so hässlich, dass Sie schockiert wären. In den Spiegel schaut Sebastian nur, wenn es unbedingt sein muss. Dann dreht er seinen Kopf so, dass er nur die rechte Hälfte seines Gesichts sieht. Die ist in Ordnung. Sie sagt Sebastian, wie er aussähe, wenn es die andere Seite seines Gesichts noch gäbe. Und manchmal, wenn er die gute Seite seines Gesichts betrach-

tet, träumt er davon, wie sein Leben sein könnte. Er dürfte lieben. Er würde geliebt werden. Doch eine leichte Drehung seines Kopfes genügt, dann ist der Traum vorbei. Sebastian muss sich damit abfinden, dass er keinem großen Glück mehr begegnen wird.

»Das ist kein Roman, mein Lieber. Du schreibst dir dein beschissenes Leben von der Seele«, murmelte Bruno und begann sich absatzweise quer durch das Manuskript zu lesen.

In der Schule nannten sie ihn »Triefauge«. Sebastians Augenlid hing herab wie ein roter Lappen. Es brannte bei jedem Staubkörnchen und wurde nie trocken. Ansonsten ließen die Kinder Sebastian in Ruhe. Nicht einmal raufen wollten die Jungs mit ihm. Sich mit einem Entstellten zu messen, hätte keine Ehre gebracht. Eines Tages ließ der Pfarrer Sebastian zu sich kommen und fragte: »Möchtest du dein Leben dem Herrn widmen, mein Sohn?«

Es stieß etwas gegen die Tür. Bruno erschrak und ärgerte sich im selben Augenblick über sich selbst, denn er kannte das Geräusch. Moses ante portas! Diesmal klappte es erst beim dritten Versuch. Der struppige Geselle drückte die Tür auf, setzte sich vor Bruno hin und schaute ihn an, ein Ohr gespitzt, das andere geknickt. Bruno kraulte ihn am Hals und hinter den Ohren und blätterte weiter.

Durch die Träume seiner Kindheit liefen Bestien. Schattenhaft. Trotz verzweifelter Anstrengung kam Sebastian nicht von der Stelle. Im Traum war sein Gesicht noch heil und glatt. Er wollte es nicht verlieren. Auf dem Siedepunkt der Not riss ihn jedes Mal sein eigener Schrei aus dem Nachtmahr. Dann saß er aufrecht im Bett. Schweißgebadet. Mit irrem Blick in die Dunkelheit seiner Kammer.

»Armer Kerl«, sagte Bruno und empfand ohnmächtigen Zorn gegen Adolf Brutscher, der offenbar nur auf der Welt war, um Unheil anzurichten und diesen genetischen Webfehler an seinen Sohn weitergegeben hatte.

Er wählte eine andere Textstelle.

Mit achtzehn beschloss Sebastian, sein Leben zu beenden. Ein Mädchen mit schwarzem Haar hatte sich in seine Gedanken geschlichen. Wenn er sie sah, versteckte er sich. In die Bretter eines Schuppens an der Dorfstraße hatte er ein Guckloch gebohrt. Stundenlang wartete er in dem Verschlag. Wenn sie die Straße entlangkam, raste sein Herz. Durch das kleine Loch starrte er sie an, so lange er sie sehen konnte. Dann war sein Verlangen so riesig, dass es wehtat.

In der Nacht vor dem entscheidenden Tag hatte Sebastian Verbotenes geträumt. Er hatte das Laken von sich weggeschoben. Sie war bei ihm. Ganz nah. Sie küsste ihn. Sie streichelte ihn. Sein Begehren wuchs. Ihre langen Haare glitten über seinen Körper. Über sein Geschlecht. Sebastian stöhnte, bis der Schmerz ihn aus dem Traum riss. Zwischen seinen Schenkeln war etwas Lebendiges eingeklemmt. Es zappelte und quietschte. Sebastian schrie. Er fand den Schalter der Nachttischlampe nicht. Das Tier sprang an die Gardine. Es hatte einen langen Schwanz. Dann biss die Ratte sich durch die Gardine. Sie entkam durch das offene Fenster. Sebastian betrachtete sein Glied. Über der großen Ader stand ein dicker Blutstropfen.

»Pfui Spinne! Fellatio mit einer Ratte!« Bruno schüttelte sich. Hatte Heiner diesen Horror erfunden oder tatsächlich erlebt? Bruno würde ihn irgendwann danach fragen, das stand fest.

Und wer war das Mädchen mit den langen, schwarzen Haaren? Es konnte nur die eine sein! Bruno war hellwach. Auf welche Seite hatte Heiner ihn besonders hingewiesen? 48? Bruno blätterte hektisch. Da knurrte Moses und lief mit gesträubtem Nackenhaar zur Tür.

Unruhe beschlich Bruno. Auf einem Bein hüpfte er zum Fenster, doch da war nichts außer einem friedlichen, strahlenden Morgen. Eine Elster hüpfte über das Wellblechdach des Pferdestalls.

»Mach die Gäule nicht scheu, Moses! Kein Feind in Sicht.«

Doch der Kleine ließ das Grollen nicht. Langsam und steifbeinig schritt er durch den Türspalt einem unsichtbaren Gegner entgegen. Bruno hatte kein gutes Gefühl. Da draußen musste etwas sein, was von den scharfen Sinnen des Hundes erfasst wurde und ihn in höchste Alarmstimmung versetzte. Bruno blickte sich nach einer Waffe um. Er sah kein Gewehr, kein Messer, einfach nichts, womit man einer feindseligen Kreatur hätte den Garaus machen können. Am brauchbarsten schien ihm zu diesem Zweck die Madonna zu sein. Er packte sie am Kopf und folgte Moses ins Freie. Am ganzen Körper zitternd, ob vor Angst oder vor Wut, stand der kleine Hund neben dem Pferdestall und knurrte und drohte in einer Tonart, als brächte er anderthalb Zentner auf die Waage. Plötzlich verließ ihn der Mut. Er machte kehrt und suchte belfernd Schutz hinter Brunos Kniekehlen. Der Grund für die Frontbegradigung ließ nicht lange auf sich warten: An der Ecke des Pferdestalls tauchte der Quadratschädel eines Rottweilers auf. Das breite Maskengesicht signalisierte Verdruss. Bruno sah gleich, dass es einer der Brutscher-Rottweiler war. Ob Röhm oder Himmler – bösartig waren sie beide.

Die Madonna fest im Griff, blieb Bruno unbeweglich stehen, derweil seine Augen die nähere Umgebung nach einem wirkungsvolleren Verteidigungsmittel absuchten. An der Stallwand lehnte ein Spaten. Als der Rottweiler auf fünf Meter heran war, warf Bruno die Jungfrau. Sie traf den verdutzten Brutscher-Schergen an den Rippen, und mit einem Jaulton, der ganz und gar nicht zu seiner Athletik passte, gab der Rüde Fersengeld. Moses fegte giftig hinter ihm her.

»Maria hat geholfen«, sagte Bruno erleichtert und holte sich den Spaten, um nötigenfalls auch den zweiten Rottweiler von der Walstatt zu jagen.

Moses kehrte zurück, hechelnd und siegesstolz.

»Das hast du großartig gemacht!« Bruno tätschelte ihn und schloss aus seinem Verhalten, dass kein weiterer Eindringling in der Nähe war.

Beruhigt indes war er keinesfalls, und als er in die Stube zurückgehen wollte, hörte er das Rufen aus dem Wiesental: »Aaarrkaaan!« Der Brutscher-Clan war auf der Suche nach dem verschollenen Hund.

»Komm mit, Moses!« Bruno humpelte ins Haus und schloss die Tür ab.

Seine Furcht vor scharfen Zähnen und bedingungsloser tierischer Aggression, diese dem Menschen genetisch eingegebene Urangst, war nun sehr gemildert. Sein Puls ging ruhig. Obwohl sein Fuß wehtat, fühlte Bruno sich gut. Zweimal hatte er gegen die großen Hunde gekämpft, zweimal hatte er sich behauptet. Nicht ohne Blessur – aber er hatte es geschafft. In einem Anfall von Euphorie hob er Moses hoch und drückte ihn an sich.

»Wir sind schon zwei Helden, was?«

Moses schien gleicher Meinung zu sein und leckte ihm das Gesicht. Erst als der Hund zu zappeln anfing, ließ Bruno ihn herunter und widmete sich wieder dem Roman, der allem Anschein nach ein Tatsachenbericht war. Er schlug die Seite 48 auf.

Sebastian zog ein frisches Hemd an und seine beste Hose. Mit einer roten Kordel band er alle Briefe zusammen, die er an das Mädchen geschrieben hatte. Er hatte sie nicht abgeschickt.

Sebastian bereitete sich aufs Sterben vor. Er tat es ohne Kummer. Sein Leben war einsam. Freudlos. Lieblos.

Aber er war römisch-katholisch erzogen. Selbstmord war eine Todsünde. Und eine Todsünde stellte die Erlösung in Frage. Deshalb klammerte Sebastian sich an die Gottesmutter. Sie strafte nicht. Von ihr gingen Sanftheit und Güte aus.

»Nicht für Röhm und Himmler«, murmelte Bruno.

Sebastian steckte die Briefe ein und ging in die Kirche. Vor der Marienstatue kniete er nieder. Er betete inbrünstig. Das gab ihm Ruhe und Kraft.

Mit dem Bus fuhr er in die Kreisstadt. An der ersten Haltestelle stieg er aus. Er ging ein Stück zurück, bis er eine Stelle fand, an der er den Bahndamm erreichen konnte. Stadtauswärts wanderte er über die Gleise. Dabei stellte er sich vor, wie es wäre, wenn er sich vom Zug überfahren ließe. Als kleiner Junge hatte er eine Münze auf die Schienen gelegt. Nachdem der Zug über sie gefahren war, hatte er sie im Schotter wiedergefunden. Sie war als Geldstück nicht mehr zu erkennen gewesen.

Sebastian bekam es mit der Angst. Er hätte sich vorher betrinken sollen! Bei klarem Verstand war es unmöglich, so etwas zu tun. Er war ein Feigling!

Verzweifelt warf er sich zu Boden. Er legte seinen Hals auf das blanke Eisen. Sein Blick ging über den Schienenstrang bis zum Horizont. Bald darauf drang ein Summton an sein Ohr. Leise. Das Eisen sang. Es kam ein Zug. Aber Sebastian konnte ihn nicht sehen. Er fragte sich, warum er den Zug nicht sehen konnte.

Die Gleise wuchsen in der Ferne zu einem Punkt zusammen. Das Eisen sang lauter. Im allerletzten Moment erkannte Sebastian, dass er in die falsche Richtung geblickt hatte. Er riss seinen Kopf zurück. Er kugelte die Böschung hinunter. Über ihm ratterte der Zug vorbei.

»Heiner, Heiner«, murmelte Bruno verständnislos, »warum tust du mir das an? Warum ist es dir so wichtig, dass ich in den Abgrund deines Lebens blicke?«

Er vergewisserte sich, ob er nicht die falsche Seite erwischt hatte. Nein, es war die 48, die allerdings so dicht beschrieben war, dass er erst bei der Hälfte war. Er las weiter.

Den Tag verbrachte Sebastian ziellos. Er kam sich minderwertiger vor denn je. Du taugst nicht zum Leben und nicht zum Sterben, redete er sich ein. Sein Inneres war versteinert. In diesem Zustand fuhr er in sein Dorf zurück. Es war später Nachmittag. Er wusste nicht, wohin er gehen und was er tun sollte. Eine Viertelstunde vom Dorf entfernt gab es einen Badeteich. Dorthin zog es ihn. Hier war das Leben am lautesten. Seine Gedanken kreisten immer noch um den Tod.

Weil Sebastian niemandem begegnen wollte, ging er durch den Wald. Er war schon oft am Badeteich gewesen. Immer heimlich. Versteckt hinter einem Busch hatte er die ausgelassenen Menschen betrachtet.

Im Wald erblickte er das schwarzhaarige Mädchen. Sie ging ein Stück vor ihm und bemerkte ihn nicht. Ihre weiße Bluse leuchtete durch das Grün. Sebastian hielt vorsichtig Abstand zu der Schönen. Seine Seele und sein Körper schrien nach ihr.

Auf einer Lichtung breitete sie ihr Handtuch über einen Baumstumpf und setzte sich darauf. In der Hand hielt sie ihren Badeanzug. Sie wollte sich umziehen.

Sebastian saß im Unterholz. Er biss sich die Lippen blutig.

Da hörte er hinter sich flüsternde Stimmen. Er duckte sich tief zwischen die Farnwedel. Die Flüsterstimmen kamen näher.

»Da vorn sitzt sie.«

Einer stand so dicht neben Sebastian, dass er ihm fast auf die Hand getreten wäre.

»Holt sie! Aber es wird nur gemacht, was ich sage!« Diese Stimme war anders. Ein Mädchen?

Dann entfernten sich Schritte und Stimmen. Leise wie die von Indianern.

Sebastian hob den Kopf. Das schwarzhaarige Mädchen saß noch auf dem Baumstumpf. Nachdenklich. Dann flog etwas. Ein Stein oder ein Ast. Das Mädchen erschrak. Sie blickte auf den Schlehenbusch vor sich.

Hinter ihr tauchten drei Gestalten auf.

Zuerst ein stämmiger Kerl. Sebastian kannte und fürchtete ihn. Nennen wir ihn Udo. Er fiel hinterrücks über das Mädchen her. Umklammerte sie. Dann kam sein dicker Kumpan. Nennen wir ihn Gottfried. Er zog ihr einen Sack über den Kopf.

Die Überfallene strampelte. Sie verlor ihre Sandalen. Der Sack dämpfte ihre Schreie. Die beiden Burschen schleppten sie von der Lichtung in den Wald. Auf den Ellbogen robbte Sebastian hinterher. Unter einem Baum stand ein Mädchen mit einer spitzen Nase. Nennen wir sie Iris. Sie gab Anweisungen per Handzeichen. Sebastian kannte das Mädchen. Sie war die Tochter aus dem angesehensten Haus des Dorfes.

Seite 48 war zu Ende. Bruno blickte zur rauchgeschwärzten Decke.

»Was bin ich für ein Idiot!«, sagte er. »Rico hatte mit der Sache gar nichts zu tun. Ira, du verdammtes Luder, du hast deine Eifersucht abreagiert!«

Er ballte die Faust.

»Du geisteskrankes Biest, du gottverdammtes! Ich werde dich hinter Gitter bringen!«

Moses knurrte.

»Aaarrkaaan!« Der Ruf kam von ganz nahe.

»Psst! Sei still, Moses!« Da kein Vorhang am Fenster war, drückte Bruno sich in die Ecke des Zimmers, so dass er von außen durchs Fenster nicht gesehen werden konnte. Wie diese Brutscher-Bagage ihn nervte! Aber Bruno durfte nichts mehr riskieren. Seine Stimmung war so miserabel wie seine Lage. Er konnte bloß hoffen, dass Heiner nicht just in dem Moment mit dem gelben Kangoo vorfuhr, wenn ein Brutscher in der Nähe war.

Bruno atmete schwer. Er hatte seinen Auftrag vor die Wand gefahren, hatte sich nach dem Stand der Dinge eines Totschlags schuldig gemacht und konnte nur noch sein Heil in der Flucht suchen. Und die musste gelingen, sonst würde er dieses abgeschiedene Hunsrückdorf nicht lebend verlassen. Er zweifelte keine Sekunde daran, dass man ihn lynchen würde.

»Komm her, Moses, komm zu mir!« Er ging in die Hocke und hielt den Hund fest.

Jemand machte sich am Pferdestall zu schaffen. Bruno hörte, dass die Tür geöffnet und wieder geschlossen wurde. Bald darauf erschien ein Gesicht am Fenster. Uwe Brutscher hielt seine verbundene Hand an das verstaubte Glas und schaute ins Zimmer.

»Windenbicker, bist du da?«

»Scheißkerl«, flüsterte Bruno und hielt Moses den Fang zu.

Als Brutscher am Türgriff rüttelte, war Moses kaum noch zu halten. Bruno brach der Schweiß aus. Er atmete stoßweise. Doch auch dieser Albtraum ging vorüber. Nachdem fünf Minuten lang nichts geschehen war und auch Moses wieder zum Gleichmut zurückgefunden hatte, richtete Bruno sich aus der unbequemen Hockstellung auf und humpelte zum Tisch, auf dem das Manuskript lag. Mit Seite 48, so aufschlussreich sie auch war, gab er sich nicht zufrieden. Die Frage, warum Heiner alias Sebastian nicht in das Geschehen eingegriffen hatte, warum er Shanta nicht vor der Vergewaltigung bewahrt hatte, wollte er, musste er beantwortet wissen. Doch Seite 49 fehlte, ebenso Seite 50. Und auf Seite 51 befasste sich der Autor bereits mit einem anderen Kapitel, nämlich seiner Zeit im Priesterseminar.

»So nicht, Heiner!«, sagte Bruno. »Nicht mit einem Detektiv!«

Sein Blick glitt übers Bücherregal. Nur die beiden Folianten, zwischen die Bruno den Umschlag gesteckt hatte, konnten ein ungefaltetes DIN-A4-Blatt aufnehmen. Gleich der erste Versuch war ein Treffer. Bruno schüttelte den Wälzer über Holzwirtschaft auf – und heraus fielen die Manuskriptblätter 49 und 50.

Die Rädelsführerin gab einen Wink. Daraufhin rissen die beiden Kerle ihrem Opfer die Kleider vom Leib. Sie warfen es auf den Waldboden. Das Mädchen bäumte sich auf.

Sebastian grub sein Gesicht in die Erde. Als er wieder hinschaute, sah er, dass das Mädchen ganz nackt war. Er hatte noch nie ein nacktes Mädchen gesehen.

Gottfried hielt sie an den Händen, Udo an den Füßen. Iris hatte eine Tasche umhängen. Alles war geplant. Sie holte Holzpflöcke heraus, Schnüre und einen Fäustel. Gemeinsam pflockten sie das Mädchen x-förmig am Boden fest.

Der dicke Gottfried zog seine Hose herunter. Er kroch auf allen vieren um sie herum. Sebastian sah seinen steifen Zipfel. Gottfried legte sich auf das Mädchen. Er rieb sich an ihrem Schenkel. Wie ein Eber. Dann wollte er mehr. Aber Iris griff ihm in den Hemdkragen und zog ihn zurück. Sie nahm einen großen Kunststoffpenis aus ihrer Tasche. Damit spielte sie zwischen den Beinen des Mädchens. Udo stand etwas abseits. Er onanierte. Iris spielte an dem Mädchen. Dann stieß sie ihr den Dildo in den Leib. Immer und immer wieder. Ihr Gesicht wurde dabei immer wütender und verzerrter. Udo war mit Onanieren fertig. Er packte Iris unter den Achseln und zog sie fort. Alle drei liefen in den Wald. Gottfried kehrte noch einmal zurück. Sie hatten den Fäustel vergessen. Gottfrieds Hose hatte eine Beule. Aus dem Wald kam ein lauter Pfiff. Gottfried rannte wieder zu den anderen.

Sebastian blieb noch eine Weile reglos liegen. Vor Aufregung hatte er sich vollgepisst. Warum hatte er dem Mädchen nicht geholfen? Schuldgefühle hatte er nicht. Dafür war sein Ego zu kleingetrampelt. Er war ein Außenseiter. Ein Ungeliebter. Ein Verspotteter. Er war für nichts verantwortlich.

»O Heiner, Heiner«, seufzte Bruno, »musst du mich so enttäuschen? Ausgerechnet du? Du bist doch ganz anders!«

Doch es sollte noch schlimmer kommen.

Sebastian schlich zu der Gefesselten. Sie rührte sich nicht. Er befürchtete, sie könnte tot sein. Er betrachtete sie voller Staunen. Es war ein atemberaubender Anblick. Die Schönheit ihres dargebotenen Körpers war unbeschreiblich. Sebastian kniete sich neben sie. Ihre Bauchdecke hob und senkte sich leicht. Sie atmete. Er streckte seine Hand aus, um ihr Gesicht vom Sack zu befreien. Doch er zog sie wieder zurück. Wenn sie ihn sehen würde, würde sie erschrecken. Und dieser einzigartige Augenblick wäre verloren. Eine Minute noch! Er betrachtete sie von den Zehen bis zu den Schultern. Er brannte den Anblick in sein Gedächtnis ein. Für immer. Unauslöschlich.

Er sog den süßen Duft ihres Körpers ein. Ob er sie berühren sollte? Er tat es mit den Fingerkuppen. Sachte betastete er ihren Bauch. Er ließ seine Finger um ihren Nabel herum wandern. Eine Haut wie Samt! Die Schöne und das Biest.

Dass sie bewusstlos war, verdrängte er. Es war ein Spiel. Sie hatte ihr Gesicht versteckt. Ein schönes Spiel.

Er berührte sie an der Brust. Seine Hand glitt über ihre Taille. Zärtlich. Über ihre Hüfte. Über die Außenseite ihres Oberschenkels. Am Knie wendete die Hand und kam auf der Innenseite zurück. Sie berührte die zarten, schwarzen Härchen ihrer Scham.

Sebastian beugte sich über sie. Es war ein fremder, dunkler Geruch, der zwischen ihren Beinen aufstieg. Dieser Geruch ließ ihn alles vergessen. Er leckte an ihrer Haut. Sie schmeckte leicht salzig. Er leckte ihren Bauch und ihre Brüste. Ein Sinnenrausch. In so vielen Nächten ersehnt. Frei und ohne Scham. Ohne sein Gesicht zu verbergen. Sternstunde einer sinnlosen Jugend. Für diesen einen Augenblick hatte sich das Warten gelohnt. Und die Sehnsucht. Und die Einsamkeit.

Alles, was gewesen war, war unwesentlich. Alles, was noch kommen sollte, war unwesentlich. Es gab nur diesen Augenblick. Wie im Traum streifte er seine Hose ab. Er drang ein in die Wärme des Lebens. Er ejakulierte sofort.

Sekundengleich zerstob der Traum. Sebastian hatte ein Verbrechen begangen.

Bruno bedeckte seine Augen mit der Hand. Er sah Shanta Berlinger, wie sie vor ihm im Boot kauerte, und hatte ihre matte Stimme im Ohr: »Als ich wieder zu mir kam, hatte ein Junge aus dem Dorf mich losgebunden. Er war nicht minder verstört als ich. Er half mir, meine Sachen zusammenzusuchen. Ich schleppte mich nach Hause. Ich blutete. Mein Unterleib brannte wie Feuer.«

Moses meldete sich mit einem kurzen »Wuff«. Bruno lauschte und erkannte das Motorengeräusch seines Kangoo. Es klang hochtourig. Bruno humpelte nach draußen. Sein gelbes Allzweckauto kam über den Pfad geschaukelt. Mit zusammengekniffenen Augen erspähte Bruno zwei Köpfe hinter der Windschutzscheibe.

»Scheiße«, zischte er, »das Schwein hat mich gelinkt.«

Ungeachtet des Schmerzes, der in seinem Fuß wütete, lief er, so schnell es ging, zum Pferdestall. Moses umsprang ihn bellend. Bruno ergriff den Spaten und hüpfte, ihn als Krücke benutzend, auf den Waldrand zu. Die Autohupe ertönte. Als Bruno sich umwandte, flammten die Scheinwerfer auf und ein schlanker Arm winkte aus dem Fahrerfenster. Misstrauisch blieb Bruno stehen. Der Kangoo hielt. An der Seite war er über und über mit Blut bespritzt. Silvi sprang heraus.

»He, was is los?«, rief sie.

Moses raste auf Heiner zu und schnellte hell belfernd an ihm hoch, als wäre er wochenlang fort gewesen. Mit einem mürrischen Gesicht versuchte Bruno seine Verlegenheit zu überspielen. Er hasste sich, wenn er überreagierte. Silvi lief ihm entgegen, um ihn zu stützen.

»Danke, es geht schon«, erwehrte Bruno sich ihrer Fürsorge.

Doch Silvi ließ sich nicht abweisen. Sie stach den Spaten in die Erde und fasste Bruno um die Hüfte.

»Komm! Deine Sachen liegen im Auto. Wir können sofort los.«

»Wir?« Bruno blieb stehen.

»Ich komme mit«, sagte Silvi bestimmt, »und wie's aussieht, geht's auch nich ohne mich. Ich fahre. Egal wohin.« Sie zupfte an ihrem schwarzen Top, dessen Spaghettiträger ihr über die Schulter gerutscht war. »Nun guck mich nich an wie 'n Auto. Ich wollt sowieso abhauen.«

»Was ist mit Rico? Ist er tot?«

»Nö, sieht nich so aus. Aber 'n Schädelbruch hat er. Ziemlich heavy.«

»Ist er zu sich gekommen?«

»Ja, aber erst im Krankenhaus. Is wohl 'ne komplizierte Sache.«

Heiner hockte neben der offenen Autotür und streichelte den Hund. Er schien auf etwas zu warten, vermied aber den Blickkontakt zu Bruno.

»Du hast es spannend gemacht mit deiner Beichte«, sagte Bruno. »Die Seiten 49 und 50 hast du so versteckt, dass ich fast drüber gestolpert bin. Pack ein paar Sachen ein. Du kommst mit!«

»Ich kann die Tiere nicht allein lassen«, sagte Heiner, ohne den Kopf zu heben.

»Lass die Pferde frei. Es wird sich schon jemand um sie kümmern.«

»Wie stellst du dir das vor? Und wohin soll ich mitkommen? Zur Polizei?«

»Darüber entscheide nicht ich. Ich werde dich bei meiner Auftraggeberin abliefern. Das ist alles.«

»Und deine Auftraggeberin ist …?«

»Es wird dich kaum überraschen. Sie heißt Shanta Berlinger, Mädchenname Saiti.«

Heiners Körperhaltung war die eines geprügelten Hundes.

»Weißt du, dass ich mein ganzes Leben darauf gewartet habe, dass dieser Augenblick kommt? Und jetzt, wo er da ist, habe ich Angst.«

»Sollte ich Mitleid mit dir haben?«, sagte Bruno kalt. »Du Lügner.«

»Ich habe dich nicht belogen. Ich habe dir nur etwas verschwiegen. Aber vielleicht bin ich schlimmer als ein Lügner. Ich habe die Wahrheit zu lange vor mir selbst verleugnet.«

»Wir müssen los, Frank! Magda hat heut früh mit den Bullen telefoniert.« Silvi trommelte mit den Fingern aufs Autodach.

»Ich komme mit«, sagte Heiner. »Wartet einen Moment.«

Bruno blickte ihm mit gemischten Gefühlen hinterher. Sollte Heiner es sich doch noch anders überlegen, waren Brunos Möglichkeiten, ihn umzustimmen, äußerst beschränkt. Die Bisswunde machte ihm zu schaffen. Und die Zeit drängte.

Heiner verschwand für ein paar Minuten im Stall, dann eilte er ins Haus und kam bald darauf mit einer abgewetzten Hebammentasche aus braunem Leder heraus.

»Gib mir den Roman«, sagte Bruno.

»Ist da drin.« Heiner deutete auf seine Tasche.

»Ich fahre«, sagte Silvi. »Setz du dich hinten hin, Frank. Da kannste dein Bein hochlegen.«

Moses saß als Erster im Auto.

»Darf er mit?«, fragte Heiner.

»Nichts dagegen«, sagte Bruno.

»Auf geht's, Männer«, sagte Silvi, »ich weiß zwar nich wohin, aber ich will die Erste sein!«

Der Kangoo ruckelte und schaukelte über den Pfad, der nicht für Autos angelegt war. Vor der Einmündung in die Dorfstraße standen breitbeinig und mit erhobenen Köpfen Röhm und Himmler. Silvi hupte und sie sprangen zur Seite. Von rechts rückte Adolf Brutscher ins Bild. Mit ausgebreiteten Armen stellte er sich mitten auf den Pfad.

»Halt! Stehen bleiben! Polizei!« Er böllerte die Worte heraus.

Silvi nahm den Fuß vom Gas und rollte langsam auf den pensionierten Ordnungshüter zu, der aussah, als stünde er vor einem Schlaganfall. Die Haare, die er üblicherweise von links nach rechts über seinen kahlen Schädel kämmte, hatten ihren gesprayten Halt verloren und hingen ihm in einer grotesk langen Strähne seitlich am Kopf herunter. Als es ihm dämmerte, dass Silvi eher ins Kloster ginge, als das Auto zu stoppen, klappte fassungslos die Kinnlade seines Karpfenmauls herunter. Mit den Händen auf die Motorhaube gestützt, wurde er langsam durch die Landschaft geschoben, wobei er unentwegt larmoyante Laute von sich gab. Als Silvi bremste, fiel er zu Boden.

»Den konnt ich noch nie ab«, sagte Silvi und gab Gas.

Adolf Brutscher lag auf den Knien und verfolgte den Kangoo mit fassungslosem Blick.

»Jetzt prägt er sich die Nummer ein, der blöde Sack.« Bruno grinste aus dem Heckfenster. »Aber die ist leider so echt wie das Geburtsdatum einer Diva.«

Unbehelligt kamen sie aus dem Dorf heraus. An dem durchschossenen Hinweisschild vor der Landstraße stoppte Silvi.

»Links oder rechts?«

»Links«, sagte Bruno, »Richtung Hunsrückhöhenstraße. Und dann weiter auf die Autobahn Richtung Saarbrücken.«

Auf der schmalen Landstraße, unweit der Stelle, wo Bruno den Kangoo in den Graben gesetzt hatte, kam ihnen ein Polizeiauto mit Blaulicht und Martinshorn entgegen. Bruno duckte sich.

»Das is wegen dir, Frank«, sagte Silvi und kicherte, »Mann, find ich das geil!«

»Fahr bitte in den nächsten Waldweg. Ich muss die Nummernschilder wechseln«, sagte Bruno.

»Da vorn ist einer«, sagte Heiner. »Gib mir die Schilder und einen Schraubendreher. Ich mach das schon, Bruno.«

»Ich würd ja schon gern wissen, was da läuft«, sagte Silvi, während Heiner am Auto schraubte. »Zum Beispiel: Warum schleppen wir den Windenbicker mit und wieso nennt er dich Bruno?«

»Weil ich so heiße. Frank Gomski war nur ein Deckname.«

»Irgendwie krieg ich das Ganze nich gebacken«, sagte Silvi.

»Warte, bis wir aus der Gefahrenzone raus sind. Dann erklär ich's dir.«

»Am liebsten wär ich mit dir allein«, sagte Silvi, »so wie Bonnie and Clyde.«

Sie drehte den Kopf, pustete gegen ihren roten Pony und summte die Filmmelodie. Ihre grünen Augen sprühten vor Abenteuerlust.

»Der Film geht aber nicht gut aus«, sagte Bruno.

»Besser kurz und spannend leben als lang und langweilig, findest du nich?«

»So was Ähnliches hat der Wolfsforscher Werner Freund mal im Fernsehen gesagt: ›Lieber vierzig Jahre lang leben wie ein Wolf als achtzig wie ein Schaf.‹ Als er das sagte, war er freilich selber schon stramm über sechzig.«

»Nimm mich nich aufn Arm, Gringo, sonst box ich dich!«

»Nicht doch, man schlägt keine alten Männer«, sagte Bruno. »Wie ist eigentlich der Kampf zwischen Tyson und den Wölfen ausgegangen?«

»O je«, sagte Silvi, »alle drei war'n hinüber. Das sah vielleicht aus, ein Schlachtfeld, sag ich dir. Ich konnt gar nich hingucken. Das Blut an deinem Auto is von den Viechern.«

»Wegen Rico brauche ich mir eigentlich keine Vorwürfe zu machen. Er ist ein gottverdammter Sadist.«

»Hast du ihn …? Ich hab's mir schon gedacht«, sagte Silvi.

Heiner war mit dem Kennzeichenwechsel fertig.

»Halten wir mal kurz an einer Telefonzelle?«, fragte er.

»Mann, wir kommen hier nich weg«, motzte Silvi.

»Wenn ich länger wegbleibe, müsste jemand nach meinen Pferden schauen. Ich kenne einen beim Forstamt.«

»Hinten steht meine Tasche. Da is 'n Handy drin. Kannste benutzen«, sagte Silvi.

»Aber bitte hier an Ort und Stelle«, sagte Bruno, dem Heiners lammfromme Ergebenheit in sein Schicksal nicht ganz geheuer war.

Offenbar hatte Heiner noch nie ein Handy in der Hand gehabt. Silvi erklärte es ihm. Mit gespitzten Ohren hörte Bruno, wie Heiner mit einem gewissen Kuno telefonierte – »Nein, ich weiß noch nicht, wann ich wieder da bin. Ich soll gründlich untersucht werden.« – und ihm Pflegeanleitungen für Lisa und Rosa gab.

»Fertig«, sagte Heiner und gab das Handy zurück, »jetzt bin ich bereit.«

Silvi fuhr wie eine Gangsterbraut. Sie flitzten über die Hunsrückhöhenstraße und wechselten bei Hermeskeil auf die Autobahn. Bis kurz vor Saarbrücken sprach niemand ein Wort.

»Nichts gegen eure Geheimniskrämerei, aber ich müsste

langsam wissen, wo's lang geht«, sagte Silvi. »Außerdem hab ich tierisch Hunger.«

Bruno schaute auf seine Uhr. Es war Mittag.

»Nimm die nächste Raststätte. Ich lade euch ein.«

»Ich kann die Dinger nich ausstehn«, sagte Silvi. »Ich fahr vom Highway runter und besorg uns was.«

Auf einem Parkplatz in einer lauten, stil- und lückenlos zusammengebauten Vorstadt Saarbrückens trennten sie sich. Silvi ging auf Nahrungssuche, Heiner blieb wortkarg und mit versteinerter Miene im Auto sitzen und Bruno kramte in seinem Seesack nach dem Handy. Während er telefonierte, stützte er sich, auf einem Bein stehend, aufs Autodach.

»Madame Berlinger ist außer Haus«, sagte Maurice.

»Wann wird sie zurück sein?«

»In etwa zwei Stunden, Monsieur.«

»Gut. Sagen Sie ihr bitte, dass sich die Situation geändert hat. Ich bringe ihr den Mann, den sie gesucht hat. Wenn sie das nicht möchte, soll sie anrufen. Ich werde das Handy eingeschaltet lassen.«

»Hast du mit ihr gesprochen?«, fragte Heiner, als Bruno die Schiebetür aufzog.

»Nur mit ihrem Butler.«

»Sie hat einen Butler? Dann geht's ihr … sehr gut?«

»Wie man's nimmt«, sagte Bruno. »Eine reiche Frau, die arm dran ist.«

Es entstand wieder eine Gesprächspause. Das Schweigen in der Enge des Autos war erdrückend.

»Ich gehe mit dem Hund ein paar Schritte, wenn du nichts dagegen hast«, sagte Heiner.

Bruno entgegnete nichts. Er legte seinen heißen, geschwollenen Fuß hoch und dachte nach. Wäre Heiner Windenbicker doch ein Bankräuber! Oder ein Serienbetrüger! Dann wäre alles anders. Selbst wenn er Crack-Dealer wäre oder Profi-Killer, würde Bruno sich nicht derart schwertun mit ihm. Dies alles würde ihn nicht persönlich berühren. Er würde seinen Job tun, sein Honorar einstreichen und einen Drink nehmen. In diesem Drama jedoch waren Empfindungen im Spiel, die in unerträglichem Widerstreit standen. Da war ein Mann, der bis vor wenigen Stunden Brunos volle Sympathie hatte, in dem er sogar einen Freund sah, unter dessen Dach er sich in auswegloser Situation wie selbstverständlich flüchtete. Da war eine betörende Frau, die sein emotionales Immunsystem, das jahrelang bestens funktioniert hatte, zum Einsturz gebracht hatte wie ein Kartenhaus. Und dieser Frau war von diesem Mann etwas Unverzeihliches angetan worden.

Er erinnerte sich an den Boxer Claudio Carlino, einen ehemaligen Stallgefährten. Bei seiner Verurteilung war Bruno im Gerichtssaal gewesen. Claudio war ein Leichtgewichtler mit sizilianischem Ehrgefühl, der seine Frau abgöttisch liebte und der Schnelligkeit seiner Fäuste mehr vertraute als der Polizei. Als Gianfranco, sein Freund aus Kindertagen, seiner Madonna das Kleid zerrissen und sie *peste* und *puttanella* genannt hatte, war Claudio ausgerastet und hatte dem Freund das Nasenbein und andere Kleinigkeiten zertrümmert. Vor Gericht stellte sich heraus, dass Gianfranco schon seit Längerem ein Verhältnis mit Claudios Frau hatte und der Vorfall ein außerehelicher, aber keineswegs außergewöhnlicher Beziehungszwist war. Claudio wurde verurteilt und Gianfranco und Concetta wurden auch offiziell ein Paar.

Die Welt ist anders als im Film, dachte Bruno. Sie lässt sich nicht in Gut und Böse einteilen. Es gibt Umstände und es gibt Schicksale.

»Was machst du denn für 'n Gesicht, Frank, ach nö, Bruno?« Silvi hatte in jeder Hand eine Plastiktüte. »Uff!« Sie wuchtete ihren Einkauf auf den Beifahrersitz und schraubte eine Wasserflasche auf. »Willst'n Schluck? Nö?« Mit der Plastikflasche benetzte sie ein paar Papiertaschentücher und wischte das Kanidenblut vom gelben Lack. »Iiiih, is das 'ne Sauerei!«

Mit durchgedrücktem Kreuz stand Moses auf den Hinterpfoten am Beifahrersitz und schnüffelte an den Tüten.

»Für dich is auch was dabei.« Silvi präsentierte ihm eine Portion Wurstzipfel.

Bruno biss in ein Brötchen mit kaltem Braten und nahm einen Schluck Bier.

»Lyoner. Da, probier mal! Das is was typisch Saarländisches.« Silvi hielt Heiner eine Tüte vors Gesicht.

»Nein, danke. Ich hab keinen Hunger.« Heiner sah nicht gut aus. Sein ganzes Erscheinungsbild, das zu Hause, in seiner Welt aus Baum und Strauch, als erdige Natürlichkeit empfunden wurde, wirkte in der Umgebung aus Asphalt, Beton und Glas bloß schäbig. Heiner hätte für einen Penner gehalten werden können.

»Na, dann eben nich«, sagte Silvi. Der kauzige Mann mit dem halben Gesicht war ihr immer gleichgültig gewesen, nun war ihr seine Anwesenheit lästig und sie verhehlte es nicht.

»Ich hab dir 'n paar Schlappen mitgebracht«, sagte sie zu Bruno, »Größe 45.«

»Ich hab 43«, sagte Bruno.

»Komm, du wirst schon sehn, warum 'ne Nummer größer besser is«, sagte sie und streifte Bruno einen Pantoffel mit Leopardenfellmuster über den verbundenen Fuß. »Jetzt kannste wenigstens mal 'n paar Schritte laufen, ohne dass was dran kommt.«

»Wenn ich dich nicht hätte!«, sagte Bruno.

Silvis grüne Augen leuchteten.

»Alles fertig mit essen? Gut, dann einsteigen bitte! Autobahn Richtung Straßburg, dann weiter in die Schweiz«, sagte Bruno. »Aber vorher müssen wir noch tanken.«

»Ich würde mich gerne rasieren und andere Klamotten anziehen«, sagte Heiner.

»Wegen mir nich«, sagte Silvi.

»Wegen dir bestimmt nicht«, sagte Heiner.

»Fahr los, Silvi«, sagte Bruno. »Der Herr kann sich später frischmachen und in Schale werfen, wenn er sich was davon verspricht.«

Heiner beugte sich vornüber und gab einen unartikulierten Laut von sich. Seine Schultern zitterten ein wenig.

»Was is'n eigentlich los?«, sagte Silvi genervt.

»Wir fahren zu einer sehr schönen Frau«, sagte Bruno.

Er sah Silvis Augen im Innenspiegel. Sie waren groß und fragend.

»Shit, da vorn stehn die Bullen.« Silvi trat auf die Bremse.

»Fahr ganz normal weiter«, sagte Bruno.

Es war ein Unfall. Unter der Zugmaschine eines Sattelschleppers hing ein Kleinwagen, zerknüllt wie Stanniol. Ein Polizist leitete den Verkehr um.

»Jetzt wird's heavy«, sagte Silvi.

»Macht nichts«, sagte Bruno, »in Saarbrücken kenne ich mich aus.«

»Kommste von hier?«

»Nein. Ich hab hier nur mal gearbeitet.«

Sie kurvten durch Seitenstraßen. Bruno betrachtete Silvis Augen im Innenspiegel. Silvi drehte ihren Kopf ein wenig und ihre Augen begegneten sich in dem schmalen Rechteck.

»Und nu?«

»Verdammt, ich hab nicht aufgepasst. Wir sind falsch abgebogen«, sagte Bruno.

»Was issen das für ’ne Tussi?«

»Das ist keine Tussi«, sagte Bruno.

»Ach so.« Der klare Ausdruck ihrer grünen Augen verschwamm. »Was Besseres.«

»Ja«, sagte Bruno, »was Besseres.«

»Und du freust dich drauf, sie zu sehen, ja?«

»Ich bin ein Einzelgänger, verstehst du? Ich brauche nicht unbedingt jemanden.«

»Ob du dich drauf freust, sie zu sehen, das würd ich gern wissen.«

»Ja.«

Silvi schaute nicht mehr in den Spiegel, dennoch entging es Bruno nicht, dass sie weinte. Vor dem Stadttheater fuhr sie in eine Bushaltebucht und machte den Motor aus.

»Dann brauchst du mich ja nich, Frank, Bruno oder wie du sonst noch heißt«, sagte sie und stieg aus.

»Silvi! Steig wieder ein, bitte!«

»Vergiss es!«

»Lass sie gehen«, sagte Heiner, »ich habe einen Führerschein.«

Bruno zog die Schiebetür auf, stieg aus und nahm Silvi in die Arme. Sie legte den Kopf an seine Brust und weinte. Er streichelte ihren Rücken und legte seine Wange an ihr Haar.

»Weißt du überhaupt, wo du hinwillst, Silvi?«

Sie schüttelte den Kopf. Bruno hielt sie in den Armen, bis sie sich etwas beruhigt hatte, dann öffnete er die Hecktür und machte sich an seinem Seesack zu schaffen.

»Schau her, das ist die Telefonnummer einer Kneipe. *Blaue Ecke* heißt sie und der Wirt heißt Paul. Er sucht schon lange eine Bedienung wie dich.«

»Und was soll ich mit dem Geld?«

»Das sind Spesen«, sagte Bruno. »Ich will nicht, dass du per Anhalter fährst. Sag Paul einen Gruß von mir. Okay?«

»Okay.« Sie wischte sich eine letzte Träne aus dem Augenwinkel.

»Dann sehen wir uns bald in der *Blauen Ecke* und machen einen drauf. Ich wohne da nämlich, sozusagen.« Er gab ihr einen Kuss auf den Mund und sie erwiderte ihn mit geschlossenen Lippen. »Adieu, Silvi.«

Bruno stieg wieder ins Auto und setzte sich auf den Rücksitz. Heiner saß bereits am Steuer.

»Wo bitte geht's nach Straßburg? Du bist der Lotse, Bruno.«

»Geradeaus weiter.«

Bruno blickte aus dem Heckfenster. Silvi hatte ihre Tasche umgehängt und stand am Straßenrand. Sie sah klein und verloren aus.

»Wir hätten sie zum Bahnhof bringen sollen.«

»Um die brauchst du dir keine Gedanken zu machen«, sagte Heiner, »die ist härter, als du denkst.«

»Gewiss doch. Du bist ja ein Experte, was die Belastbarkeit junger Frauen angeht.«

Bis Saargemünd auf der französischen Seite – dort Sarreguemines geschrieben – wurde kein Wort mehr gewechselt. Die Sonne brannte auf das Blechdach. Über dem weichen Asphalt flirrte die Hitze. Doch die Luft, die durch die offenen Autofenster ins Innere strömte und verwirbelt wurde, trocknete den Schweiß der beiden Männer.

»Versteh mich nicht falsch«, sagte Heiner, »ich weiß, was du über mich denkst und ich will mich nicht entschuldigen für das, was ich getan habe, aber …«

»Es geht nicht nur darum, was du getan hast, sondern auch

um das, was du nicht getan hast«, sagte Bruno schroff. »Deine Schande beginnt an dem Punkt, an dem du hättest eingreifen müssen. Du hast dich wie ein Feigling verhalten.«

»Vor zwanzig Jahren war ich nicht der, der ich heute bin. Ich war ein … ein Ausgestoßener, ein armseliger Haufen Scheiße – ich weiß nicht, wie ich dir das erklären soll. Mut kommt nicht von ungefähr. Man muss eine Basis dafür haben.«

»Es gibt eine einfache Regel«, sagte Bruno. »Sie lautet: Wer kämpft, kann verlieren. Wer nicht kämpft, hat bereits verloren.«

»Eine Faustregel«, sagte Heiner.

»Na und?«

»Hat es in deinem Leben keine Augenblicke gegeben, in denen du versagt hast? In denen du dich anders verhalten würdest, wenn du noch einmal die Chance hättest?«

Bruno schwieg. In seinem Leben hatte es viele solcher Augenblicke gegeben.

Zwischen Sélestat und Colmar, nach zwei monotonen Autobahnstunden, sagte Heiner: »Ich weiß nicht genau, in welcher Beziehung du zu Shanta stehst. Aber ich merke, dass sie dir viel bedeutet. Weshalb hast du mich nicht zusammengeschlagen?«

»Weil ich dazu nicht mehr in der Lage war.«

Nach einer dreiviertel Stunde, kurz vor St. Louis, sagte Bruno: »Es stimmt nicht, dass ich dich verschont habe, weil ich zu nichts mehr in der Lage war. Es ist vielmehr so: Ich hätte dich gar nicht schlagen können, weil ich in dir einen Freund gesehen habe. Jetzt sind wir quitt. Wir haben nichts mehr miteinander zu tun.«

Nun hatten die beiden Männer sich nichts mehr zu sagen. Knappe Fragen nach Route und Richtung wurden ebenso knapp beantwortet. In einer Schweizer Mövenpick-Raststätte tranken sie schweigend Kaffee. Heiner wusch und rasierte sich, kämmte mit viel Wasser seine schwarzen Haare zurück und zog ein blau-weiß kariertes Hemd an – sein bestes.

Es war später Nachmittag, als sie ankamen. Auf dem glitzernden See blähten sich hier und da weiße Segel. Heiner war ein Nervenbündel. Er fuhr Auto wie ein Anfänger.

»Bieg da vorn ab«, sagte Bruno.

Heiner machte einen Schaltfehler und das Getriebe gab einen hässlichen Ton von sich. Bruno kommentierte den Vorgang mit keiner Silbe.

»Durch die Allee, dann sind wir da.«

Das schmiedeeiserne Tor war verschlossen. Bruno stieg aus und drückte auf den Klingelknopf.

»Ja?« Es war die Stimme von Maurice.

»Wir sind da«, sagte Bruno in die Sprechanlage.

Das kunstvolle Gitter schwenkte auf und Heiner steuerte, die Hände ums Lenkrad gekrampft, den Kangoo im Schritttempo auf die grün umrankte Villa zu. Das Tor der Remise, in der die Oldtimer standen, war zu. Ein roter Zweisitzer mit offenem Verdeck und französischen Kennzeichen parkte davor.

»Stell die Karre neben den kleinen Roten«, sagte Bruno.

Heiner blies die Backen auf. Er schwitzte.

»Moses bleibt vorerst im Auto. Hier gibt's Katzen«, sagte Bruno.

Die beiden Männer stiegen aus und blieben abwartend neben dem Kangoo stehen. Mit dem Automatismus eines Privatdetektivs glitt Brunos Blick über die Fassade mit den Sprossenfenstern. Für einen kurzen Moment konnte er hinter der Scheibe einer Dachgaupe schemenhaft das Gesicht Shanta Berlingers sehen. Obwohl er es nur flüchtig erhaschte, glaubte er einen Ausdruck ungläubigen Entsetzens zu erkennen.

Die Sekunden wurden zu Minuten. Die weiße Haustür über der Freitreppe blieb verschlossen. Mit hochgezogenen Schultern stand Heiner neben dem Kangoo und wusste nicht wohin mit seinen Händen. Bruno machte ein paar Schritte zur Seite, um einen Blick auf den See zu werfen. Unter einem bunten Sonnenschirm war eine junge Frau gerade dabei, ihre Sachen zusammenzupacken. Dass sie einen knappen Bikini trug, bekam Bruno eben noch mit, bevor sie sich ein Tuch unter den Achseln um den Körper wickelte. Als sie Bruno entdeckte, schob sie ihre Sonnenbrille über den Haaransatz und ging geradewegs auf ihn zu. Mit einer Hand hielt sie das Tuch fest, in der anderen hatte sie ein Buch, ein Fläschchen Sonnencreme und einen Schlüssel, was das Fassungsvermögen ihrer Finger auf den letzten Metern überstieg. Denn just als Bruno »Bonjour« sagen wollte, machten das Fläschchen und der Schlüssel sich selbstständig. Bruno war schneller als sie. Er hob die Gegenstände auf.

»Merci beaucoup«, sagte sie und zeigte makellos weiße Zähne.

»A votre service, Mademoiselle«, sagte Bruno lächelnd.

Er kannte die junge Frau von dem Foto her, das er im Salon des Hauses gesehen hatte. Sanja Berlinger glich ihrer Mutter aufs Haar. Mit ihrem zartbraunen Teint, den langen, schwarzen Haaren, die sie zu einem Pferdeschwanz gebunden hatte, und den dunklen Augen über hohen Wangenknochen hätte sie Modell stehen können für jene Kitschkünstler, die den Pinsel nicht vom Zigeunerinnenporträt lassen konnten.

Sie blickte auf Brunos kuriose Fußbekleidung, dann auf das Kennzeichen des Kangoo und sagte: »Grüezi. Kann ich Ihnen helfen?«

Dann erblickte sie Heiner, der hinter dem Auto hervorkam. Bruno sah das Erstaunen in ihren Augen.

Heiner blieb stehen wie vom Donner gerührt und starrte sie an.

»Shanta.« Tonlos formten seine Lippen den Namen.

»Nein«, sagte sie amüsiert, »ich bin Sanja Berlinger.«

»Wir möchten zu Ihrer Mutter«, sagte Bruno. »Wir werden erwartet.«

»Gut. Dann kommen Sie mit.« Sie zögerte. »Würden Sie mich rasch zu meinem Wagen begleiten?«

»Gerne. Aber bitte nicht rasch!« Bruno zeigte bedauernd auf seinen Pantoffel. »Eine kleine Blessur.«

Er folgte ihr zu dem roten Zweisitzer. Es war ein Mazda MX-5. Sie nahm ihm den Autoschlüssel aus der Hand, öffnete den Kofferraum und legte ihr Buch hinein. Dem Titel nach zu urteilen war es ein Medizin-Lehrbuch.

»Das brauche ich morgen«, sagte sie.

»Sie studieren Medizin, nicht wahr?«

»Ja, in Paris. Zweites Semester.«

Nachdenklich blickte sie zu Heiner, der immer noch wie angewurzelt an derselben Stelle stand. Ihr Mienenspiel verriet ihre Unschlüssigkeit, ob sie ihn ansprechen sollte. Dann gab sie sich einen Ruck und ging zu ihm.

»Verzeihen Sie meine Direktheit, Monsieur. Darf ich Sie etwas Persönliches fragen?«

Heiner nickte.

»Würden Sie sich einem Bekannten von mir zur Verfügung stellen, damit er Ihr Gesicht neu aufbaut?«

Heiner schlenkerte hilflos mit den Armen.

»Ich habe kein Geld«, sagte er schließlich.

Sie versuchte das Argument wegzulächeln.

»Das wäre nicht nötig. Sie stellen einen interessanten Fall dar. Nur darum geht es.«

»Der Herr hat momentan andere Probleme«, sagte Bruno.

»Pardon, es war nur eine Frage«, sagte Sanja irritiert. »Ich wollte niemandem zu nahe treten.«

Die Eingangstür über der breiten Treppe wurde einen Spalt geöffnet. Bruno sah einen Streifen des Greisengesichts von Maurice, der in Schwyzerdütsch etwas sagte, was Bruno nicht verstand. Sanja eilte die Treppe hoch und wurde von Maurice regelrecht ins Haus gezogen.

»Maurice!«, rief Bruno.

Widerwillig ließ der alte Butler sich blicken.

»Madame Berlinger fühlt sich nicht wohl. Warten Sie bitte noch ein paar Minuten!«

Verdrossen setzte Bruno sich auf die grauen Steinstufen.

»So kommen wir nicht weiter«, murrte er.

»Ich bin ganz durcheinander.« Heiner hatte eine belegte Stimme. »So habe ich Shanta in Erinnerung. Genau so. Diese junge Dame, ist sie … kannst du mir vielleicht sagen …«

»Du hast gerade mit deiner Tochter gesprochen«, sagte Bruno rau.

Heiner fiel in eine kataleptische Starre. Sein Gesicht wurde grau. Obwohl er stumm blieb, hörte Bruno ihn schreien.

Wie in Zeitlupe drehte Heiner sich um und ging leicht schwankend auf das offene Eisentor zu, durchschritt es und wanderte weiter durch die Allee.

»Wo willst du denn hin?«, rief Bruno hinter ihm her.

Heiner war nicht mehr ansprechbar. Er bewegte sich wie ein Roboter.

Bruno schlurfte zum Kangoo und ließ Moses heraus.

»Lauf!«

Der Hund kapierte zunächst nicht, was Bruno von ihm wollte, dann nahm einer seiner wachen Sinne das Herrchen wahr und er rannte Heiner hinterher.

Bruno setzte sich wieder auf die Treppe und stützte seinen Kopf auf die Hände. Statt mit einem Überraschungseffekt drohte sein Auftrag im Chaos zu enden. Er machte sich Vorwürfe, weil er so unflexibel war und sich nicht der üblichen Kommunikationsmittel bedient hatte. Warum in Dreiteufelsnamen hatte er Shanta Berlinger nicht die maßgeblichen Romanseiten gefaxt? Ob als Detektiv oder als Kopfgeldjäger – irgendetwas lief ihm immer aus dem Ruder, irgendetwas verbockte er jedes Mal. Er kam sich komisch vor mit seinem übergroßen Leopardenpantoffel, in dem sein Fuß pochte und schmerzte. So war er nicht einmal fähig, dem schlafwandlerisch dahintrottenden Heiner zu folgen. Seine lädierten Rippen meldeten sich mit intervallmäßigem Stechen. Dass Sanja aus dem Haus gekommen war, bemerkte er erst, als sie neben ihm stand.

»Meine Maman macht mir Sorgen. Sie braucht ein Beruhigungsmittel. Ich fahre in die Pharmacie.« Im Auto sitzend, fragte sie: »Wo ist Ihr Begleiter?«

»Da irgendwo.« Bruno machte eine müde Handbewegung in Richtung der Allee.

Geschickt manövrierte sie den MX-5 zwischen der Remise, dem Kangoo und den Ziersträuchern heraus. In der Schattenschlucht der Alleebäume leuchteten die roten Bremslichter kurz auf.

Bruno erhob sich ächzend und ging um die Villa herum, um das Wasser zu sehen. Am Ufer stand Shanta Berlinger. Sie blickte über den See. Bruno erwog kurz, ob er sich zurückziehen sollte, dann fasste er einen Entschluss. Er holte das Romanmanuskript aus dem Auto und humpelte über teppichweichen Rasen zum Seeufer.

»Madame«, rief er, um sie nicht zu erschrecken.

Shanta Berlinger wandte sich zu ihm um. Sie trug ein schlichtes, cremefarbenes Leinenkleid und hatte die Haare offen. Nichts in ihrem schönen Gesicht deutete darauf hin, dass sie eine dramatische Stunde durchlebte.

»Tut mir leid«, sagte Bruno. »Die Wahrheit ist, wie sie ist.«

»Ich werde es aushalten«, sagte sie.

»Gut«, sagte Bruno und reichte ihr den Umschlag. »Das ist Heiner Windenbickers Geständnis. Lesen Sie bitte ab Seite 48. Ich komme nachher wieder.«

»Was haben Sie am Fuß?«

»Ist nicht so schlimm«, sagte Bruno und hinkte über den Rasen zurück zur Frontseite des Hauses, wo er sich wieder auf die Stufen setzte. Er schaute auf seine Armbanduhr. Eine Viertelstunde wollte er ihr Zeit lassen, das musste reichen, um die wichtigsten Passagen zu lesen. Er war unruhig. Zwei Vorgänge, die er nicht beeinflussen konnte, liefen parallel ab: Am See stand Shanta Berlinger mit einer brisanten Lebensbeichte, während irgendwo in der Nähe ein Verstörter durch die Landschaft irrte und nicht auszuschließen war, dass Sanja ihn aufgriff.

Mit steigender Ungeduld schaute Bruno auf die Uhr.

»Jetzt müsste sie fertig sein.«

Shanta Berlinger hatte sich auf die Holzliege unter dem Sonnenschirm gesetzt. Das Manuskript lag aufgeblättert auf ihren Knien. Zu Brunos Verblüffung hatte sie den Anflug eines Lächelns im Gesicht.

»Er ist weggegangen«, sagte Bruno. »Soll ich ihn zurückholen?«

Sie schaute ihn lange schweigend an. Zwischen den hellroten Blüten einer Robinie sang eine Amsel ihr Liebeslied.

»Nein«, sagte sie leise.

Maurice kam aus dem Haus. Über seinem weißen Hemd trug er ein schwarzes Gilet. Er hatte ein Kuvert in der Hand, das er Bruno mit einer leichten Verbeugung überreichte.

»Ihr Lohn, Monsieur.«

Bruno wirkte überrascht und ratlos.

»Was werden Sie tun? Sie haben alle Fäden in der Hand«, wandte er sich an Shanta Berlinger.

»Es ist genug geschehen«, sagte sie.

»Tja dann, Madame Berlinger«, sagte Bruno, »dann brauchen Sie mich wohl nicht mehr.«

»Vielen Dank für alles«, sagte sie und erhob sich. »Einen Besseren als Sie hätte ich nicht finden können.«

»Ich werde immer zu Ihrer Verfügung stehen. Denken Sie bitte daran. Au revoir, Madame.«

Bruno nickte auch Maurice zu und gab sich, als er ging, große Mühe, nicht zu hinken.

Er stieg in seinen Kangoo, wendete und fuhr auf die Toreinfahrt zu. Obwohl er das Gaspedal behutsam drückte, tat sein Fuß höllisch weh. Er beschloss, sich ein Hotel zu suchen und am nächsten Morgen zu einem Arzt zu gehen. Als er das Tor passiert hatte, stoppte er, um das Kuvert, das auf dem Beifahrersitz lag, unter sein Hemd zu schieben. Vorher warf er einen Blick hinein. Ohne nachzuzählen, sah er sofort, dass es mehr Geld war als vereinbart.

Am Ende der Allee, im Dämmerlicht, kam ihm der rote MX-5 entgegen. Neben Sanja saß Heiner.

Der Sportwagen stoppte neben dem Kangoo. Heiner stieg aus und Moses sprang ihm hinterher.

»Haben Sie mit meiner Mutter gesprochen?«, fragte Sanja, von ihrem niedrigen Sitz zu Bruno hochblickend.

»Ja«, sagte Bruno zögerlich.

»Dann geht es ihr wieder besser?«

»Es geht ihr gut.«

»Na Gott sei Dank. Hat sie Ihnen den Auftrag erteilt?«

»Noch nicht sicher«, sagte Bruno aufs Geratewohl, da er keine Ahnung hatte, wovon sie sprach.

»Es wird sich alles finden«, sagte sie aufmunternd und legte den Gang ein. »Salü!«

Zum Gruß hob sie eine Hand und gab Gas.

Heiner blieb stehen, so lange er sie sehen konnte.

»Steig ein!«, sagte Bruno. »Was zum Kuckuck hast du dem Mädchen erzählt?«

»Wir seien zwei Gärtner auf Jobsuche.« Er rieb an seinem gesunden Auge.

»Sieht so aus, dass ihre Mutter dir verziehen hat«, sagte Bruno und rückte auf den Beifahrersitz. »Kannst du fahren?«

Wortlos übernahm Heiner das Steuer. Das Tageslicht schwand nun zusehends. Von der leicht ansteigenden Straße aus konnte man sehen, wie rings um den See Lichter angingen.

ENDE

Wie menschlich bist du noch, wenn du einen Vampir und einen Werwolf liebst?

Laurell K. Hamilton
JÄGERIN DES
ZWIELICHTS
Ein Anita Blake Roman
Aus dem amerikanischen
Englisch
400 Seiten
ISBN 978-3-404-16054-9

Anita Blake ist Vampirjägerin, und eigentlich hat sie immer alles unter Kontrolle. Alles, außer ihren Gefühlen. Sie ist hin- und hergerissen zwischen ihren Geliebten: dem Vampir Jean-Claude und Richard, dem Anführer der Werwölfe. Seit langer Zeit hat sie beide gemieden, doch dann wird ein Treffen unausweichlich. Als zwei Werleoparden, die unter ihrem Schutz stehen, entführt werden, muss Anita ihre Kräfte mit denen von Jean-Claude und Richard vereinen. Nur dann wird sie stark genug sein, um die Werleoparden zu retten. Doch wie hoch ist der Preis dafür?